Karl Layton

**Totenschiff Eternal Princess**

Das Mysterium der Föderation

Science Fiction

Bibliografische Information der Deutschen Nationalbibliothek:
Die Deutsche Nationalbibliothek verzeichnet diese Publikation
in der Deutschen Nationalbibliografie;
detaillierte bibliografische Daten sind im Internet
über http://dnb.dnb.de abrufbar.

2. Auflage, © 2025 Karl Layton

Korrektorat: R.Thalmann

Covergrafik basierend auf freiem Material von Perchance.com, verändert
und nachbearbeitet. Zwischengrafiken von Salvatore Andrea Santacroce
und Alexander Shatov (Notensymbol)
Alle Rechte an der Bearbeitung und der Gesamtgestaltung des Covers
vorbehalten. Alle Rechte am Roman vorbehalten. Umschlaggestaltung:
R.Thalmann.

Verlag: BoD · Books on Demand GmbH, Überseering 33,
22297 Hamburg, bod@bod.de
Druck: Libri Plureos GmbH, Friedensallee 273, 22763 Hamburg

ISBN: 978-3-8192-6413-9

# Karl Layton
# Totenschiff Eternal Princess

# Inhaltsverzeichnis

# KURZER HINWEIS

Dieser Roman ist <u>ohne</u> jedwede Verwendung von KI-Systemen geschrieben worden. Es ist leider ein Trend, ganze Romane von Künstlicher Intelligenz schreiben zu lassen. Hier ist das <u>nicht</u> der Fall. Ich wüsste sonst auch nicht, wohin mit all den Stories, die mein Hirn ständig liefert.

Im Anschluss finden Sie einen Hinweis auf den kostenlos im Netz zur Verfügung stehenden Soundtrack zum vorliegenden Roman.

Ihr Karl Layton

# PROLOG

**14:04 Uhr, 03.03.2258 Greenwich-Erdzeit**

**Terrania-City, Planet Erde**

**Die „Lina-Schwestern" Jane und Lisa Lineman**

„Okay", gibt Jaqueline triumphierend von sich. „Was hältst du von diesem Outfit?" Lisa, Jaquelines Zwillingsschwester, sieht stirnrunzelnd auf die junge Frau, die in einem durchsichtigen Minikleid vor ihr steht. „Ziemlich gewagt, meine Liebe", erwidert sie in einem gekünzelt oberlehrerhaften Tonfall. „Ziemlich gewagt und ziemlich durchsichtig. Und die Strümpfe, die du da anhast mit diesen Haltebändern. Wie nennt man die noch?"

„Ich weiß es nicht", antwortet ihr Jaqueline.

„Die bringen die Männer auf dem Kreuzfahrtschiff entweder zum Lachen oder machen sie wirklich … scharf auf dich."

Jaqueline kichert. „Wenn ich mir damit einen der Milliardäre an Bord angele, wäre das nicht wirklich schlimm."

„Da stimme ich dir zu. Und jetzt hilf mir mit diesen neuen Schuhen!"

„Oh Gott", haucht Jaqueline. „Sind die Dinger aus Formenergie? Und warum dreht sich der hohe Absatz ständig?"

Eine Kamera, die per Antigravaggregat im Raum schwebt, filmt alles mit, während die beiden jungen Damen mit den neuen Schuhen beschäftigt sind. Keine von beiden würdigt den außergewöhnlichen Ausblick aus dem Panoramafenster auch nur eines Blickes, der einen gepflegten, großen Garten mit roten Rosenbüschen zeigt. Was den Ausblick wirklich dramatisch macht, ist die verschnörkelte Brüstung, hinter der direkt der Horizont des Atlantiks zu sehen ist. Hier in dem Luxusanwesen auf der riesigen, über dem Atlantischen Ozean schwebenden Plattform, die sich Terrania City nennt. Der Hauptstadt der Föderation der Erde. Ein Formenergie-Prospekt mit einem farbigen Bild eines Schiffes namens *TPS Eternal Princess* liegt auf dem Tisch vor dem Panoramafenster.

# DIE STATION

## 199 Jahre und 7 Monate später

**19:24 Uhr, 02.10.2457 Greenwich-Erdzeit**

**06:16 Uhr, 05.04.159 Bordzeit *TPS Orpheus***

**821 Lichtjahre von der Erde entfernt im Hyperraum**

**Greg Annoyed**

„Herein", sagt Greg, der es sich auf dem Bett in seiner engen Kabine auf Deck Vier des Bergungsschiffes *Orpheus* gemütlich gemacht hat und an die Wand vor ihm starrt. Greg wirkt wie ein Mann Ende Dreißig, schlank und mit blondem Haar. Das Gesicht attraktiv, aber unauffällig. Ein Gong zeigt ihm an, dass jemand hereinwill. „Ja, ja, herein", schnarrt Greg mit seiner typischen Reibeisenstimme. Die Tür geht auf und „LePascal" steht im Türrahmen. Ein junger Mann, der wirklich erst die vierundzwanzig Jahre alt ist, nach denen er aussieht. Bei den zahlreichen Verjüngungstherapien weiß man es ja nie so genau. Er ist so etwas wie das Mädchen für alles des exakt einhundert Meter langen Bergungsschiffs des *Steel Hawk* – Typs. Der junge Mann trägt einen hellblauen Overall, die typische Schiffsbekleidung mit dem Schiffsnamen auf dem Rücken.

„Äh… Mister Annoyed", stottert der junge Mann, der wie viele Leute des 25. Jahrhunderts nur noch einen einzigen Namen trägt und dafür etwas französisch Klingendes gewählt hat. Obwohl er aus Vermont stammt, wie er mal erzählt hat. Er spricht Gregs Namen als „Anno-Jed" aus.

„Das Schöne an meinem Namen ist", beginnt Greg gedehnt, „dass derjenige, der mich anspricht, damit automatisch zugibt, einen Fehler gemacht zu haben."
LePascal sieht ihn verständnislos an und kratzt sich seinen blonden Wuschelkopf.
„Äh… wieso das jetzt?"
Greg grinst zynisch und erhebt sich betont langsam von seinem Bett.
„Wegen meines Namens, den ich nicht ohne Grund gewählt habe."
Es dauert einen Augenblick, dann dämmert es dem jungen Crewmitglied.
„Ach richtig, *Annoyed* wie genervt oder so etwas", sagt er brav auf und wird rot im Gesicht.

„Und was gibt es nun?"
„Nun… der… äh… Bordcomputer hat etwas gefunden und ich soll… der Crew Bescheid sagen. Hat Captain Schneider gesagt. Sowie ich etwas finde."
„Ist Schneider schon wach?"
„Weiß ich nicht", antwortet LePascal treuherzig. Greg stößt einen Stoßseufzer aus.
„Ist er noch in seiner Kabine?" Der junge Mann bejaht. Kurz darauf gehen beide den Korridor auf die Brücke zu.
„Ich sehe es mir erst mal an. Dann entscheide ich, ob wir mehr von der Crew wecken."

„Aye Sir", bestätigt der junge Mann. „Äh Sir, dürfte ich Sie etwas fragen?"

„Schieß los, LePascal", gibt Greg mürrisch von sich. Denn überflüssige Fragen nach offensichtlichen Dingen ist er von dem jungen Mann gewohnt. Irgendwie stört ihn heute der sinnfreie französische Artikel am Anfang von LePascals Namen besonders.

„Da Sie ja nun ein Android sind... haben Sie sich diesen Namen eigentlich selbst gegeben? Oder hat ihr... äh... alter Hersteller das gemacht?"

Greg seufzt und betritt die runde Brücke des Bergungsschiffes, bei der zahlreiche Bildschirme eingeschaltet sind und Lichter an den diversen Pulten leuchten und blinken. Der Kontrollraum der *Orpheus* war in Abwesenheit des wacheschiebenden LePascal völlig verwaist.

„Mein Besitzer", beginnt Greg mit starker Betonung auf das zweite Wort, „hat mich damals Gregor genannt." LePascal sieht ihn verblüfft an.

„Besitzer?" Er wird vollends rot. „Aber es ist doch verboten, sentiente Androiden zu besitzen. Oder sentiente Rechner überhaupt. Ich meine...", er zögert, „das wäre doch illegal gewesen auf Terra."

Greg setzt sich an den Pult der Wissenschaftsstation und sieht sich neugierig den blinkenden, blauen Punkt auf dem Bildschirm an, der nicht allzu weit vom grünen Punkt entfernt ist, der die *Orpheus* darstellt.

„In den meisten Staaten der Erde, auch Luna und Mars, ist es verboten, ja. Nur...", er macht eine Kunstpause und kichert, „ich bin keine sentiente Künstliche Intelligenz."

Jetzt kratzt sich LePascal wieder am Kopf. „Aber sentient heißt doch, dass man seiner selbst bewusst ist. Wie …", er weiß offenbar nicht weiter und stockt.

„Wie man von sentienten Wesen allgemein redet, also intelligenten Wesen wie Menschen, Gloaks, Leonen und so weiter. Genau." Gregs Stimme klingt geduldig, wie die eines Lehrers, während er mit beiden Händen gleichzeitig diverse Regler und Tasten betätigt und ein detailliertes Scanbild des von der Fernortung des Schiffes gefundenen Objekts heranzoomt. Kleine Bildschirme, die in die Wandpanele eingelassen sind neben zahlreichen Schaltern, füllen sich mit Daten und bunten Skalen.
„Ich bin aber nur ein LLM, ein *Large Language Model*. Also ein nicht seiner selbst bewusster Android, der keine echte Intelligenz und keine Gefühle hat und nicht mehr Seele hat als ein Toaster, wenn man so will."
„Sie machen Witze, oder, Mister Greg? Ich meine, Sie sehen wie ein Mann in den Vierzigern mit markantem Gesicht aus. Kinnrinne und so oder wie man das nennt. Blaue Augen, blonde, leicht graue, gewellte Haare. Und Sie reden und lachen und reißen Witze mit der Crew."

„Nichts, was ein LLM nicht kann, mein Sohn." Greg sieht ihn geduldig an. „Ich bin ein nicht-sentienter Android. Ein extra so gebautes Modell von *TTT* selbst. Nicht mit irgendwelchen Softwareproblemen behaftet wie die Modelle von *SpaceOrigin*, die teils doch sentient geworden sind. Jedenfalls mit illegalen Upgrades. Und solche habe ich nie bekommen."

„Ach du Heiliger…", stößt LePascal hervor.

„Aber dieses nicht-sentiente Sprachmodell hier, das menschliche Gefühle so perfekt simuliert...", Greg macht eine Kunstpause. „...tritt dir gleich kräftig in den Arsch, wenn du nicht sofort die gesamte Crew weckst. Wir haben nämlich endlich die Station gefunden und es ist eine vermutlich wertvollere, als wir alle gedacht haben!"

„Ja Sir" murmelnd hastet LePascal aus dem Raum und Greg hört kurz danach einen Rufton, als der junge Mann den Klingelknopf von einem anderen Quartier drückt.

„Und irgendwann bringen wir dir noch bei, dass man auch das Intercom verwenden kann", murmelt Greg zu sich selbst, während er in die Scans vertieft ist.

„Okay, was ist es also genau?", fragt Leroy Schneider, der Kapitän der *Orpheus*. Der dunkelhaarige, schlanke Mann sieht aus wie ein End-Fünfziger, ist aber tatsächlich viel älter. Er hat der Crew erzählt, dass er 2286 in Hamburg geboren ist. Damit ist er 171 Jahre alt. Er leistet sich immer wieder die teuren Verjüngungskuren. Entweder auf der Erde oder auf guten Raumstationen, um seine Lebensuhr wieder zurückzudrehen. Etwas, das einen großen Teil seines Vermögens verschlingt. Ein Umstand, der jedem in der Crew bekannt ist.

„Ja, das wollen wir auch wissen", brummt Thomas Rogers dazu, den alle nur „Tough" oder „Mister Tough" nennen. Er gilt als etwas simpel gestrickt, aber ehrlich. Und als etwas zur Gewalttätigkeit neigend, wenn ihm die Worte ausgehen. Aber eben auch als guter Zweiter Ingenieur der *Orpheus*.

Die Chefingenieurin der *Orpheus* sitzt gleich neben ihm. Eine Frau Ende Zwanzig, muskulös und sportlich. Sie hat schwarze Leggins und ein sportlich eng sitzendes Oberteil an, das ihre weiblichen Rundungen betont. Es ist in der Crew allgemein bekannt, dass Tough sich in sie verguckt hat, sich aber nicht traut, damit hinter dem Berge hervorzukommen. „Worte sind eben nicht dein Ding", hat Greg das einmal ihm gegenüber subsummiert. Als Greg wieder einmal menschliche Emotionen zu perfekt nachgeahmt hatte. Oder war es damals keine Gehässigkeit, sondern einfach Ehrlichkeit? Jedenfalls hatte es zu einem längeren Kampf zwischen Greg und Tough geführt, bei dem der Android einfach ausgewichen und der junge Zweite Ingenieur schließlich erschöpft zu Boden gegangen war.

Schweigend hört „Mister Nice" zu, wie ihn alle nennen. Mr. Nice ist über Einhundert, hat jedoch das Gesicht eines jungen Mannes. Was daran liegt, dass er sich vor ein paar Jahren nur eine teilweise Runderneuerung in den Verjüngungskliniken leisten konnte und an der optischen Überholung des Körpers abgesehen vom Gesicht gespart hat. Trotz der zahlreichen Falten des Körpers unter dem Kopf mit den Gesichtszügen eines Anfang-Dreißigers und der Tollen-artigen, überreichlichen braunen Haarpracht ist er gesund und weiß anzupacken. Auch wenn er dafür bekannt ist, ständig eine gehässige Bemerkung auf Lager zu haben. Weswegen man ihn ironisch Mr. Nice nennt.

LePascal, Tough und der Captain tragen den Bordoverall, alle anderen sind individuell gekleidet. Bei Greg ist es ein eigenartig deplatziert wirkendes Outfit aus abgewetzter Anzugjacke, historischer Schirmmütze – mit VOTE TAYLOR - Schriftzug darauf – und einer beigen Jeans zu alten, abgewetzten Straßenschuhen, die sogar Löcher in den Sohlen haben.

Greg steht auf und räuspert sich. Was bei einem Androiden vielleicht ungewöhnlich wirkt. Aber andererseits sieht Greg weder wie einer der künstlich wirkenden Frühandroiden des Vor-Überlicht-Zeitalters aus, noch verhält er sich üblicherweise so, wie es viele von einem nichtsentienten Androiden erwarten.

„Wir haben eine Kommunikationsrelais-Station der alten Föderation gefunden. Und eine ganz und gar besondere sogar!" Greg sagt es triumphierend und ohne irgendeinen Knopf zu drücken, schaltet der Hauptbildschirm sein bisheriges Bild des Weltraums auf eine bläuliche Schemazeichnung um. „Kein Wunder", ätzt Mr. Nice sarkastisch. „Wir suchen ja auch die ganze Zeit genau die und wussten, dass sie hier ist." In perfekter Nachahmung menschlicher Verhaltensweise atmet Greg tief ein. „Wussten ungefähr wo sie ist und wussten nicht ganz genau, was sie ist. Denn die vom Captain käuflich erworbenen Informationen ließen nun mal Raum für Interpretationen. Aber jetzt wissen wir beides. Wo und was sie ist."

„Lass es dir nicht aus der Nase ziehen", brummt Tough und verschränkt die Arme vor der Brust.
„Ja, spuck's aus, alter Blechkamerad", ruft Jane, grinst ihn dabei aber an.
„Das sieht ja aus wie eine…", beginnt der Captain, hört aber mitten im Satz auf.
„Wie ein Kommunikationsrelais vom Typ HRDRv2", erklärt Greg. Er erntet außer vom Captain, der ein begeistertes „Volltreffer!" ausruft, nur verständnislose Mienen.

„Warte, HRDR heißt, es hat nicht nur den Hyperfunk zehn Lichtjahre weitergeleitet, sondern hatte auch die neuen Kommunikationsdrohnen. Die haben sie doch in den 2250ern erprobt und 2260 oder so schon wieder aufgegeben." Greg nickt. „2259 wurden alle aufgegeben. Als die Nullzeit-Quantenkommunikation trotz aller vorherigen Bedenken im großen Stil eingeführt worden ist."

„Klar", sagt LePascal leise. „So ein Quantending haben wir ja auch an Bord." Niemand beachtet seinen Einwurf.

„Aber das Schmankerl dabei ist der Teil mit dem *v2* wie *Version Zwei*. Das Ding hatte schon Nanotech-Drohnen!"
„Wozu der Mist? Wenn sie schon Nullzeit-Funken konnten, wozu die Nanotech dann noch als Drohne durch die Gegend fliegen lassen?", fragt Tough.

„Eine gute Frage", sagt Greg oberlehrerhaft dazu. „Weil sie damals noch die Nullzeitkommunikation als unsicher angesehen haben. Und die selbstreparierenden Nanotech-Drohnen boten Vorteile gegenüber den konventionellen Drohnen. Bis die Regierung die Entscheidung gefällt hat, doch auf Quantenkommunikation zu setzen und die Kommunikationsdrohnen nicht mehr gebraucht wurden."
„Wegen dem Nanotech-Krieg 2235. Deswegen die Skepsis wegen der Nanotech mit ihrer Quantenkommunikation", wirft LePascal wie in einer Schulstunde ein.
„Yeah, Yeah", kommentiert Tough den Einwurf unwillig. „Und so haben sie eben vor der Einführung des Quantenfunks ausprobiert, wie gut sich Nanotechdrohnen machen, die in den Relaisstationen nur Antienergie auftanken mussten, sich sonst

selbst repariert haben und einfach weitergeflogen sind." Er deutet auf den Umriss der Station. „Diese HRDRv2-Stationen waren Hyperfunkrelais, Versuchs-Reparatur- und Auftankstationen."

„Die Nanotechdrohnen, für die können wir heute ein Vermögen kassieren. Schöner, alter, teurer Föderations-Nanotech, der nicht so beschnitten ist wie die neuen Nanobots und ein Vermögen bringt." Captain Schneiders Augen leuchten dabei regelrecht.

„Ich höre immer Föderation, Föderation", äfft Tough nach. „Imperium heißt das. Das verdammte alte Imperium." Von Jane ist ein deutliches Seufzen zu hören. Der Captain macht eine wegwerfende Handbewegung. „Das ist doch dasselbe", wirft LePascal ein.

„Sie hießen *Föderation der Erde*, damals. Nicht Imperium. Diese Bezeichnung *Imperium*, das ist der Neusprech unserer gegenwärtigen Regierung", korrigiert Jane. „Die wir seit den letzten richtigen Wahlen 2265 im Regierungs-Dauer-Abo haben."

„He!", entrüstet sich Tough und läuft rot an. „Es gibt alle zehn Jahre Wahlen, oder was? Was redest du da? Diese verdammte Propaganda der Föderationsliebhaber. Von wegen, dass damals alles besser war." Er hat sich richtig in Rage geredet. „Verdammter Sozialismus damals! Alles kam umsonst aus dem Printer und der Imperator hat die Fäden gezogen!"

Leslie schüttelt den Kopf und reibt sich die Schläfen. „Es gab keinen Imperator. Nur gewählte Präsidenten."
„Blödsinn!", ruft Tough. „Die waren nur Marionetten. Im Hintergrund hat der von Aliens ferngesteuerte oberste Admiral als Militärdiktator die Fäden gezogen." Er sieht sie eindringlich an.

„Schluss jetzt!", donnert Captain Scheider. „Ich will hier keine politischen Diskussionen. Nicht, dass wir noch ein politisches Audit kriegen." Er sieht Jane und auch Tough eindringlich an. „Wir sind hier alles loyale Matrosen der Handelsmarine der Terranischen Republik." Er pausiert vielsagend. „Gott schütze sie." Er weiß, wie leicht eine Schiffscrew einen Termin bei der politischen Polizei auf einer Raumstation bekommt und der Captain wegen Nichtaufrechterhaltung einer „positiven Moral an Bord" empfindliche Geldstrafen bekommen oder sogar sein Kapitänspatent verlieren kann.

„Schon gut", wiegelt Tough ab und versucht zu grinsen. „Ihr könnt hier reden, was ihr wollt. Föderation, Imperium oder was auch immer. Hauptsache, der alte Schrott bringt Geld."

„So ist es!", stößt Kapitän Schneider erleichtert aus.

**LePascal**

Das Shuttle der *Orpheus*, das eine von Zweien, das noch funktioniert, nähert sich der Station. Nervös verfolgt LePascal das düstere Gebilde, das optisch aufbereitet auf dem Bildschirm im Shuttle gut zu erkennen ist und immer näherkommt. Er muss sich mit dem Gedanken beruhigen, dass „seine" *Orpheus* ganz in der Nähe ist. Wie auch Greg und Jane, die außer ihm in dem kleinen Shuttle sind, trägt er einen Raumanzug ohne Helm. Er sieht, wie Greg mit einem Handstrahler herumfummelt. Eine Thermowaffe! Fragend sieht er erst Greg und dann Jane an. Sicher wissen die beiden doch, dass Waffen bei privaten Bergungsschiffen wie der *Orpheus* streng verboten sind. Was den Unterschied zwischen

Piraten und Bergungscrews machen soll, wie man ihm während der vorgeschriebenen Einweisungen auf der Erde erklärt hat. „Pack die Wumme weg, Greg. Nicht, dass sie auf den offiziellen Bergungsvideos zu sehen ist", gibt Jane streng von sich. Richtig, denkt sich LePascal. Jede Bergung muss auch dokumentiert werden. Da darf kein Strahler drauf zu sehen sein. Doch Greg zuckt nur den Achseln, was man wegen dem Raumanzug kaum sieht.

„Wir verkloppen doch die Nanobots, die wir hoffentlich finden, auf dem Schwarzmarkt. Da sollten wir den Rest nicht als offizielle Prise anmelden."

Jane seufzt. „Wenn wir Nanobots finden. Ist das nur wieder der normale Schrott, dann melden wir die Prise natürlich offiziell an. Mit verdammten Videos. Wir finden ja wenig genug in der letzten Zeit. Aber für Nanobots machen wir das natürlich schwarz."
„Schon gut", murmelt der Android und steckt die Waffe in eine große Außentasche seines Raumanzugs.

Es dauert eine Weile, bis ein Ruck durch das Shuttle geht, als es sich, unauffällig ferngesteuert durch Greg, seitlich an die alte Raumstation angedockt hat.

„Sei vorsichtig", wendet sich der Android an LePascal. „Man weiß nie, was man auf diesen alten Stationen findet. Sie hatte zwar zivile Aufgaben, gehörte aber trotzdem zur Raumflotte der Föderation. War also militärisch."
„Böses altes Imperium", äfft Jane das vorherige Gerede von Mister Tough nach.

Greg kichert, dass es fast schon hysterisch klingt. „Fuck Tough Rogers. Regimetreuer Vollidiot." Die Sendung ist nur an die beiden im Shuttle gerichtet.

„Können wir gleich raus?", kommt es unsicher von LePascal. „Noch nicht. Sie haben zwar meine alten, von irgendwo stammenden Föderationscodes akzeptiert, aber unsere verdammte Gummilippe saugt sich immer noch fest an der alten Föderationsschleuse. Und der Schleusenrechner der alten Station beschwert sich gerade beim Shuttle, dass wir keine Formenergielippe haben." Greg seufzt. „Nur dass die seit zehn Jahren kaputt ist."

„Was ich nicht verstehe, ist, wie du ein nicht-sentienter Android sein willst bei all dem Gefluche." Schnell senkt er den Kopf. „Wenn ich das fragen darf, Greg", fügt LePascal schnell hinzu. Der Angesprochene seufzt. „Ich gehe strikt nach Logik vor. Als ich damals nach dem Ende der Föderation in das Chaos der schönen neuen Zeit geraten bin, da…"
„Du redest zu viel!", mahnt Jane.
„Da bin ich streng nach Logik vorgegangen. Ich habe mich an den *richtigen* Menschen orientiert und musste in der Folge feststellen, dass Gewalt einfach logisch ist. Jedenfalls in einer von Arschgeigen dominierten Welt. Und Fluchen gehört auch dazu, wenn man seinen Platz zwischen all den Eierköppen finden will." Jane kichert. „Fertig! Wir gehen rein!", verkündet Greg und der junge Mann schluckt deutlich hörbar.

LePascal, Greg und Jane stehen vor der Schleuse. Per Funk meldet Greg an die *Orpheus*, dass der Übertritt bevorsteht. LePascal kann es im Teamfunk mithören. Der auf der *Orpheus* zurückgebliebene Kapitän bestätigt. „Und Tough und Mister Nice sind auch hier auf der Brücke." Er lacht. „Die wollen sicherstellen, dass ihr kein teures Nanitenzeug unterschlagt." Irgendeine Bemerkung ist aus dem Hintergrund zu hören, doch sie ist nicht zu verstehen. „Von den Scans wissen wir, dass die Station eher niedriges Energieniveau hat. Aber im Großen und Ganzen funktioniert noch alles. Also seid vorsichtig!"

Die innere Schleuse öffnet sich und LePascal sieht in einen dunklen Schleusenraum, der zu der alten Station gehört. „Und LePascal. Ab sofort nenne ich dich Pascal, wie der richtige französische Name. Ich bin es einfach leid, deinen belämmerten Namen zu sagen", knallt ihm in dem Augenblick Greg an den Kopf. *Sagt einer, der sich Greg-Annoyed zum Namen gemacht hat*, denkt er sich im Stillen, sagt aber nichts.

„Genau, Pascal ist gut. Dieser französische Artikel vor dem Namen ging mir wirklich auf die Nerven", kommentiert der Captain. „Pascal klingt wenigstens etwas hochklassiger." LePascal – oder Pascal – läuft rot an und will etwas entgegnen, doch allgemeines Gelächter hindert ihn daran. Mr. Nice reißt irgendeinen Witz, doch er ist froh, ihn nicht ganz zu verstehen. Irgendwas Obszönes mit französischen Lebensmitteln.

„Genug jetzt", ist von Greg zu hören. Er schubst den jungen Mann, der jetzt für alle Pascal heißt, einfach in die dunkle Luftschleuse, die jetzt von ein paar flackernden, defekten Lampen schwach erleuchtet wird. Pascal landet mit einem Aufschrei in der Luftschleuse der Station.

„He, was soll das?", beschwert er sich.

„Large Language Model – Logik", erklärt ihm Greg trocken. „Es ist logisch, jemand anderen nach Sprengfallen suchen zu lassen. Wenn man keinen Scanner nach Militärstandard hat. Und ich habe keinen." Wieder gackert es über den Teamfunk.

Ein Knopf im Inneren der Schleuse öffnet sich auf einen langen, wohl ursprünglich weiß getünchten Gang. Abgeblätterte farbige Linien am Boden sollen offensichtlich zu verschiedenen Sektionen der Station leiten. Nicht nur durch die flackernde Beleuchtung ist das mehr als schlecht zu lesen.

„Atmosphäre und Schwerkraft vorhanden. Cool", kommentiert Greg.

„Diese Stationen hatten recht schöne Quartiere für Wartungscrew, die auch als Notquartiere für havarierte Raumfahrer vorgesehen waren. Nach heutigen Standards sind sie luxuriös, mit Printern, die von Unterwäsche bis Mousse au Chocolat alles herstellen konnten", erklärt der Kapitän über den Teamfunk. „Wenn wenigstens ein Printer noch geht, könnt ihr euch erst mal ein paar Leckereien anfertigen lassen." Doch es gibt sofort Widerspruch.

„Skipper, bei allem Respekt. Erzähl denen nicht die ganzen Märchen der Föderation. Von wegen Milch und Honig, die aus den Föderationsprintern geflossen sind." Doch niemand geht darauf ein. „Alte Printer gehen sowieso kaum noch", bemerkt Greg leise.

„Also müssen wir nach oben?" Es ist nicht ganz klar, ob das nun Pascal genannte Crewmitglied es als Frage oder Feststellung meint.

„Nein!", antwortet ihm Greg scharf. „Das musst du wirklich noch lernen. Föderationsinstallationen hatten die Brücke immer in der Mitte. Im Zweifelsfall das höhere von zwei in Frage kommenden Decks. Nur Zeug vom Terranischen Imperium hat sie in Navy-Installationen immer oben."

„Zeug wie unsere *Orpheus*", kommentiert der Kapitän über Funk in ungehaltenem Tonfall.

„Das ist richtig, Skipper", entgegnet der Android mit gelangweiltem Unterton.

„Also zwei Decks höher", gibt Jane von sich, die einen Stationsplan an der Wand studiert.

Kurz vor der Brücke bleiben alle drei stehen. Denn hier ist ein altes, etwas ausgeblichenes Plakat befestigt. Es hat wie die ganze Station insgesamt recht gut dem Zahn der Zeit standgehalten. Was bedeutet, dass hier noch einiges an Wartung stattfinden muss.

Das Plakat zeigt eine attraktive Frau mit blonden Haaren, die sie zu einem Pferdeschwanz gebunden hat. Sie trägt einen dunkelblauen, eng sitzenden Overall, der an den Ärmeln die vier umlaufenden, goldenen Bänder eines Kapitäns erkennen lässt. Golden leuchten auch vier breite Streifen auf ihren Schulterklappen und man erkennt vier kleine goldene Quadrate an ihrem einigermaßen bequem aussehenden Stehkragen. Über ihrer linken Brust, die im Foto gut zur Geltung kommt, sieht man ein goldenes Raketensymbol im Ährenkranz. Darunter einen stilisierten Adler mit einem Wappen auf der Brust, das eine römische Eins ziert. Der Blick der Frau ist irgendwo in die Ferne gerichtet.

DIE RAUMFLOTTE BRAUCHT DICH!

In großen Lettern steht es quer über das Plakat geschrieben.

„Chauvi-Propaganda! Das hatten die also damals auch schon", moniert Jane. „Und zum Rekrutieren war das hier sicher weniger. Eher zum Angaffen." Doch Pascal sieht sich das genauer an. „Wow!", stößt er hervor. „Das ist nicht nur ein Fotomodell. Hier steht es unten rechts. Captain Saskia Petrova, Kommandantin der *EFS Nemesis, F-1501*."

„Hm", brummt Jane. „*Nemesis*-Klasse. Diese alten Fregatten haben damals für einiges an Wirbel gesorgt."

„Und die ihnen nachfolgenden *Purgatory*- und *Raptor*-Klasse – Kriegsschiffe sind ähnlich gut wie das, was die *Terra Defence Force* heute hat. Weil ihr faulen biologischen Menschen seit zweihundert Jahren keine Fortschritte mehr macht. Sondern alles mit dem Arsch einreißt, was eure Vorfahren aufgebaut haben."

„Mister Annoyed. Greg. Lass bitte die Volksreden und bringe dein Team auf die Brücke der Station. Ich will einen Inventarbericht!"
„Aye Sir", antwortet Greg mit ironischem Unterton.

Doch die Brücke öffnet sich nicht. „Wir sind nicht befugt", erläutert Greg. „Hätte ich mir schon gedacht", murmelt Jane. Denn das rote Leuchten und Fehlerpiepen der Tür ist in dieser Hinsicht deutlich. „Mist!", flucht Pascal und Greg und Jane schauen sich nach ihm um. Immer wieder versucht der junge Mann, mit seinen Raumanzug-behandschuhten Händen das von der Wand genommene Plakat einzurollen. „Es geht nicht. Es rollt sich immer wieder auf!"

Greg lacht. „Weil das Formenergie ist. Du bräuchtest den Codegeber zu dem Plakat."

Pascal versucht das Plakat unterdessen in einer seiner großen Raumanzugtaschen unterzubringen, doch er kriegt sie nicht zu, weil alles wieder herausquillt.

„Ein Bild für die Götter", kommentiert Jane.

Als es Greg schließlich gelungen ist, die blaue Tür aufzubekommen, hinter der die Brücke liegt, geht der Android fast ehrfurchtsvoll voran. Pascal, der immer noch an seiner Tasche mit dem Plakat herumfummelt, sieht es schon. Hier blinkt es noch an allen möglichen Konsolen! Der Kontrollraum ist sehr klein, hat vielleicht fünf Meter Durchmesser und hat ein achteckiges Design. Die Wände sind mit Kontrollpanelen übersäht, darunter die Konsolen, an die man sich setzen kann. Ein Bürostuhl, der aussieht, als sei er zur Hälfe von einem Thermostrahler geschmolzen worden, steht im Raum. Wenn man sich nicht anlehnt, funktioniert er noch.

„Wow, hier blinkt es seit zweihundert Jahren!" Es gibt zwar Beleuchtungskörper an der Decke, aber die funktionieren nicht mehr. Die Helmlampen der drei Raumfahrer spenden jedoch genug Licht.

„Ich setze meinen Helm zuerst ab. Atmosphäre herrscht ja und nach meinem Analysegerät ist alles in Ordnung. Keine gefährlichen Keime. Aber so ganz trauen kann man dem ja nicht." Kaum spricht es der Android, nimmt der den Helm auch schon ab. Er befestigt ihn auf seinem Rücken. Was bedeutet, dass er in dem engen Kontrollraum sehr viel Platz wegnimmt. Jane geht deswegen zurück auf den Flur. „Sieh zu, dass du rausholst aus dem Rechner, was geht", gibt sie Greg mit auf den Weg. Gregs Hände fliegen über verstaubte Tastaturen, die er trotz der Raumanzugshandschuhe verblüffend schnell bedient.

„Du machst das lieber mit den Händen als drahtlos, oder?"

„Pascal. Von so einer alten Anlage, in der schon sonst wer dringesteckt und rumgespielt hat, will man sich nichts wegholen, oder?"

„Hat dir das deine Mama nicht beigebracht?", ertönt die wie immer gehässig klingende Stimme von Mr. Nice auf dem Teamkanal."

„Und so ein faltiges Etwas wie du braucht sich um so etwas keine Gedanken zu machen", gibt Greg zurück, der sich offensichtlich berufen fühlt, die Verteidigung vom jungen Pascal zu übernehmen. „Keine Raumstation von Klasse würde *dich* ranlassen."

Mr. Nice will irgendetwas entgegnen, doch Captain Schneider würgt ihn sofort ab. Er fordert lautstark mehr Ernsthaftigkeit bei der Arbeit.

„Ich wüsste nicht, was an meiner Bemerkung unernst gewesen sein sollte", gibt Greg noch halblaut von sich, nur um dann in ein lautes „Wow!" auszubrechen.

„Ich habe den letzten Logeintrag gefunden, vom 03. Oktober 2259. Fast zweihundert Jahre alt! Nur textuell, aber immerhin."

„Und was steht da?", fragt jemand auf dem Funkkanal. Greg liest vor.

Lieutenant J.G. Philip Monroe. Wohl letzter Besuch auf dieser Station. Schalte auf Schlafmodus. Ob sie jemals wieder geweckt wird, steht in den Sternen. Wenn jemand hier als Schiffbrüchiger landet, so unwahrscheinlich das auch ist, wünsche ich ihm alles Gute. Alle Kommunikationsdrohnen sind noch an Bord. Sogar die Besonderen. Vielleicht gehen die Versuche ja irgendwann weiter. Monroe Out.

„Also haben sie die Nanotechdrohnen, die experimentellen, auch an Bord gelassen. Gut", subsummiert Schneider.

„Jedenfalls 2259 bei Stilllegung", kommt es von Greg, der weiter auf Tasten herumdrückt. Pascal wundert sich, dass er auf den kaum noch leuchtfähigen Monitoren überhaupt etwas erkennen kann, so blass sind die Schriftzeichen.

Greg zählt auf.

Nanotech-Kommunikationsdrohnen, Bestand Null.
Konventionelle Drohnen, Bestand Null.
Hauptenergiegenerator: Offline.
Sekundärgenerator: Offline.
Portable Notgeneratoren: Keine Verbindung.
Hauptrechner: Offline.
Sekundärrechner: Offline.
Tertiärrechner: Offline.

„Also ist uns jemand zuvorgekommen und hat alles Gute mitgenommen!", entfährt es Pascal.

„Schon gut!", unterbricht der Captain genervt. „Wir machen uns ja schon ein Bild, was du uns sagen willst. Sag lieber, was überhaupt noch funktioniert. Irgendwas muss ja nun."

„Die Quartärrechner, das sind die spezialisierten wie der Schleusencomputer, haben sich zu einem Notnetzwerk zusammengeschaltet, um die höheren Funktionen aufrechtzuerhalten. Tolle Föderationstechnik damals!" Gregs Stimme ist die Bewunderung deutlich zu entnehmen.

„Ja, ja, die super Föderation", kommentiert Tough Rogers sarkastisch.

„Und die Toaster können im Notmodus auch Hand-Jobs geben", grummelt Mr. Nice dazu.

„Lebenserhaltung inklusive Gravitongeneratoren funktionieren auch. Alles läuft nur mit Energie aus dem Energiepuffer, der sich irgendwie in einen Noterhaltungsmodus geschaltet hat. Wow. Das ist eine Technik, die ich noch nie gesehen habe."

„Warum sollte irgendjemand die Gravitongeneratoren und die Lebenserhaltung dalassen?" Die Frage kommt von Jane.

„Egal", will der Captain die Diskussion beenden. „Vielleicht war das demjenigen Reichtum genug, mit den illegalen Nanotechdrohnen und dem anderen Zeug. Die ganze Station wollte er wohl nicht auseinanderbauen oder abschleppen oder hatte kein Bergungsschiff wie wir." Nach einer Pause redet er etwas ärgerlich weiter.

„Aber jetzt reicht es mir mit dem ganzen Gerede. Greg, du bist unser Spezialist für alles und besonders für das Klarmachen unserer Fundsachen. Mach die Station klar, dass wir uns draufrobben können. Und suche nach Problemzonen. Nicht dass sie uns auseinanderfliegt mit deinem tollen Energiepuffer da oder was auch immer, während wir drübersteigen."

Der Androide ist die saloppen Formulierungen schon gewohnt. Die *Orpheus* schleppt ihre Fundsachen nicht im klassischen Sinn, sondern legt sich mit ihrem konkaven Leib darüber. Die bogenförmige Einstülpung sorgt mit einer Kombination aus Formenergie und Traktorstrahlen dafür, dass das gefundene Schiff oder anderweitige Objekt fest genug sitzt, dass die *Orpheus* auf Überlicht gehen kann. Wie schnell und wie ruckartig entscheidet dabei der Bordcomputer, der die Festigkeit des Sitzes des Fundobjekts analysiert. Oder letztlich Greg, auf dessen letztes Wort zu dem Thema sich alle in der Crew verlassen.

„Aye Skipper", antwortet Greg, doch dann zögert er. „Moment, hier sind noch zwei Logeinträge nach dem letzten."

„Sogar eine Blechbirne wie du müsste wissen, dass das ein Widerspruch ist", giftet Mr. Nice über den Teamfunkkanal.

„Es sind zwei nachrangige, automatisch generierte Logeinträge, die erst auf Nachfrage angezeigt werden. Wenn man wie ich überall herumschnüffelt", antwortet der Androide völlig ruhig. „Der eine ist von praktisch eben, als wir an Bord gekommen sind. Offensichtlich erzeugt der Bordcomputer, oder besser das ihn ersetzende Netz, diese Einträge bei besonderen Ereignissen autonom."

„Ja und?", fragt Tough über den Kanal und gähnt demonstrativ.

„Weil da noch einer ist. Ein Eintrag von… etwas über vier Jahren."

„Lass dir nicht alles aus der Nase ziehen, Greg." Der Kapitän klingt äußerst ungeduldig.

„Nun, es hat eine Ortung gegeben. Zwölfter August des Jahres 2453. Ein riesiges Schiff ist an der Reichweitengrenze der Scanner aufgetaucht, die aber auch nichts mehr wirklich Weites erfassen können. Ah, verstehe…", murmelt Greg. „Der Stationscomputer wurde drauf aufmerksam, weil es einen Anstieg von Extrauniversalstrahlung gab und hat daraufhin wertvolle Restenergie benutzt, um einen Fernscan durchzuführen. Das gefundene Objekt war nur vier Lichtjahre entfernt, so dass es einigermaßen energieeffizient eingescannt werden konnte, ohne die Stationsreserven zu gefährden."

Greg pausiert. Dann gibt er ein lautes „Oh!", von sich. „Was? Details bitte!", kommt von Captain Schneider. „Das Objekt ist zwischen 380 und 420 Meter lang und vermutlich vierzig bis sechzig Meter breit. Es war nur ganz kurz auf den Scannern zu sehen. Vierundzwanzig Sekunden lang. Und ist dann ganz in der Nähe eines Anomaliefeldes verschwunden. Dort in vier Lichtjahren ist alles voll von solchen Anomalien." „Funksignale? Transpondercodes? Hat die Station es angefunkt?" „Nein Captain. Nichts von alledem." Offenbar war es energetisch tot und hat keinen Transpondercode gehabt." „Okay", denkt der Captain laut. „Das wäre natürlich ein riesiger Fund für uns. Jackpot. Wenn hier etwa ein altes Leonenschlachtschiff oder was von den alten Luminos rumschwebt im Raum. Das wäre schon was mit recht teurer, wenn auch veralteter Militärtechnologie."

„Oder kann es von den Greys sein? Das Zeug der kleinen grauen Männchen ist ja noch mehr wert." Pascal will offensichtlich helfen. „Es ist keine Untertasse, Pascal. Also keine Greys." Und nach kurzer Pause. „Captain, ich überspiele den Scan auf die *Orpheus*. Drücken Sie Okay, wenn das Fensterchen gleich aufgeht und sich über nicht mehr gültige Kommunikationszertifikate aufregt."

„Schon klar, Greg. Ich mache den Job hier nicht den ersten Tag, weißt du", antwortet Schneider.

„Bei euch Biologischen ist immer alles wie am ersten Tag", murmelt der Androide halblaut, dass man es gerade so auf dem Teamkanal verstehen kann.

**22:13 Uhr, 02.10.2457 Greenwich-Erdzeit**

**09:05 Uhr, 05.04.159 Bordzeit *TPS Orpheus***

**821 Lichtjahre von der Erde entfernt im Hyperraum, neben der alten Relaisstation**

**Greg Annoyed**

„Endlich alle da", gibt Greg von sich, als sich die Crew mit etwas Verspätung auf der Brücke der *Orpheus* versammelt, die wie üblich auch als Besprechungsraum benutzt wird. Es wird recht voll, als Greg vor seinem Navigatorpult vorn am Hauptbildschirm steht, Schneider auf seinem Kapitänsplatz sitzt und sich alle anderen außen an den Schaltpulten im hinteren Teil der Brücke versammeln.

„Also, fangen wir an", beginnt Greg in einem gelangweilten Ton, der auch gut zu einem 18-Uhr-Meeting in irgendeiner Firma passen würde. Da ertönt ein Piepen und gleich danach ein noch aufgeregterer, durchdringender Fehlerton vom hinteren Teil der Brücke. Greg sieht stirnrunzelnd hin und auch alle anderen drehen sich um. Pascal, der sich auf einem der hinteren Schalterpulte abgestützt hat, fährt mit einem erstaunten Gesichtsausdruck hoch. Jane schiebt ihn zur Seite und guckt, was er da angerichtet hat. „Kein Thema Pascal, du hast versucht, die Formenergiehaut der *Orpheus* zu aktivieren."

„Oh", bringt er nur hervor.

„Allerdings haben wir keine mehr. Seit dreißig Jahren fehlt die schon, habe ich mal in den Wartungslogs gelesen."

„Ah."

„Können wir jetzt anfangen?", fragt Greg ungeduldig. „Also", beginnt er. „Das Schiff ist ein vermutlich vierhundert Meter langes Raumfahrzeug, das keine Energie hat oder sehr wenig. So genau konnten es die Stationssensoren nicht feststellen. Es treibt im Hyperraum und ist vermutlich von einer Raumtasche nahe einer Extrauniversaltasche ausgestoßen und wieder verschluckt worden."

„Greg, du willst doch nicht vorschlagen, dass wir den Kahn suchen?" Der Captain mustert ihn kritisch. „Das ist zu gefährlich. Dinge sind in diesen Raumtaschen nahe den Extrauniversaltaschen schon abgetaucht und nie wieder gesehen worden."

Jemand kichert hinter ihm. „Ja, die Story von diesem Fähnrich Wendt oder wie er hieß, der im Hyperraum ausgestiegen und siebzig Jahre später als sprechendes Ei wieder aufgetaucht ist."

„Angeblich wurde ein eiförmiges Fragment seines Raumanzuges gefunden", korrigiert der Android.

„Genug davon, Leute. Horrorstorys helfen uns nicht weiter. Aber es stimmt, eine Suche ist zu gefährlich." Der Kapitän versucht offensichtlich, ein Machtwort zu sprechen. „So gerne ich auch so eine fette Beute jagen würde. Schließlich sind wir dieses Jahr immer noch im Minus." Unruhiges Gemurmel ist auf der Brücke zu hören.

„Die technischen Standards der Raumfahrt werden langsam besser. Leider, muss man da als Bergungsunternehmer sagen. Es gibt immer weniger havarierte Schiffe und immer bessere Scanner bei der Konkurrenz. Wenn es so weiter geht, können wir kaum die fällige Wartung unseres Schiffes bezahlen."

„Deines Schiffes!", wirft Mister Nice scharf ein. Kapitän Schneider sieht ihn ärgerlich an. „Jedenfalls", fährt der Kapitän fort, „wird es dann nur ein symbolisches Salär für die Crew geben." Das stößt bei der komplett anwesenden Mannschaft auf allgemeinen Unwillen. Es gibt fast einen Tumult, als Tough aufsteht und dem Captain seine ärgerlich vorgepresste Forderung „in jedem Fall bezahlt" zu werden, entgegenstößt.

„Leider wird die Station, die wir gefunden haben, da auch nicht viel helfen, leer wie sie ist", entgegnet Schneider ruhig. „Aber deswegen lasse ich uns noch lange nicht auf einen Selbstmordtrip gehen."

„Fuck. Steht irgendwas in unseren Verträgen über Mindestbezahlung?"

„Welche Verträge?", fragt Jane und erntet allgemeines Gelächter. Plötzlich ertönt ein durchdringender Piepton von der Wissenschaftsstation links. Greg bewegt sich schnellen Schrittes dorthin.

„Für symbolisches Geld arbeite ich nicht", verkündet Tough, da fährt ihm der Android in die Parade.

„Wenn ich die Herren und die Dame unterbrechen darf. Das Schiff ist auf den Scannern gerade wieder aufgetaucht. Und laut der Trajektorie, die ich ermitteln kann…", er zögert einen Augenblick und steht völlig kerzengerade und regungslos da. Was dafür spricht, dass er sich entgegen seiner sonstigen Gewohnheit drahtlos mit dem Bordcomputer verbunden hat. „… wird das unbekannte Schiff noch für zehn Tage auf einem bogenförmigen Kurs weitab von Anomalien bleiben. Wenn wir noch eine Stunde warten, bis es eine Mindestdistanz von der Anomaliezone erreicht hat."

„Ist es so schnell?", fragt der Kapitän zweifelnd.

„Mehrere gravitonisch aktive Anomalien wirken hier zusammen, so dass das Schiff über einhundertzwanzig Kilometer pro Stunde Fahrt macht. Und die Sensoren der *Orpheus* können die

Extrauniversaltaschen recht präzise ausmachen, auch die potentiellen, vorgelagerten Raumtaschen."

„Sind die Raumtaschen dasselbe wie die Extrauniversaltaschen?", fragt Pascal.

„Nein, sie werden auch Anomalien genannt sind den richtigen Extrauniversaltaschen vorgelagert", flüstert ihm Jane zu. Doch alle hören es. „Die Extrauniversaltaschen sind Ausstülpungen fremder Universen, während die Raumtaschen räumliche Anomalien sind, in denen Objekte durch die extreme Raumkrümmung eintauchen und verschwinden können", fügt Jane hinzu.

„Der weiß nicht mal die einfachsten Sachen", brummt Mr. Nice.

Der Kapitän steht auf. „Okay Mister *always* Annoyed", tönt er grinsend. "Setze einen Kurs auf das unbekannte Schiff. Das Geschäft ruft!"

„Aye Sir", bestätigt der Android.

**10:03 Uhr, 03.10.2457 Greenwich-Erdzeit**

**20:55 Uhr, 06.04.159 Bordzeit** *TPS Orpheus*

**Ca. 823 Lichtjahre von der Erde entfernt im Hyperraum, neben dem unbekannten Wrack**

**Jane Leslie**

Die *Orpheus* hat bereits abgebremst und wird jetzt eine Lichtsekunde neben dem Wrack liegen. Was immerhin noch 100.000 Kilometer sind. Ein Sicherheitsabstand, den das Schiff eine Zeitlang halten will, der besonderen Umstände halber. Schließlich weiß man nicht, was einem erwartet bei einem so mysteriösen Wrack. *Sie* kann es jedenfalls kaum erwarten. Unruhig fläzt sie sich auf dem Bett in ihrer kleinen Kabine. Sollten sie endlich Glück haben? Durch sein neugieriges Stöbern in den Logs der alten Station hat Greg ein Riesenwrack aufgetan, das seinesgleichen sucht. Wenn das wirklich ein alter Frachter ist, etwa aus Föderationszeiten, dann kann er der Crew ein Vermögen bringen. Natürlich auch die dringend notwendige Überholung bezahlen. Nur, wenn Captain Schneider der alten *Orpheus* wirkliche eine Grundüberholung verpasst, dann bleibt wieder für die Crew nicht viel übrig. Aber wenigstens wären sie dann im Plus. Sie sieht auf die Uhr an ihrem Handgelenk. Ein billiges Standardmodell, das sich mit einer lokalen Crew und den meisten Kommunikationsnetzen der Terranischen Republik und der Kolonien verbinden kann. Weniger als fünf Minuten, dann ist drüben auf der Brücke wieder „Ringelpietz mit Anfassen", wie sie es nennt. Wenn sich wieder alle auf der engen Brücke gegenseitig auf den Füßen rumstehen. Oder versehentlich auf Knöpfe drücken. Wenn sich ein Navyschiff solche Nachlässigkeiten leisten würde, hätte sich sicher schon manche Raumstation in einer Explosion aufgelöst. Sie kichert über die Vorstellung. Aber Gott sei Dank kann die *Orpheus* nicht aus Versehen Torpedos abschießen. Mit Absicht auch nicht, denn sie ist ja unbewaffnet.

Sie seufzt. Wenn sie diesmal ein paar zehntausend Credits mit nach Hause bringen würde, wäre das wirklich schön. Denn ihr Vater, der Ende Vierzig ist, hat Krebs. Er und ihre Mutter können sich die teure Behandlung nicht leisten. Zwar ist Krebs spätestens seit der Einführung der Nanotechnologie im 22. Jahrhundert endgültig besiegt. Aber seit die Föderation nicht mehr existiert, gibt es keine kostenlose Gesundheitsfürsorge mehr. Alles kostet Geld und für fast jede Behandlung muss man hohe Summen abdrücken. Sie lacht bitter. Das sollen nun die neuen Freiheiten sein, die die Terranische Republik ihren Bürgern verspricht. Die Freiheit zu verhungern, an Krankheiten zu sterben und die Regierungspolitik zu preisen. Alles soll viel besser sein als das sogenannte „Alte Imperium", das angeblich von den Hohen Rassen, einem Konsortium von uralten Aliens aus dem nächsten Spiralarm der Galaxis, beherrscht worden ist. Über einen zu ihnen gehörenden Diktator, sagt man heute, der offiziell nur Oberkommandierender der Raummarine war und angeblich den Hohen Rassen hörig. Oder sogar zu einer ihrer Rassen gehörte und sich nur als Mensch getarnt hat. Doch Jane bezweifelt das, denn sie weiß, dass es auch die andere Seite der Erzählung gibt.

Dass es allen Menschen damals gut ging. Besonders gut soll es in Terrania City gewesen sein. Einst prächtige Hauptstadt der Föderation der Erde, als eine über den Wogen des Atlantiks schwebende reiche und prächtige Stadt. Heute zu Zeiten der Terranischen Republik aber ein Wrack, bei dem man Angst haben muss, dass es nicht bald in eben diesen Wogen des Atlantiks abstürzt, so sehr wie es die Regierung vernachlässigt. Terrania, wie es kurz genannt wird, gilt als Symbol des verhassten alten Regimes und wird entsprechend von den neuen Machthabern abgestraft. Der Präsident der vereinigten Erde, die ihre Kolonien abgestoßen und sich Terranische Republik nennt, regiert heute von Nova Terra aus, einer in die Sahara künstlich aufgezogenen Megalopolis. Seit James Taylor, der letzter Präsident der Föderation und gleichzeitig erster Präsident der Terranischen Republik war, gibt es erst den dritten terranischen Präsidenten. Taylor selbst wacht noch heute als Machthaber im Hintergrund durch seine Funktion als Parteivorsitzender der ständig regierenden Terranischen Unionisten über das System.

Doch genug davon, unterbricht sie ihre eigenen Gedanken. Zeit in den Besprechungsraum zu gehen. Also auf die Brücke. Und sie prägt sich wieder Mal ein, keine politischen Bemerkungen zu machen. Schließlich hat das Bergungsschiff mit Tough Rogers so etwas wie die politische Polizei an Bord. Auch wenn der regimetreue Kerl bislang noch niemanden bei den terranischen Behörden verpfiffen hat.

Es ist schon ein Tumult ausgebrochen, als sie auf der Brücke erscheint. Greg steht wie immer vorn und versucht, die Wogen der Entrüstung zu glätten. Kapitän Schneider wackelt unruhig mit seinem Kapitänsstuhl von links nach rechts. Was ist nur wieder vorgefallen? Streiten sie schon wieder um die Bezahlung?

„Ruhig Leute, ruhig. Ich sage euch gleich, um was für ein Schiff es sich handelt. Ich lasse nur gerade sowohl den Bordrechner wie auch meinen eignen Rechner hier", er klopft sich gegen den Kopf, „ein paar Überprüfungen durchführen. Denn eigentlich kann das nicht sein, was die Sensoren sagen."

„Greg, ich habe das Schiff selbst auf dem Bildschirm in meinem Quartier gesehen. Das ist ja nun eines meiner Privilegien, dass ich auf ein paar Systeme selbst zugreifen kann, ohne Brücke und Maschinenraum. Und es ist ein verdammt großes Ding. Das mir allerdings überhaupt nichts sagt."

„Ich bin gleich fertig, Captain."

„Greg, verdammt noch mal. Ich befehle dir hiermit, deine bisherigen Erkenntnisse offenzulegen!"

„Schicken wir den verdammten Blechmann Kiel holen, wenn er es nicht ausspuckt!", tönt Mister Nice. Greg seufzt.

„Ich bestehe aus einem Stahlskelett und Kunstfleisch und aus nicht mehr Blech als du auch. Nur dass du ständig welches redest", antwortet der Android seelenruhig.

„Ich hau dir gleich eine Delle in deinen Blecheimer!", schreit da Tough, der aufgestanden ist.

„Greg! Mister Annoyed!", donnert der Kapitän.

„Gut", seufzt der Android mal wieder sehr menschlich. „Die dritte Überprüfung ist nun auch abgeschlossen und hat das Ergebnis bestätigt. Es ist…", er redet nicht weiter und sieht sich wie suchend im Raum um.

„Ja?", fragt Kapitän Schneider mit einem Unterton, der seinem Namen alle Ehre macht.

„Die *EPS Eternal Princess*. Ohne jeden Zweifel. Der Rechner kann sogar die Beschriftung am Rumpf lesen. Ausgeblichen, aber als Prägeschrift einwandfrei abtastbar."

„Welches Schiff?", fragt Pascal.

„Hä?", stößt der Kapitän aus.

„Was für ein Ding?", fragt Tough.

„Ist das nicht der Name einer Schwulenbar auf *Farout Station*?", fragt Mister Nice.

„Kann nicht sein!", bricht es aus Jane heraus.

„Doch, die gibt es, die Bar", erklärt ihr Mr. Nice.

„Halt die Klappe", fährt ihn Jane an. Sie steht auf und wendet sich an die Runde.

„Bei allem Respekt Greg, aber das… kann nicht sein."

„Warum nicht?", fragt der Android einfach.

„Nun, einmal weil es die *Eternal Princess* ist. Eines der legendärsten Schiffe der Raumfahrtgeschichte. So etwas wie die *Marie Celeste* der alten Seefahrt der Erde. Oder ehr so etwas wie die legendäre *Titanic*, wäre sie damals einfach verschollen, anstatt gegen einen Eisberg zu fahren."

„Was für Schiffe?", fragt Tough.

„Titanic? Ich glaube, das ist ein Erzfrachter von vor hundert Jahren, der nach dem Saturnmond Titan benannt ist", grübelt Pascal laut. Jane seufzt.

„Nein, Leute. Das sind legendäre Seefahrtsschiffe."

Greg seufzt wieder. „Nun, Jane. Der Vergleich ist Unsinn. Mit der *Marie Celeste*, dem irdischen Segelschiff, war eigentlich überhaupt nichts Besonderes los", schulmeistert Greg. „Sie wurde damals in der alten Seefahrerzeit ohne Crew aufgefunden, mit vertrocknetem Essen auf dem Tisch. Ihre Frachtluken waren geöffnet, aber auch mit Fässern gefüllt, in denen purer Alkohol war. Ich habe die Faszination der Menschheit damit nie begriffen. Offensichtlich hatte die Crew Angst, bei den vermutlich anfangs vorhandenen Alkoholschwaden eine Explosion auszulösen und so sind sie ins Beiboot, das ja gefehlt hat. Explodiert ist nichts und das Schiff wurde später treibend und gut ausgelüftet vorgefunden. Und die *Titanic...*" will Greg fortfahren, da fährt ihm der Kapitän wieder ins Wort.

„Die *Eternal Princess*. Ein Kreuzfahrtschiff der Föderation, oder? Luxusklasse und irgendwann 2280 oder so verschwunden. Kurz nach dem Ende der Föderation." Der Skipper formuliert es ein wenig als Frage.

„Richtig. Bis auf ein paar Kleinigkeiten", antwortet Greg. „Die *EPS Eternal Princess* ist von der *Eternal*-Reederei schon 2255 gekauft worden. Bauzeit 2250 bis 2255. Also noch zu Zeiten der Föderation. Zum Ende der Anomalie-Katastrophe fertiggestellt.

„Auch so ein Märchen des Alten Imperiums, diese sogenannte Anomalie-Katastrophe. Von wegen Gedanken wären wahr geworden bei der Anomalie-Geschichte. Vampire und Hexen. Schwachsinn. Märchen!", tönt Mr. Tough.

„Über die Anomalie-Katastrophe scheiden sich heute die Geister, aber Tatsache ist, dass die Föderation sie mit dem Verlust von etwa einem Viertel ihrer Bevölkerung überstanden hat und dass die Leute damals Halluzinationen hatten, die offenkundig gefährlich waren", erklärt Greg. „Und die *Eternal Princess* ist in dieser turbulenten Zeit als größter Kreuzfahrer aller Zeiten vom Stapel gelaufen. Vierhundert Meter lang, zwei Swimmingpools, unzählige Restaurants und Boutiquen. Von den Leuten in der Dritten Klasse in ihren Stasekisten bis hin zu Luxussuiten auf den höheren Decks ist alles dabei. Geplant war ein noch luxuriöseres und größeres Schwesterschiff, die *Eternal Queen*, aber nach dem Verschwinden der *Princess* ging die Eternal-Reederei, die ausschließlich kleine und große Kreuzfahrer gebaut hat, in die Pleite. Und mit der *Eternal Princess* fand die Ära der großen Kreuzfahrtraumschiffe schlagartig ihr Ende. Weil sich niemand mehr in einem Zivilschiff den offenbar gewordenen Gefahren des Weltraums aussetzen wollte."

Er pausiert kurz. „Das Schiff ist also vierhundert Meter lang, fünfzig breit. Wiegt Dreihundertfünfzigtausend Tonnen. Zwölf Decks und die Brücke ausnahmsweise auf dem Oberdeck. Was gegen die Philosophie ihrer Zeit war, aber…", beginnt Greg, doch der Captain ermahnt ihn, nicht abzuschweifen.

„Sie ist 2256 das erste Mal eingesetzt worden, hat 3250 Passagiere gehabt, so wie 250 Personen Service-Crew, welche die Gäste bedient hat. Zweihundert Androiden auch noch für die Gästebedienung und einhundert operationale Crew für die Schiffsführung. Von den 3250 Passagieren waren 2500 in Stase in den Stasekisten, fünfhundert in der Zweiten Klasse und 250 in der Ersten Klasse."

Greg beendet das Dozieren, natürlich ohne dass er außer Atem gekommen ist.
„Viele Leichen dann, die meisten eingekastelt", gibt Jane leise von sich, aber jeder kann es hören. „Was bloß passiert ist?", flüstert sie

leise zu sich selbst. Dem Captain geht offensichtlich dasselbe durch den Kopf.

„Und wie ist der Kahn nun verschwunden? War er nicht von Piraten einfach zusammengeschossen worden? Dann kann unser Schiff hier nicht die *Princess* sein." Captain Schneider sieht Greg fragend an.

„Nein Captain. Es gab damals verschiedene Theorien. Piraten scheiden aber wirklich aus, weil das Schiff geschlagene vier Kriegsschiffe der Navy als Begleitschutz hatte. Die *Nemesis*-Klasse Fregatte *Saladin* und noch drei *Lotus*-Klasse Korvetten. Wegen der vielen Multimillionäre und Promis an Bord hat man an nichts gespart. Im Jahre 2258 ist die *Princess* dann bei ihrem fünften Flug verschwunden. Einfach verschwunden. Man hat nie wieder eine Spur von ihr gefunden. Das Verschwinden war allerdings etwa fünfhundert Lichtjahre von hier und ist genaustens dokumentiert worden. Das Schiff ist auch in einer Anomaliezone des Hyperraums verschwunden. Einer Raumtasche, wie man auch sagt."

„Wie kann sie fünfhundert Lichtjahre als Wrack zurückgelegt haben?", fragt Jane erstaunt.

„Es ist nicht ungewöhnlich, dass Objekte, die *in* oder *in der Nähe* von Hyperraum-Extrauniversaltaschen verschwinden, etwa in den vorgelagerten Raumtaschen, Wurmloch-artig in großen Entfernungen auftauchen", führt Greg aus. „Zweihundert Lichtjahre sind bereits nachgewiesen worden."

Captain Schneider seufzt. „Erzähl genau, was passiert ist. Denn wenn wir bald an Bord gehen, sollten wir uns ein klares Bild machen. Aber mach keine Geschichtsstunde draus."

„Aye Skipper", beginnt Greg. „Am 16.03.2258 ist die *Princess* mit ihrer Eskorte gestartet. Am 20.03. um 11 Uhr begann sie, sich mit Unterlicht einer bunt leuchtenden Hyperraum-Extrauniversaltasche zu nähern. Also etwa fünfhundert Lichtjahre von hier entfernt, etwa auf halbem Wege zwischen Terra und der zweitwichtigsten Föderationswelt Arret."

„Warum hat sie sich der Tasche genähert?", unterbricht der Captain.

„Es war eine Tourismussache. Eine Doppelanomalie. Zwei rote Stränge, die in Wirklichkeit langgezogene Extrauniversaltaschen waren. Extrauniversaltaschen, die etwas pulsierten. Etwa eine Lichtsekunde auseinander. Sehr groß, so dass für ein Raumschiff ein sehr interessanter optischer Eindruck entstand, wenn es dazwischen durchgefahren ist."

„Na, dann ist ja alles klar und wenig mysteriös", kommt es von Tough, der schon gelangweilt klingt.

„Um genau zwölf Uhr mittags steuerte die *Princess* flugplangemäß auf die beiden Anomalien zu, wo sie zwei Stunden stillstehen sollte. Dieses Manöver hatte sie bereits auf den vorherigen vier Reisen problemlos durchgeführt."

„Idioten. Dann ist doch alles klar. Anomalien sind unberechenbar. Nur weil die Leute auf dem Oberdeck auf Aussichtsplätzen die Energien angaffen wollten. Ein tödliches Lichtspiel würde ich sagen." Der Skipper schüttelt den Kopf. „Aber die Navyschiffe müssen es doch mitbekommen haben."

„Es gab *keine* energetische Entladung zwischen den beiden Strängen, die die *Princess* zerstört hätte. Auch wenn viele Verschwörungstheoretiker so etwas vermutet und die Navy des Vertuschens bezichtigt haben. In Wirklichkeit aber…", Greg macht eine Kunstpause. „In Wirklichkeit hat das Kreuzfahrtschiff um genau 12:30 Uhr langsam Kurs auf den Extrauniversalstrang steuerbords genommen. Außerplanmäßig. Ist mit einem Prozent Graviton drauf zu gekrochen."

„Und?", fragt Jane, die die Geschichte von früher zwar noch im Groben kennt, aber keine so genauen Details mehr im Kopf hat. Außerdem sind so ziemlich alle Schilderungen der Ereignisse, die man im Netz finden kann, mit Anti-Föderationspropaganda und Verschwörungstheorien durchsetzt.

„Um genau 12:31 funkte die *Saladin*, das führende Begleitschiff, die *Princess* an und bat um Erklärung für die Kursabweichung."

„Wo waren die Begleitschiffe?"

„Mehrere Lichtsekunden backbords von der *Princess*. Sie hatten stehenden Befehl, das so zu machen. Sie durften sich nicht wie die *Princess* der Anomalie nähern. Weil sie nur bei Gefahr oder zu wissenschaftlichen Zwecken ein Risiko an den Anomalien eingehen durften. Das hat der Navy hinterher sehr viel Kritik eingebracht."

„Das glaube ich", schnarrt Pascal.

Greg fährt fort. „Die *Princess* hat sofort mit einer computergenerierten Textmeldung an die Begleitflotte reagiert, ein kleineres Feuer sei an Bord ausgebrochen und habe die Kommunikationseinrichtungen und die Navigation temporär außer Gefecht gesetzt. Der Schaden würde aber in wenigen Minuten behoben sein."

„Also ein Brand in der Kombüse?", fragt Jane und schüttelt den Kopf.

„Nun, die hatten ja gleich mehrere Dutzend Restaurants, nachdem was unser Blechmann sagt", merkt Mister Nice an.

„Es ist wahrscheinlich, dass die Erklärung des Hauptcomputers der *Princess* zutrifft", nimmt Greg den Faden wieder auf. „Jedenfalls ging aus der Kommunikation hervor, dass der Kreuzfahrer gelben Alarm hatte. Sofort nahmen die Navyschiffe Kurs auf die *Princess*."

„Und haben sie gerettet, der Captain der *Saladin* hat die Küchenhilfe geheiratet und wenn sie nicht gestorben sind...", ätzt Mister Nice.

„Maul halten, Nice!", tönt Tough und fasst den Mann so hart an der Schulter an, dass er aufschreit.

„Um 12:32 meldet der Bordcomputer der *Princess* wieder textuell, der Brand sei automatisch gelöscht und das Schiff gleich wieder unter Kontrolle. Der Gelbalarm sei aufgehoben. Zu diesem Zeitpunkt driftete die *Princess* aber immer noch auf die Extrauniversaltaschen zu."

„Zu schnell, die Meldung. Als wenn jemand nicht wollte, dass sich die Navy nähert", flüstert Jane zu sich selbst.

„Es gibt keinen Grund, so etwas anzunehmen, Jane. Die Navyschiffe näherten sich jedenfalls weiter und die *Saladin*, selbst immerhin 350 Meter lang, begann ihren Traktorstrahl vorzubereiten. Doch da beschleunigte die *Princess* plötzlich hart und schoss rasend schnell auf falschem Kurs bleibend auf die Steuerbordanomalie zu."

„Und dann?", fragt Schneider.

„Praktisch sofort war die unter Warp wie ein Pfeil abzischende *Princess* verschwunden. Es war eine Hyperraumeinstülpung kurz vor den eigentlichen, stabförmigen und bunten Extrauniversaltaschen. Wie sie oft auftreten. Man sah auf den damaligen Aufnahmen, wie das Bild der *Princess* bei ihrem Eintauchen in die Raum-Einstülpung optisch verzerrt worden ist."

„Und die *Eternal Princess* ward nie wieder gesehen", endet der Captain für Greg.

„Richtig Sir, Navyschiffe suchten zu mehreren noch monatelang und am Ende wurde ein Navyschiff dort permanent stationiert, das aber nie etwas gefunden oder aufgefangen hat."

„Es ist durchaus normal, dass Dinge in diesen Hyperraumkrümmungen permanent verschwinden. Oder nach Sekunden, Minuten, Stunden oder Jahren wieder auftauchen. Man hat da nie vernünftige Ergebnisse bei Versuchen bekommen", übernimmt der Kapitän das Dozieren für Greg.

„Und auch das Zurücklegen riesiger Distanzen von den verlorenen oder absichtlich in die Krümmungen hineingegeben Objekten ist überliefert. Eben auch hunderte von Lichtjahren. Ein absichtlich hineingestoßenes Shuttle ist einst zweihundert Lichtjahre weiter wieder aufgetaucht."

Betretenes Schweigen herrscht im Schiff.

„Und jetzt treibt die *Princess* hier draußen rum. Als Totenschiff."
Jane sagt es mit Grauen in der Stimme.

So weit wie wir es aus dieser Entfernung sehen können, ist das
Schiff äußerlich intakt. Kein Schaden durch irgendeinen Beschuss,
was ja auch nicht zu erwarten war. Keine Hüllenbrüche oder etwas
in der Art. Ob die Deckstruktur noch intakt ist, können wir nicht
sagen. Wir messen ultraniedrige Energieabstrahlungen an. Völlig
tot ist sie also noch nicht, aber weitgehend passiv."
Jane hätte am liebsten nach einer optischen Darstellung des
Schiffes gefragt, aber aus dieser Distanz kann man noch nicht so
viel ausmachen.

„Das meiste werden wir durch Medienauftritte verdienen.
Nachrichtenmagazine, Showinterviews." Der Captain will
offensichtlich einen neuen Aspekt beleuchten. „Die *Eternal Princess*
hatte aber auch interessante Ladung. Nicht wirklich viel, aber
einiges an Mitbringsel reicher Leute. Zwei Automobile, also solche,
die nur auf der Straße gerollt sind. Keine Gleiter. Die historischen
Dinger waren wohl das Spielzeug reicher Leute. Nobelmarken. Die
bringen auch noch heute etwas. Einer der Multimillionäre hatte
Nova-Gloakische Truhen, die sehr kostbar sind, bis heute. Sie
hatten außerdem erlesene Rotweine für Arret geladen. Aus
Frankreich. Die sind wohl untrinkbar geworden, aber eine gewisse
Anzahl besonders kostbare Chateau-Irgendwas dürften einiges an
Sammlerwert bringen."

Der Captain versucht das Gespräch auf einen Vertrag zu bringen,
dass alle, die Medienverträge abschließen, auch ihren Teil
abgeben, um die nächsten Wartungskosten der *Orpheus* zu zahlen.

Doch niemand will irgendeinen Vertrag unterschreiben. Alle sichern ihm schließlich mürrisch zu, ihren Teil beizutragen.

„Was uns zu dem Thema bringt, wer nun an Bord geht. Wir werden alles sauber dokumentieren und das wird sich alles zusammen mit der Sensation des Schiffes selbst verkaufen lassen. Aber wer an Bord geht, wird das meiste verdienen."
Schweigen herrscht, als alle überlegen.
„Ich bleibe hier, wer bleibt noch?", fragt Captain Schneider. Am Ende wollen alle gehen bis auf Mister Nice. „Mit dem Föderationsmist will ich nichts zu tun haben", erklärt er und ist merkwürdig wortkarg dabei.
„Mister Rogers?", fragt der Captain und benutzt für Tough die ungewohnte, formale Anrede. „Eigentlich möchte ich Sie wie immer als Zweiten Ingenieur des Schiffes hierbehalten."
„Fuck, Skipper. Mister Nice kann das auch. Die Kohle kann ich mir nicht entgehen lassen." Er wirft Jane einen fragenden Blick zu, so als wolle er ihre Unterstützung.
„Klar Captain, den Moment kommt die *Orpheus* auch mal nur mit Mister Nice aus."
Allgemeines Gelächter, böse Blicke von Mister Nice und damit ist die Angelegenheit geklärt.
„Dann gehen wir auf tausend Kilometer ran und horchen weiter", legt der Captain fest.
„Warum so vorsichtig? Gehen wir gleich ran und bringen die Sache zu Ende", murrt Tough ungeduldig.
Der Captain schweigt eine Weile, sagt aber erst nichts.
„Okay Greg, hundert Kilometer Abstand wie bei Annährung üblich. Dann geht das Team erst mit dem Shuttle rüber wie immer."

„Aye Skipper", tönt Greg schneidig und damit ist das Meeting geschlossen. Als sich alle von der Brücke drängen, merkt man ihnen die Aufregung an. Der Captain und Greg bleiben zurück. „Ich bin dann im Maschinenraum", sagt Jane.

„Eine Frage noch, Greg", gibt Pascal unschuldig vom Gang her von sich, als Tough schon gegangen ist. „Wenn die in der Föderation für alle die Körperbackups hatte, wie du mal erklärt hast, dann…", er zögert.

„Ja?"

„Dann sind doch alle Toten, oder fast alle, später aus den Backups neu erschaffen worden, oder?"

Doch Greg schüttelt den Kopf. „Nein. Leider nicht. Weil das Schiff als vermisst galt, durfte nach dem Gesetz niemand zurückgebracht werden. Die Backups waren tabu. Es wurde also niemand wiederbelebt. Es gab am Ende der Föderation in den 2260ern einen Sammelprozess gegen das Wiederbelebungsinstitut. Aber durch das Ende der Föderation wurde er nie abgeschlossen. Einige Milliardärsfamilien haben aber vermutlich später ihre Angehörigen illegal aus Backups erstehen lassen, denke ich. Da gibt es viele Theorien."

„Also ein Schiff weitgehend voller… wirklich Toter", stellt Pascal fest.

„Den Luxus eines Backups haben wir jedenfalls nicht. Von mir abgesehen", fügt Greg noch hinzu. „Mein Backup liegt im Schiffsrechner. Bei mir ist das einfacher und nur Software." Pascal nickt.

# DAS SCHIFF

**11:58 Uhr, 03.10.2457 Greenwich-Erdzeit**

**22:50 Uhr, 06.04.159 Bordzeit *TPS Orpheus***

**Ca. 823 Lichtjahre von der Erde entfernt im Hyperraum, neben dem Wrack der *Eternal Princess***

**Greg Annoyed**

Die *Orpheus* liegt plangemäß einhundert Kilometer vom Wrack entfernt. Alle sind auf der Brücke versammelt und haben das optisch aufbereitete Sensorbild des mysteriösen Schiffes bewundert. Jedoch ist es noch ziemlich grob. Daher warten alle darauf, dass die abgeschickte Sonde endlich einen Nah-Anblick vom Schiff sendet. Greg fällt auf, wie angespannt seine Schiffskameraden sind. Mr. Nice scheint sich in eine nervöse Aggressivität hineingesteigert zu haben. Er wirkt wie ein Dampfkessel unter Überdruck, was Greg an seiner Röte, ziemlichem Schwitzen und schneller Atmung erkennt. Außerdem „wittern" seine chemischen Sensoren deutlich Hormone, die diese Diagnose bestätigen. Greg kann Stimmungen sogar erschnüffeln, ähnlich wie ein Hund. Ob Mister Nice seine Entscheidung, im Schiff bleiben zu wollen, bereits bereut?

Tough hingegen ist erstaunlich ruhig. Greg lacht in sich hinein, als er denkt, dass dem recht simpel gestrickten Mann möglicherweise die Intelligenz fehlt, um so nervös wie seine Crewkameraden zu sein.

Dagegen ist der jetzt Pascal genannte junge Mann nervös und aufgeregt. Aber auf positive Art. Dass sie sich der legendären *Eternal Princess* nähern, ist für ihn ein großes Ding. Schließlich ist das Verschwinden des Schiffes eines der großen Rätsel der Menschheit, das sie jetzt lüften wollen. Auch Jane geht es so, auch wenn sie ihre Gefühle als erfahrene Raumfahrerin besser unter Kontrolle hat. Mürrisch unruhig und gefasst ist der Kapitän, ganz seiner Rolle als Alphatier der Crew entsprechend. Die er, so stellt Greg immer wieder fest, hervorragend ausfüllt. Und er selbst? Greg stellt fest, dass auch er ein gewisses Interesse daran hat, das Geheimnis des Schiffes zu lüften. Auch verspürt er eine gewisse Vorfreude auf mögliche Belohnungen, die es ihm ermöglichen würden, seine mechanischen Teile mal komplett auszutauschen. Ein Speicher und Prozessorupgrade wäre auch etwas Interessantes. Schließlich hat er sich irgendwann einmal Papiere besorgt, die ihn als sentienten Androiden ausweisen, auch wenn er das garnicht ist. Er ist ein vollwertiges Mitglied der Crew und Bürger dieser chaotischen Republik Terra. Natürlich wird er seinen Anteil an den Belohnungen bekommen.

Er merkt, dass er gedanklich abschweift. Andererseits kann er in einer Sekunde viele tausend komplexe Gedanken verfolgen und muss sich nicht auf irgendetwas konzentrieren wie die Menschen. Ah, es ist so weit, die Sonde überträgt ihre Bilder.

„Empfangen Video-Feed der Sonde", verkündet er ruhig und der Hauptbildschirm geht an.

## Jane Leslie

Sie kann es kaum glauben. Sie sieht wirklich das legendäre Schiff *Eternal Princess* von außen. Das riesenhafte, dunkle Ding schwebt vor dem hier konturlosen Grau des Hyperraums. Sie merkt, dass sie buchstäblich eine Gänsehaut hat. Sie greift das kleine silberne Kruzifix, das sie an einer Kette um den Hals trägt und streichelt es. Die Crew ist dabei Geschichte zu schreiben und sie ist Teil davon. Als das Bild der Sonde den schwärzlichen, noch leicht metallisch glänzenden Leib des riesigen Schiffes zeigt, stockt ihr der Atem. Der Leib ist glatt, als sei das Schiff neu. Was im Widerspruch zu den Vorstellungen steht, die man von einem so alten Schiff hat, stellt sie fest. Aber die *Princess* war eben nicht im Normalraum unterwegs, sondern im Hyperraum, wo nichts an Staub und Steinen durch den Raum fliegt. Wie es ihr ergangen sein mag in dieser Raumfalte, in der sie offenbar verschwunden war? Oder war sie gar durch eine der Extrauniversaltaschen in ein Paralleluniversum eingegangen? Das ist normalerweise nicht möglich, aber manchmal eben doch. Die seltenen Extrauniversaltaschen, bei denen es sich laut Physikern um energetische Einstülpungen fremder Universen handelt, sind längst noch nicht hinreichend erforscht.

Die Kamera fährt über den Leib des alten Schiffes. Unheimlich wird der Scheinwerfer der Sonde reflektiert.

Sie sieht, dass Greg still neben ihr auf der Brücke steht. Er steuert die Sonde offenbar fern. Dann taucht ein Schriftzug auf. EPS ETERNAL PRINCESS und darunter die Registriernummer CCR-128 und kleiner EARTH FEDERATION. Was bedeutet, dass die *Princess* das einhundertachtundzwanzigste kommerzielle Kreuzfahrtraumschiff war. Und auch das Letzte. Was werden sie nun finden, wenn sie später an Bord gehen? Ihr Verstand produziert ihr Gruselbilder von schrecklichen Leichnamen, die sich in den Gängen vor der Luftschleuse drängen. Doch sie verdrängt die Bilder. Das ist auch eine wichtige Frage. Hat die *Princess* Rettungsbote abgesetzt? Aber wenn, werden sie in dieser Raumtasche ausgeschleust worden sein und offenbar hat man nie eines gefunden.

Die Sonde fährt weiter über den Leib. Geht aufwärts über den Bug des Schiffes. Hier muss die Brücke liegen, die bei diesem Schiff wie bei modernen Schiffen der Terranischen Republik schon auf dem Oberdeck war. Die Kamera fährt über ein ausgeblichenes Logo der Eternal-Reederei. Sie sieht ein kursives E in einem Kreis. Darunter wieder die Registriernummer des Schiffes. Sie fühlt Tränen in den Augen. *Es ist an der Zeit, dass du nach Hause kommst, Princess.* Aber sie werden das Schiff nicht etwa zurück nach Terra bringen, wo sie gestartet ist, und die Eignergesellschaft saß. Sondern sie werden sie nach Arret schleppen. Dafür gibt es gleich zwei gute Gründe. Erstens, dass die korrupten Behörden Terras das alte Schiff wohl schnell enteignen würden, damit sich irgendwelche Honoratioren selbst bereichern. Und zweitens beträgt der Weg nach Terra etwa achthundert Lichtjahre, während es nach Arret nur an die zweihundert sind. Was einen großen Unterschied macht, wenn die *Orpheus*, später wie ein Geier auf ihrer fetten Beute sitzend, nur mit zweihundert Überlicht fliegen kann. Dann wird die Reise nach Arret immerhin noch ein Jahr dauern. Die wird die Crew abwechselnd in den Stasekammern verbringen, in denen für die Insassen keine Zeit vergeht. Und für die Menschen auf Arret und der Erde werden nicht an die 365 Tage, sondern nur knapp vier Tage vergangen sein. Des schnelleren Zeitablaufs im Plus-100-Universums halber, durch dass sich die *Orpheus* wie alle Raumschiffe bewegen wird.

„Das da muss die transparente Decke des Oberdecks sein!", dringt die laute Stimme des Kapitäns in ihre Gedanken. In der Tat verharrt die Sonde etwas langsamer und man sieht, dass sich ihr Lichtstrahl in sehr fleckigem, glasartigem Material spiegelt. Sehr eigenartig sieht es aus, „Man erkennt nichts. Das ist das gefrorene Wasser des Swimmingpools auf dem Oberdeck", stellt Greg sachlich fest. „Oh ja", stimmt der Kapitän zu. „Ohne Schwerkraft ist das irgendwann im Schiff herumgeschwappt. Das meiste wohl auf dem Oberdeck und irgendwann eingefroren."
„Wir müssen auch nachsehen, ob Rettungskapseln ausgestoßen wurden", erklärt der Kapitän. *Zwei Dumme, ein Gedanke*, stimmt ihm Jane zu. Doch jetzt bewegt sich die Sonde wieder und kommt an die Backbordseite des Schiffes. Hier ist das transparente Oberteil des Schiffes an der Seite heruntergezogen. Man wollte auch zur Seite hin Aussicht haben. „Hier achtern war der Pool", bemerkt Greg dazu, der sicher die kompletten Pläne der alten *Eternal Princess* irgendwo auf seinen Massenspeichern abgespeichert hat. Die Sonde geht nah an das wieder zugeeiste Fenster heran. Näher und näher. Erst sieht man nur das Licht reflektierende Eis innen hinter der „Glas"-Scheibe. Doch dann glaubt sie etwas zu sehen. Ihr stockt der Atem. Da ist ein Mensch!

Ihr stehen die Haare zu Berge. Da ist wirklich ein Schwimmer zu sehen, der sich allerdings einige Meter im Schiff befindet. Nicht auf Poolhöhe, mutmaßt sie, sondern eher in Deckennähe. Aber das anfangs noch flüssige Wasser wird sich nicht auf das alte Becken beschränkt haben, als die Schwerkraft irgendwann ausgefallen ist. Und da ist ein Schwimmer mit eingefroren worden. „Man erkennt eine Badehose", merkt Greg an, als hätte er ihren Gedanken erraten.

„Warum…?", beginnt Pascal eine Frage, redet jedoch nicht weiter. Greg greift den Faden auf.

„Noch passt alles zur letzten Meldung des Bordcomputers der *Princess.*" Die Sonde bewegt sich unterdessen etwas zum Heck des Schiffes.

„Das Schiff hat gelben Alarm gesetzt, nachdem der Brand Kommunikation und Navigation beschädigt hat. Dann werden die Schwimmer den Pool, der zu diesem Zeitpunkt sehr voll gewesen sein muss, verlassen haben. Vermutlich wollten viele vor dem Alarm schwimmend den Anblick der beiden Energiesäulen genießen. Und viele andere werden auf dem Oberdeck an Tischen gesessen oder gestanden haben und durch die transparente Decke gesehen haben und die Seitenfenster heckseits. Der einsame Schwimmer ist wohl später zurückgekehrt und allein ertrunken. Unbemerkt im vermutlich irgendwann ausbrechenden Chaos in der Endphase, als das Schiff schon länger in der Raumtasche verschwunden war."

„Aber warum eigentlich hat das Schiff später Kurs auf die Extrauniversaltaschen – oder besser Stränge - gesetzt und so schnell beschleunigt?"

„Fehler in der Navigation. Die gemeldete Beschädigung eben", stellt Greg klar. „Vermutlich hat der Navigator später versucht, vom Maschinenraum aus das Schiff zu steuern und sich dabei vertan. So dass er in die Extrauniversalstränge hineingeflogen ist."

„Ist da noch jemand?", fragt Tough ganz leise. Doch alle haben nur Ohren für Greg und seine Erklärungsversuche.

„Man kann das Schiff auch vom Maschinenraum einigermaßen steuern", gibt Jane von sich. Dass man da zwangsläufig in eine Anomalie knallt, geht ihr als Herrin des Maschinenraums der *Orpheus* gegen die Ehre.

„Nun, mit einem Brand, der die Navigation beschädigt hat...", beginnt Greg, doch Tough Rogers wird jetzt laut.

„Da ist eine Frau! Eingefroren!"

Greg zoomt auf etwas heran. Dann sehen es alle. Eine Frau ist da im Eis, wie schwebend eingefroren. Sie steht seitlich zur Kamera, den Kopf angehoben. Nur mit einem dünnen Kleidchen ist sie bekleidet, das auch noch hochgerutscht ist, so dass man ihre langen Beine sieht. Die Frau ist gut erhalten, weil sie offensichtlich eingefroren worden ist, bevor die Verwesung eintreten konnte. „Wieso hat sie die Hände auf dem Rücken?", fragt Pascal. Greg lässt die Sonde heranzoomen. Dann sehen es alle. Sie hat die Hände mit etwas auf dem Rücken gefesselt, das wie ein roter Seidenschal aussieht.

„Sie sieht aus, als habe sie ein Verrückter mit seinem Zierschal gefesselt und dann in den Pool geworfen, nachdem er...", redet Pascal drauf los.

„Nun", beginnt Greg mit ruhigem Tonfall. „Es ist wie bereits festgestellt wahrscheinlich, dass irgendwann Chaos ausgebrochen ist. Als das Schiff in der Raumfalte verschwunden ist, wird alles erst weiter funktioniert haben. Insbesondere, wenn der Brand unter Kontrolle war."

„Wochen, Greg?" Der Kapitän sieht ihn fragend an. „Bis zu zehn Jahre würde ich sagen. Das Einsteinerhaltungsfeld sorgt für eine gewohnte Umgebung, wie im Normaluniversum", erklärt der Android.

„Gewohnte Naturgesetzte", wirft Jane ein.

„Genau", stimmt er zu. „Und solange die gespeicherte Antienergie reicht, können die Extrauniversal-Generatoren Energie produzieren und alles funktioniert weiter. Inklusive der Printer für Essen und Medikamente."

„Aber irgendwann bricht Chaos aus, die Crew verliert die Kontrolle und es kommt zu Gewalttaten von Stärkeren an Schwächeren", spekuliert Jane. „Von Männern an Frauen", fügt sie hinzu.
„Ob wir von Stunden, Tagen oder viel länger reden, wissen wir nicht. Es muss psychologisch schlimm gewesen sein, dass der Kreuzfahrer in einer Raumtasche festsaß."

„Der Seidenschal... so als sei das kurz nach dem festlichen Lunch auf dem Oberdeck zum Ansehen der Anomalie passiert", grübelt Jane laut. „Vielleicht brach das Chaos sehr schnell aus."
„Das wäre eher ungewöhnlich", wirft Greg ein.
„Lass die Sonde weiterziehen, Greg", kommandiert der Kapitän. „Die arme Frau kann uns derzeit nicht weiterhelfen, das alles zu verstehen. Jedenfalls sind nicht viele im Pool, oder?"

Die Sonde sucht noch eine Weile weiter, aber es ist niemand mehr zu erkennen.

„Lass uns nach offenen Rettungsbuchten suchen. Man kann doch von außen feststellen, ob die Rettungsbote noch da sind?"

„Aye Captain. Die Scanner können sehen, ob hinter den geschlossenen Schotten noch die Kapseln sitzen."

„Dann los, Mister."

Greg bestätigt und für die andere Crew wird es etwas langweilig, als die Sonde Minuten damit zubringt, die Außenhaut abzufliegen. Das Ergebnis ist, dass nur zwei Rettungskapseln fehlen. Ein Ergebnis, mit dem niemand etwas Konkretes anfangen kann.

„Was ist, wenn im Schiff noch jemand drin lebt?", fragt Tough. Mr. Nice kichert und der Captain schüttelt den Kopf.

„Mister Rogers, selbst wenn sie noch zwanzig Jahre Energie hatten, macht das immer noch hundertachtzig Jahre ohne Energie. Die sind alle tot."

„Nun", beginnt Greg gedehnt. Alle Köpfe rucken zu ihm herum. „Theoretisch wäre es denkbar, dass wir sentiente Androiden vorfinden, die sich in einer Art Niedrigenergie-Dauerschlaf befinden. Wenn sie mit etwas Energie versorgt werden, würden sie wieder funktionieren."

„Und das", setzt der Kapitän den Gedanken fort, „wäre dann für die Bergung relevant, wenn es sich um Crewmitglieder handelt.

„Im Allgemeinen gilt ein Raumschiff nach einhundert Jahren oder mehr als aufgegeben und der Eigentümer kann keine Eigentumsansprüche mehr stellen", erklärt Greg. „Da gibt es eindeutige Gerichtsurteile zu. Aber sollten wir einen noch funktionierenden, sentienten Androiden dort vorfinden und er

Teil der Crew wäre, sogar Servicecrew würde genügen, dann...",
beginnt Greg eine längere Erklärung.

„Wäre das eine Grauzone, die juristisch noch nicht erforscht ist",
vervollständigt der Skipper. „Wenn aber ein sentienter Android
Lebenszeichen zeigt und wir nicht helfen, wäre das unterlassene
Hilfeleistung."

Greg scheint zu überlegen und legt menschlich eine Hand ans
Kinn. Obwohl er doch Schlussfolgerungen in einem
Sekundenbruchteil ziehen kann, überlegt sich Jane. *Alter
Schauspieler.*

„Allerdings gibt es keinen Rechtsnachfolger, weil das
Unternehmen Eternal insolvent war. Rechtlich ein interessantes
Problem. Ich vermute, die *Eternal Princess* würde rechtlich als
eigenständiges Schiff in privater Hand mit dem überlebenden
Androiden als Captain gelten und Rechtsnachfolger der Aktionäre
der Eternal-Reederei könnten Rechtsansprüche geltend machen."

Captain Scheider seufzt. „Und wir unsere Bergungskosten in
Rechnung stellen. Aber lassen wir diese verrückte Juristerei und
gehen wir erst einmal an Bord."

„Sollten wir eine Sonde reinschicken? Wenn wir eine Schleuse
aufgemacht haben?" Jane sieht den Kapitän fragend an. Der holt
tief Luft.

„Wie viele Sonden haben wir noch, Miss Leslie?"

„Zwei, Captain."

„Richtig. Und eine ist da draußen. Mir ist das schlichtweg zu teuer, noch eine *in* einem Wrack zu riskieren. So haben wir die letzten zwei verloren. Das kostet viel zu viel Geld."

„Probieren wir doch noch mal Mister Metall", schlägt Tough vor. Der Captain seufzt wieder. Leslie läuft rot an. Der nicht-sentiente, nicht menschenähnliche Droide, den die Crew Mister Metall nennt, liegt immer noch defekt in einem Schrank in ihrem Maschinenraum. Das Ding hat ein rein stählernes Äußeres, keinen Unterkörper, aber einen grob menschenähnlich gestalteten Kopf und zwei Greifarme. Ein Standard-Reparaturdroide, wie er bei Navy und Handelsmarine üblich ist.

„Fortschritte, Miss Leslie?", fragt der Skipper. Doch die schüttelt nur den Kopf.

„Beim letzten Mal hat er Greg angegriffen, weil er ihn als einen konkurrierenden Blechkameraden angesehen hat", feixt Mister Nice.

„Er braucht ein paar neue Chips, wie ich bereits gesagt habe", gibt Greg verschnupft klingend von sich.

„Teuer, sehr teuer", murmelt der Kapitän nur. Dann klatscht er in die Hände. „Also gut Leute, wir machen in Anbetracht der vorgerückten Stunde vier Stunden Schlafpause. Alle bis auf Mister Nice und mich machen sich danach um Punkt Vier Uhr morgens Bordzeit fürs Shuttle fertig. Klettert in die Raumanzüge und Greg nimmt mit, was immer er da mitnehmen kann." Der Captain zwinkert dem Androiden zu. Natürlich ist von dem Thermostrahler die Rede, weiß Jane.

Und fleißig dokumentieren, dass wir eine saubere Crew sind und alles rechtssicher machen."

„Ja, euer Ehren", flachst Greg, was ihm einen skeptischen Blick vom Kapitän einbringt.

„Eines noch", sagt Jane noch schnell, bevor sich die Versammlung auflöst.

„Ja?", fragt der Skipper.

„Föderationsschiffe haben keinen äußeren Notenergieport. Nicht wie heute üblich einen oder gar mehrere. So einfach kann die *Orpheus* die *Princess* also nicht mit Notenergie versorgen, wenn wir festgestellt haben, dass alles klar ist."

„Ach richtig, seufzt der Captain. Dann nehmt unseren Notenergiegenerator schon mal mit ins Shuttle, um Zeit zu sparen. Solide Föderationstechnik sollte ja wieder in Gang zu kriegen sein."

„Sollten wir das kostbare Ding nicht lieber hierlassen, bis wir wissen, dass er Sinn macht?", fragt Greg. Schließlich sind solche Extrauniversal-Generatoren, die ihre Energie erzeugen, indem sie diese aus einem energetisch höherwertigen Kontinuum absaugen, heutzutage eine Kostbarkeit und nicht wie zu Zeiten der alten Föderation massenhaft verfügbar. Energie ist wieder knapp geworden, was damals zu Föderationszeiten anders war, als alle möglichen Geräte Batterien mit einem XU-Generator hatten, wie man diese abgekürzt nennt.

„Ich mache mir Sorgen, dass Sleazy-Joe die Info über die alte Föderationsstation nicht nur an mich verkauft hat, sondern an noch mehr Bergungsunternehmen. Oder gar Piraten. Und wer bei der Station ist, ist vielleicht auch bald hier."

„Ich habe die Daten dort gelöscht, Skipper", bemerkt Greg. Doch der seufzt nur. „Wer weiß, ob es da nicht noch ein Backup gibt. Und die Station ist mir einfach zu nah dran."

**18:01 Uhr, 03.10.2457 Greenwich-Erdzeit**

**04:53 Uhr, 07.04.159 Bordzeit *TPS Orpheus***

**Ca. 823 Lichtjahre von der Erde entfernt im Hyperraum, neben dem Wrack der *Eternal Princess***

**Jane Leslie**

Das Shuttle nähert sich auf den letzten Metern der Notschleuse, die auf Deck Fünf der *Eternal Princess* liegt. Auch hier wird das Shuttle mit seiner Gummilippe andocken können. Alle vier tragen die weißen Raumanzüge mit dem *TPS Orpheus* – Schriftzug. Die Helme haben sie noch nicht aufgesetzt. Jane sieht nervös den in eine silbrige Schutzhülle eingepackten XU-Generator an. Eine Kostbarkeit und fast unbezahlbar. Würde er zerstört, könnte sich die Crew keinen neuen leisten. Aber um sich in dem riesigen Schiff einen Überblick zu verschaffen, wäre es praktisch, wieder Energie zu haben. Da das Schiff noch weniger Energie hat als vorher die alte Föderationsstation.

„Vielleicht findest du noch ein paar Plakate", scherzt Tough mit Pascal. „Das wäre was", antwortet der und sein Gesichtsausdruck hellt sich merklich auf.

„Wartet!", ist plötzlich die Stimme von Greg ungewöhnlich schneidend zu vernehmen. „Das Schiff empfängt einen Funkspruch!" Jane sieht ihn ungläubig an. „Von der…", beginnt sie eine Frage und zeigt auf die Luftschleuse.

„Von der *Princess*, ja", antwortet der nur knapp. „Ich spiele ihn euch vor", kündigt er an und kurz darauf knistert es aus den Deckenlautsprechern des Shuttles und man hört eine monotone Männerstimme, die so unspezifisch ist, dass man sie vielleicht mit einem Androiden in Verbindung bringen würde.

„…approach…on board…"

„Dann ist die Sendung auch schon zu Ende. Nur dieses kurze, halb unverständliche Fragment", kommentiert Greg.

Also „…nähert euch… an Bord" nach einer längeren Phase an Störgeräuschen und einer langen Pause mittendrin.
„Eine Einladung", sagt Pascal ungläubig.

„Oder es heißt *nähert euch nicht, hier gibt es ein hungriges Alien an Bord* und der Rest fehlt nur", tönt es über den Teamfunk von der *Orpheus* und es ist unverkennbar Mister Nice, der sich da gemeldet hat.
„Halt die Klappe, Mister Nice", hört man vom Captain. Dann geht ein Ruck durchs Shuttle, als das kleine Beiboot der *Orpheus* an das große Schiff andockt. Jane zieht durch den Kopf, wie lange die Leute da drinnen wohl auf irgendeine Rettung gehofft haben. Aber ihre Hoffnung war vergebens, hätte ihnen klar sein müssen, denn es hat noch nie funktioniert, einem in einer Raumtasche verschwundenen Schiff einfach etwas hinterherzuschicken oder es gar zurückzuholen. Auch wenn es im Falle der *Princess* versucht worden war, wenn sie sich richtig an entsprechende Meldungen erinnert.
„Helme auf", kommandiert Greg, der auf natürliche Art und Weise das Kommando übernimmt.

„Kein Kontakt zur Luftschleuse des Wracks", meldet Greg. „Wie erwartet. Wir öffnen über das Notrad." Prompt öffnet sich langsam das innere Schott der Luftschleuse des Shuttles. Als Jane in die Luftschleuse des Shuttles geht, steht sie vor dem verschlossenen Außenschott des eigenen Shuttles, wo es normalerweise in den Weltraum und jetzt hinüber zum Wrack geht.

„Tja, die Arretanische Navy hätte es jetzt einfacher", gibt Pascal von sich, dessen Stimme sich bei diesen Worten vor Aufregung überschlägt. „Statt durch ein dunkles Wrack zu kriechen, können die gleich auf die Brücke beamen."

„Alles okay, LePascal. Pascal. Wir sehen uns das alte Ding nur mal an", beruhigt ihn Jane. Das Schott zum Wrack hin ist geschlossen und die Leuchte an der Außenschleuse zeigt Orange. Greg drückt ein paar Knöpfe, um das Außenschott des Shuttles zu öffnen. Langsam öffnet es sich und Stück für Stück wird die dunkle Außenhaut der *Eternal Princess* in der Luftschleuse sichtbar. Pascal schluckt deutlich hörbar.

„Hatte mich mal bei der Arretanischen Navy beworben", plappert er drauf los. „Weil ich dachte, das mit dem Beamen sei echt praktisch." Niemand sagt etwas. Kurz darauf liegt das ganze Schott des fremden Schiffes frei, das jetzt dort zu sehen ist, wo eben noch das Außenschott des Shuttles war. „Aber die nehmen keine Leute von der Erde", beendet er seine nervöse Erzählung. Das Innenschott des Shuttles schließt sich und Jane, Greg, Pascal und Tough stehen eng beieinander in der kleinen Luftschleuse. „Pumpen Luft ab und bereiten Temperaturausgleich vor", tönt Greg und drückt ein paar Schalter, so wie er das wie gewohnt mit der Hand lieber tut. Nach etwa einer Minute tatscht er an der Außenwand des Wracks herum und findet eine kaum erkennbare Klappe. „Da ist die Notklappe", erklärt er. Dahinter ist ein Handrad zu sehen. „Wollen wir hoffen, dass sie kein Notfallprotokoll gefahren haben, bei dem die Noträder dieser Luftschleusen verriegelt werden."

„Gibt es das?", fragt Pascal.

„Klar", antwortet Greg, während er unter großem Kraftaufwand das Handrad dreht. „Wenn von einer Invasion ausgegangen wird oder ähnlichem. Aber wie du siehst, ist es nicht verriegelt."

Mr. Nice kichert über den Teamfunk. „Also keine galaktischen Riesenspinnen, die die Passagiere und Crew…"

„Ruhe Mister Nice!", flucht der Kapitän und würgt ihn ab. Greg dreht weiter und das dunkle Innere der Luftschleuse des anderen Schiffes wird sichtbar, in das schließlich Licht aus der Luftschleuse des Shuttles fällt. Jane bekommt eine Gänsehaut. Sie sieht tatsächlich das Innere der Luftschleuse der legendären *Princess*! Innen ist wiederum eine Luke zu sehen, die ins Schiff hineinführt. Ein Fenster ist in die innere Schleusentür des Wracks eingesetzt, das sehr klein ist und derzeit völlig schwarz aussieht. Das Geisterschiff dahinter ist völlig dunkel, wie Jane denkt. *Geisterschiff*, was für ein unpassender Term.

Greg gibt einen kurzen Statusüberblick. „Keine Schwerkraft, vermutlich keine Atmosphäre, denn es ist nichts von gefrorener Atmosphäre zu sehen. Die müsste auftreten bei diesen Temperaturen sehr nahe an Absolut-Null. Möglicherweise ist die Luft von selbst im Laufe der Zeit entwichen durch unsachgemäße menschliche Eingriffe oder Undichtigkeiten. Aber unsere Raumanzüge schützen uns, solange bis wir die Lebenserhaltung wieder eingeschaltet haben." Dann öffnet über ein weiteres Notrad die innere Luftschleusentür der *Princess*. Jane denkt mit Schaudern, dass sie nun seit zweihundert Jahren die ersten Besucher auf dem Schiff sind. Zögerlich setzt sie einen Fuß in die Hälfte der nun doppelten Luftschleuse, die zur *Princess* gehört. Ihr Auge streift über die alten Armaturen dort, während Greg das innere Luftschleusenschott der *Princess* aufkurbelt und ein grauer Gang sichtbar wird.

Als alle mit dem eingepackten XU-Generator auf dem Gang stehen, schaudert es Jane wie so oft, wenn sie ein Wrack betritt. Wie alles anders ist als auf einem lebendigen Schiff. Operationale Schiffe haben immer irgendein Vibrieren oder Wummern irgendwo, denn zahlreiche Aggregate pulsieren in einem Raumschiff, um den verletzlichen, wassergefüllten Beuteln, die Menschen nun einmal sind, das Überleben zu ermöglichen. Doch hier ist alles schwarz und still. Im Licht ihrer Helmlampe sieht sie einen schmalen, langen Gang. Hin und wieder gehen Türen zu beiden Seiten ab, die vermutlich in irgendwelche Technikräume führen. Alles ist tot, die Wände funkeln merkwürdig im Licht ihrer Helmlampe, was überfrorene Feuchtigkeit sein wird. Oder eher gefrorene Luft, wie sie weiß. Denn bei bestimmten Temperaturen friert auch Luft ein. Sie sieht auf das Helmdisplay ihres Raumanzugs. Eine Atmosphäre gibt es natürlich nicht mehr bei den bescheidenen 51 Grad Kelvin, die herrschen - oder Minus 223 Grad Celsius. Und das auch nur, weil noch einige wenige Aggregate irgendwo im Schiff Wärme produzieren. Sonst wäre es noch um 51 Grad kälter.

Das Schiff ist nur wenig über dem absoluten Nullpunkt der Temperatur und was an Atmosphäre noch da ist, wäre gefroren. Aber es fehlen die Kristalle gefrorener Gase, die durch das Vacuum der Gänge fliegen. Folglich war die meiste Atmosphäre verschwunden, als das Schiff vermutlich Monate nach der Katastrophe eingefroren ist. Die feuchten Überkrustungen der Wände sprechen dafür, dass nur noch minimale Atmosphäre zu diesem Zeitpunkt vorhanden war. Also war der Teil des Raumschiffes, in dem sie sich hier befinden, sehr lange Zeit im Vacuum. Das alles weiß sie aus ihren Erfahrungen von anderen Bergungen. Deutlich sieht sie die Temperaturwarnung im Display. „Wir sind hier auf Deck Fünf", erklärt Greg über den Teamfunk. „Hier gibt es einen Zugang zum Maschinenraum, hier sind Lebenserhaltung und die Erweiterte Krankenstation."

„Geht gleich in den Maschinenraum und schließt den Generator dort an. Dort könnt ihr mehr machen", kommandiert der Kapitän über den Teamfunk. „Natürlich Sir", antwortet Greg so formell und mit leicht nasaler Betonung, dass Jane kichern muss. „Von dort können wir das Schiff schon kontrollieren, wie immer", fügt er noch hinzu. Dann gehen alle den langen Gang weiter in Richtung Heck des Schiffes.

„Ach ja", bemerkt Greg noch. „Trotz der überfrorenen Restatmosphäre werden die Maschinen wahrscheinlich wieder in Betrieb genommen werden können, denn die Föderation hatte damals Not-Nanotech in den Maschinen, welche die Leiterplatinen und so weiter sauber von Verunreinigungen gehalten hat." Jane nickt, aber hat doch so ihre Zweifel, dass das nach all der langen Zeit noch funktionieren wird. Auch wenn sie von diesem Feature alter Föderationstechnik irgendwann schon einmal gehört hat.

Greg öffnet eine Zwischenluke mit einem Notrad, dann geht es weiter. „Gleich kommt der hintere Quergang", tönt er und bald darauf stehen alle auf einem breiten Gang, der ins Schiff hineinführt und zahlreiche der Zwischenluken abgehen hat.

„Auch hier ohne Atmosphäre, irgendwann ist vermutlich jemand durchgedreht und hat im Schiff alle Luft absaugen lassen. Gut für die Langzeitkonservierung, aber schlecht für die, die noch an Bord waren", doziert er.

Jane schauert es. Ob das Ende recht schnell kam? Kam das Absaugen oder Ablassen der Luft nach Stunden, Tagen oder Wochen? Sie wissen absolut nicht, was hier passiert ist. Sie stellt sich plötzlich erstickende Menschen vor. Kinder, die sich an ihre Eltern klammern und „Mamma, Mamma" rufen wollen, doch nur ihre Münder in das Vacuum öffnen." Sie wundert sich über das Gefühl der Panik, das sie plötzlich hat und drängt es gedanklich zurück. Es ist doch nicht ihr erstes Wrack.

Greg steht vor einem Doppelschott, das offensichtlich in den Maschinenraum führt.

„Zugang zum oberen Zwischendeck des Maschinenraums", erklärt Greg. „Hier und ein Deck höher sind alle wichtigen Kontrollen." Jane merkt, wie sie aufatmet. Wenn das alte Schiff noch einigermaßen intakt ist, werden sie bald überall Licht, Luft und Wärme haben. Bei solider Föderationstechnik ist das nicht ausgeschlossen. Wenn die säubernde Nanotech in den Maschinen noch funktioniert. Dann wird sich das unheimliche Dunkel und das Mysterium des alten Schiffes schnell aufklären. Sie sieht sich schon im Geiste das Logbuch und die internen Kameraaufzeichnungen der *Princess* durchsehen, da reißt sie der am Notrad des Maschinenraumschotts hantierende Greg aus ihren Gedanken.

„Nicht mal der Formenergie-Dietrich funktioniert. Mist! Die haben den Maschinenraum gesichert! Und damit sind auch alle anderen

Zugänge gesichert inklusive der Wartungsschächte, so wie ich die Protokolle von damals kenne."

„Fuck", fügt Tough hinzu. Pascal räuspert sich. „Dann also zur Lebenserhaltung?"

„Schlauer Junge", knurrt Tough dazu als eine Art Antwort.

„Allerdings", beginnt Greg, „sollten wir vielleicht erst einmal zur Erweiterten Krankenstation."

„Fühlst du dich krank?", fragt daraufhin jemand scheinbar mitfühlend über Funk. Doch Jane hört, dass es nur Mr. Nice ist, der wieder einmal sarkastisch ist.

„Die Erweiterte Krankenstation ist dafür zuständig, in gesundheitlichen Krisenfällen bereitzustehen", gibt Greg in seinem altbekannten Dozententonfall von sich. „Da könnten wir vielleicht einen ersten Eindruck bekommen, was hier vorgefallen ist."

Jane schaudert es. Der Gedanke, dass sich hier vielleicht in ein paar Metern Entfernung ein kalter, toter Raum mit den gefrorenen Leichen von Passagieren und Besatzung befindet, ist grauenhaft. Es ist, als würden sich kalte, tote Finger nach ihr ausstrecken, direkt durch die metallischen, kalten Stahlwände hindurch… Sie ruft sich selbst zur Ordnung. Wundert sich, was in sie gefahren ist. Es ist schließlich nicht ihr erstes Totenschiff. Wenn es auch tatsächlich ihr erstes große Passagierschiff ist. Trotzdem versteht sie nicht ihre plötzliche Panikattacke von gerade eben, die sie immer noch etwas mitnimmt. Schließlich sieht es hier nicht anders aus als auf anderen großen Schiffen auch. Und größere Frachter oder Forschungsschiffe hat sie auch schon geborgen, seit sie auf der *Orpheus* arbeitet.

„…Gut, dann geht erstmal zu der größeren Krankenstation auf diesem Deck. Danach zur Lebenserhaltung. Lasst uns erstmal in

Erfahrung bringen, was hier los war", hört sie den Kapitän über den Teamfunk.

„Ihr habt den Captain gehört", beginnt Greg.

Um ein paar Ecken herum befindet sich ein großes Doppelschott. AUXILIARY INFIRMARY steht in großen Lettern darüber. Ein paar Bedienknöpfe sind rechts daneben.

„Hier spaziert kein Passagier einfach rein. Die werden von der Servicecrew über einen tiefer in der Station liegenden Fahrstuhl von den Passagierdecks gebracht", erklärt Greg. Mr. Nice macht irgendeine dumme Bemerkung dazu, doch alle ignorieren es. Der Android öffnet wieder eine Handradklappe und beginnt dann, das Schott aufzukurbeln. Über ihr Anzugmikrofon hört Jane deutlich das mechanische Knarzen, als sich das alte Schott unwillig öffnet. Der molekülmanipulierte Stahl kann den mechanischen Anforderungen standhalten, dafür ist er gebaut.

Das Schott öffnet sich bedächtig. *Als ob es seine Geheimnisse bewahren will*, denkt sie schaudernd.

Alle gehen rein in das, was eine sehr zweckmäßig eingerichtete Halle ist, die offensichtlich auf die Behandlung von zahlreichen Menschen ausgelegt ist. Alles ist in Grautönen gehalten, die frischer wirken als draußen, auch wenn die Wände ebenfalls diesen gefrorenen Glanz haben. Hier und da sind altmodische Landschaftsbilder an den Wänden. Aquarelle, vermutet Jane. Wenn das das richtige Wort dafür ist. Es stehen Geräte herum, die große Ungetüme aus Plastik und grauem Stahl sind, direkt neben Krankenliegen. Die Decken darüber haben große, variable Lampenkonstruktionen. Niemand ist hier. Weder tot noch lebendig. Jane sieht, dass sich weiter hinten ein paar abgeteilte Räume mit Fenstern befinden, die mit Segmentvorhängen versehen sind. Ein weiteres Doppelschott ist im Hintergrund zu sehen. Alles ist durch die Handstrahler, die Greg und Tough ihren Raumanzügen entnommen haben, ebenso wie durch die Helmleuchten in wechselhaftes Licht getaucht. Es ist sauber und steril, nur feuchtigkeitsüberkrustet. Hier war niemand, hier hat es keinen medizinischen Notfall gegeben.

„Nicht grade luxuriös für ein Luxuskreuzfahrtschiff", rutscht es Jane raus.

„Eine billige Konservendose, nicht anders als ein Frachter", brummt Tough.

Der Android Greg leistet sich den Luxus, tief einzuatmen. „Dies", beginnt er langgezogen, „ist ein Bereich, in den nur in Notfällen irgendwelche Gäste kommen sollten. Höchstens die Crew sollte hier im Normalfall medizinisch behandelt werden. Und sauber wie es hier ist, wohl nicht mal die."

„Mir egal", brummt Tough.

„Im schönen Gästebereich waren wir noch nicht. Der ist auf den oberen Decks."

„Okay, okay", sagt Tough langgezogen. Jane sieht sich unterdessen die Geräte an. „TTT Medical" liest sie laut vor. „TTT war die Nobelfirma zur Zeit der Föderation, oder?" Sie sieht Greg fragend an.

„Und davor!", antwortet dieser. „Die haben ja die Technik auf den Markt gebracht, die das interstellare Raumfahrtzeitalter erst ermöglicht hat. Das sind alles sehr teure medizinische Geräte, die gleich drei Modi beherrschen. Nanotech, Formenergie und manuell. Das Teuerste vom Teuersten." Er zeigt auf eine größere Liege. Hier gibt es sogar einen Körper-Backupscanner. Und in der Kammer dahinten auch einen Molekülmanipulator.

„He!", tönt es kratzig über den Teamfunk. „Heißt das, wenn wir das alles wieder in die Gänge kriegen, können wir uns hier selbst Verjüngungsbehandlungen machen lassen?" Es ist die Stimme von Mr. Nice und er klingt ehrlich interessiert. Da er viel Geld dafür ausgegeben hat, sich unlängst in Teilen verjüngen zu lassen, stoßen gratis Verjüngungsbehandlungen natürlich auf sein Interesse. Greg begreift das und kichert.

„Nun, der Molekülmanipulator mag dafür lizensiert sein. Aber nach der langen Zeit funktionieren solche Manipulatoren und Replikatoren nicht mehr." Er pausiert. „Leider verwandelt sich irgendeine Matrix in den Geräten über die Zeit in Gelee. Es würde lange dauern, das zu reparieren. Und wir haben nicht die Mittel."

„Sonst wären Printer und diese medizinischen Geräte Gold wert", kommentiert Jane. Greg deutet auf die kleineren Medizintürme neben den Liegen. „Die Formenergieteile werden ebenfalls kaputtgestanden sein. Aber die mechanischen kann man noch verwenden, wenn man die alte Nanotech vorsichtshalber rausnimmt. Auf dem Graumarkt bringen die Dinger abgespeckt noch einiges ein." Jane nickt.

„Manch ein Tierarzt oder Medizinstudent kann dann Menschen vernünftig behandeln, ohne dass sie astronomische Summen zahlen müssen, die heute Krankenhäuser und Kliniken nehmen."

„Interessanter ist aber", gibt Greg lauter von sich, „dass hier niemand war. Das passt nicht zu dem Szenario, dass die Crew Tage nach dem Brand und dem Übertritt in eine Raumtasche langsam die Kontrolle über das Schiff verloren hat. Bei auftretenden Gewalthandlungen wie der ertränkten Frau im Swimmingpool oben sollte man erwarten, dass diese Erweitere Krankenstation ausgelastet gewesen wäre."

„Wenn es hier leer ist", hören alle den Kapitän über den Teamfunk, „dann macht, dass ihr in die Lebenserhaltung kommt."

„Ja", brummt Tough. „Genug Detektiv gespielt."

„Captain", wendet Greg ein. „Da weiter innen in der Krankenstation gibt es einen Lift. Mit dem sind die Kranken von den kleineren Krankenstationen weiter oben in der Ersten und Zweiten Klasse hierhergebracht worden."

„Greg", kommt es vom Captain über den Teamfunk und er klingt ungeduldig. „Seht zu, dass ihr zur Lebenserhaltung kommt. Dann könnt ihr euch bequem den ganzen Kahn angucken."

„Aye Sir", kommt von Greg, der genervt klingt. *Für einen Androiden ist er ganz schön oft genervt*, denkt Jane nicht ohne Schmunzeln. „Ich dachte nur", fängt er von neuem an, „dass es gut gewesen wäre, die Krankenstation ganz abzusuchen. Diese hier. Inklusive dem Lift, mit dem die Kranken eigentlich von Deck Sieben hätten runtergefahren werden müssen."

„Deck Sieben?", fragt der Kapitän.

„Wo die normale Krankenstation der Zweiten Klasse ist."

„Vergiss es!", donnert der Kapitän. Noch mal. Macht, dass ihr zur Lebenserhaltung kommt. Sonst kommt ihr heute Abend alle barfuß ins Bett", endet er schmunzelnd.

„Was kommen wir?", fragt Tough. Niemand antwortet ihm.

Die Gruppe ist auf dem Weg zur Lebenserhaltung. Greg voraus, Tough dahinter, dann Jane und Pascal nebeneinander.

„Der Lift nach oben wäre eh ohne Energie gewesen, du Hornochse", grummelt Tough Greg an. Der Android seufzt wieder mal.

Sie sind etwa zwei Minuten unterwegs und Greg deutet schon auf eine breitere Seitentür, da hören alle ein deutliches „Fuck" über den Teamfunk. Vom Kapitän, wie angezeigt wird.

„Skipper?", fragt Jane.

„Eine Leuchte. Eine Warnleuchte, hat mit dem Maschinenraum zu tun." Seine Stimme klingt nervös.

„Wo ist Mr. Nice?", fragt Jane.

„Vor zwei Minuten rausgegangen, um im Maschinenraum nach dem Rechten zu sehen", antwortet Schneider aus der *Orpheus* über Funk.

„Hm", brummt Jane. „Welche Farbe hat die Leuchte?"

„Grün. Dann muss es doch was Gutes bedeuten, oder?"

„Äh nein, Captain. Die grüne zeigt an, dass das Sicherheitssystem vom Maschinenraumrechner einen unbefugten Zugriff meldet."

„Sollte die nicht rot sein?", fragt Tough.

„Die roten Lampen waren aus", erklärt Greg.

„Ja klar, ist ja auch eine grüne, du Idiot!", giftet Tough zurück.

„Nein, ich meine, wir hatten keine mehr…", beginnt Greg.

„Ruhe verdammt! Ich rufe Mr. Nice, aber der reagiert nicht."

„Nice!", schreit Jane im Teamfunk und versucht eine Direktverbindung aufzubauen. „Was machst du da in meinem Maschinenraum?"

Die Direktverbindung kommt nicht zustande, wie sie feststellt.

„Der Computer sagt, Nice sei im Maschinenraum", meldet sich der Kapitän über den Teamfunk. Das Außenteam auf der *Princess* steht unschlüssig da, auf dem breiten Steuerbord-Längsgang, wenige

Meter vor der Kammer, in der die Lebenserhaltung ist. Den XU-Generator natürlich im Gefolge.

„Ich gehe mal hin, wenn der Kerl sich nicht meldet", grummelt Kapitän Schneider.

„Vermutlich hat er auf irgendwas gedrückt, mit dem er sich nicht auskennt und jetzt will er es vertuschen", mutmaßt Jane über den Teamfunk. Der Gedanke, dass Mr. Nice allein in „ihrem" Maschinenraum drüben auf der *Orpheus* ist, bereitet ihr fast Bauchschmerzen. „Deswegen gibt das Sicherheitssystem Alarm", bemerkt sie. „Weil vieles drüben auf der *Orpheus* nur von mir oder mit meiner Autorisation bedient werden darf."

„Klar", antwortet Schneider. „Bin gleich im Maschinenraum."

„Also ist keiner auf der Brücke?", fragt Pascal besorgt.

„Doch", ätzt Tough. „Der unsichtbare Zwillingsbruder vom Skipper."

„Hä?", fragt Pascal. Jane rollt mit den Augen.

„Okay, lasst uns den Generator anschließen, wie es der Captain befohlen hat", beendet Greg die Diskussion und macht sich an der Notklappe zu schaffen. Darunter ist das Notrad. „Na mal sehen, ob es auch verriegelt ist. Wenn ja, müssten wir uns durchbrennen, sofern mir nicht was Besseres einfällt", kommentiert der Androide. „Aber bei dem Föderationsstahl wäre danach mein Strahler leer."

„Toll Greg, dein Gerede müssen wir jetzt rausschneiden. Von wegen Strahler. Aus dem Doku-Video für das Prisenamt, meine ich", moniert Jane.

Doch Greg antwortet nicht. Zu seiner Überraschung lässt sich das Rad drehen und die Tür öffnet sich knirschend. Jane ist erstaunt. Einerseits, wie groß das alles ist, andererseits, dass es völlig anders angeordnet ist als auf der *Orpheus*, wo alles kreuz und quer ineinandersteckt. Greg öffnet eine der Türen der Technikschrankwand, vor der nur ein schmaler Gang entlanggeht, der sich allerdings tief in das Schiff hinein erstreckt. „Ah, Typ C, der alte Föderations-Port." Er kramt in der Kabelschublade des Generators herum und verbindet ihn mit der „Schrankwand". Eines der Rack-artigen Geräte dort beginnt sofort aufzuleuchten. Ein kleiner Bildschirm und viele Dioden erwachen zum Leben. Der Bildschirm flimmert so wild, dass Jane nichts lesen kann. „Ich kann das lesen", beruhigt sie Greg. „Alles in Ordnung, der Energiepuffer des Schiffes ist Online und füllt sich langsam. Bald müssten die Lichter angehen. Bin gespannt, was sich alles meldet. Bis hoch zum Primärrechner vielleicht?"

Jane nickt geistesabwesend. Sie muss wieder an Mr. Nice denken und was er in ihrem Reich im Bauch der *Orpheus* angestellt hat. Und wieso hat sich Schneider noch nicht gemeldet? „*Orpheus* bitte kommen. Captain, Mr. Nice. Irgendjemand?" Sie wartet eine Weile, doch niemand antwortet und auch ihre Anfrage für eine Direktverbindung wird nicht angenommen.

„Wahrscheinlich reparieren die beiden gerade, was immer Nice da angestellt hat", sagt Greg.

„Dein Wort in Gottes akustischen Sensoren", murmelt sie.

„Wenn die sich nicht melden, nehme ich gleich das Shuttle und sehe mal nach", droht Tough an.

„Erstens dauert das lange und zweitens: Wenn einer geht dann *diese eine* hier", antwortet Jane absichtlich gestelzt.

„Hä?", fragt Tough.

„Okay, nur die Quartärcomputer melden sich. Aha!", tönt Greg dann. „Und die Tertiärrechner. Die fragen verzweifelt nach den Sekundärrechnern, aber die melden sich noch nicht. Egal… gleich müssten sie ein Notnetz bilden, wie ich diese alten Föderationskisten kenne."

„Ja okay, das ist nicht schlecht", gesteht Tough zu.

„Die haben die Technik damals entwickelt, damit die alten Föderationskriegsschiffe auch halb zusammengeschossen noch automatisch weiterballern konnten, wenn sie irgendwo eine Feindkennung hatten", erklärt der Androide.

„Sage ich doch", grummelt Tough. „Altes Imperium eben." Greg seufzt.

„Okay", gibt Jane entschlossen von sich. „Vielleicht machen wir wirklich erstmal wieder zur *Orpheus* rüber. Schneider kennt sich so gut auch wieder nicht im Maschinenraum aus. Und Nice ist manchmal zu biestig, um alles richtig zu bedienen."

„Geht ihr nur", kommt von Greg. „Ich bleibe hier und fahre die *Princess* hoch."

„Los gehen wir!", sagt Tough und macht Anstalten zu gehen.

„Okay, ich lasse die Poolhälfte von Deck Zwölf eiskalt, damit nicht das Wasser auftaut. Den Zweite Klasse-Pool auf Deck Acht lasse ich auch gefroren.

„Gefrorene Frauen soll man nicht auftauen", witzelt Tough, doch keiner will das ekelige Bild kommentieren. Dann bemerkt Jane eine Veränderung. Ihr Raumanzug meldet ihr über den Text im Sichtfenster, dass die Schwerkraft der Umgebung langsam zunimmt. Alsbald ist ein $g$ wie auf der Erde erreicht. Es zischt außerdem von der Decke.

„Antienergie ist aus. Aber Energiesauger läuft. Alles unter Energie, was die Tertiärrechner erreichen können. Lebenserhaltung voll da. Wir kriegen überall Schwerkraft und Atmosphäre. Dauert ein paar Stunden, bis alles aufgetaut ist, aber ich gebe dem kleinen

Technikraum hier Priorität. Wenn ihr also ein bequemes Nest haben wollt, ist es das hier. Die simplen Atmosphärewandler funktionieren noch und frischen die Atemluft auf. Wow!", tönt es von Greg. „Der Rechner hat ein paar Printer, will sagen Replikatoren eingeschaltet, die noch teilweise funktionieren. Das hatte ich gehofft."

„Dann sind wir reich!", frohlockt Tough und vergisst, dass er zurück zum Shuttle wollte. „Und was die Dinger kosten!"

„Na ja", murmelt Greg.

„Was *na ja*?"

„Du hast nicht zugehört. Sie funktionieren teilweise, Tough. Laufen nur im Notmodus, die können dir nicht mal ein Sandwich ohne Belag herstellen. Höchstens den Teig."

„Hm… wieviel verdient man damit?", fragt Tough.

„Als Bäcker?", fragt der Androide mit Schalk in der Stimme zurück.

„Hier ist Nice!", klingt es plötzlich atemlos über den Teamfunk. „Der Skipper und ich haben alles unter Kontrolle. Sorry, ich habe kurz ein paar Knöppe gedrückt", kommt es kleinlaut von Nice. „Jetzt ist die Com irgendwie schwierig. Aber wenigstens kann ich wieder in den Teamfunk." Alle atmen auf.

„Nice! Was hast du gedrückt? Wieso so viel Chaos?"

„Alles okay, reg dich ab, Jane. Es war nur das Sicherheitssystem selbst. Die Reaktorlogs."

„Wo ist der Captain?", fragt Greg und seine Stimme klingt sehr ernst, wundert sich Jane. Offenbar ist doch alles in Ordnung.

„Auf dem Weg zur Brücke. Meldet sich gleich. Ich denke, die Com ist gleich wieder normal."

„Okay", kommt es von Greg mit zweifelndem Unterton. „Fass nichts mehr an."

Dann wendet er sich an das Außenteam. „Okay, lasst uns zur Krankenstation zurück. Ich will den Lift sehen, sowie die Atmosphäre klar ist und die Temperatur ansteigt. Heizkörper laufen schon", meldet er.

Fünf Minuten später stehen alle in der Krankenstation. Das Eingangsschott hat sich diesmal automatisch geöffnet. Mit Knarzen und stockend, aber immerhin.

Er geht zur zweiten Schleuse hinten in der Krankenstation. Die anderen drei folgen. „Wir sollten doch zum Shuttle und selbst nachsehen, was da los war", murrt Tough erneut. „Gleich. Erst den Lift angucken", kommt von Greg. Er öffnet das hintere Schott mit einem Knopfdruck. Ein breiter Gang liegt dahinter, der links und rechts nach etwas zwanzig Metern an Sicherheitstüren endet. Der Lift liegt direkt gegenüber der Doppeltür zur Erweiterten Krankenstation. Greg drückt den Liftknopf, aber nichts passiert. Das Display für das Deck, auf dem sich der Lift befindet, bleibt dunkel. Er bekommt seine Finger in den Spalt der Lifttüren und drückt sie mühevoll auf. Als er sie teilweise offen hat, geht ein Raunen über den Teamfunk. Greg tritt zurück, lässt die Türen halb offenstehen.

„Fuck", entfährt es ihm.

„Fuck aber hallo", schnarrt Tough.

„Scheiße", tönt es von Pascal. Jane hingegen fehlen die Worte. Da steht eine fahrbare Krankenliege im Lift. Und drei weitere liegen auf der Seite. Und es liegen vier Leichen am Boden. Sie tragen alle die gleichen, graublauen Overalls, die mit EPS ETERNAL PRINCESS beschriftet sind. Breit auf dem Rücken und klein auf der rechten Brust. Natürlich alles noch überfroren. Die Gesichter der drei Männer und der einen Frau sind schrecklich anzusehen. Vertrocknete Mumien, glasiert von Eis und Raureif. Sie tragen Hauben wie Krankenpfleger oder -Schwestern. Eine Männerleiche hält noch ein Skalpell. Einer der anderen Männer hat ein Brotmesser in der Hand. Der Fau steckt ein Skalpell vorn im Hals. Jane vermeidet es, in die vertrockneten, überkrusteten Gesichter zu sehen.

„Was ist hier geschehen?", fragt Pascal atemlos. „Wieso…?"

„Hm", brummt Greg, was bei ihm selten zu hören ist. „Das muss ein merkwürdiges Vorkommnis gewesen sein. Jedenfalls können wir schon ersehen, dass die *Eternal Princess* noch jahrelang zumindest etwas Energie für die Lebenserhaltung hatte, dass die Leichen mumifiziert sind, statt in den gefrorenen Zustand überzugehen. In dem Rest von Atmosphäre könnte das gut so gewesen sein, wenn ich mir den Zustand der Leichen ansehe."

„Das muss aber wirklich ein verdammt merkwürdiges Ereignis gewesen sein", fährt ihm Tough dazwischen. „Du Blechmann mit deinen Untertreibungen."

„Vielleicht Lagerbildung oder eben das übliche Chaos durch Verschwörungstheorien. Kommt bei euch Biologischen öfter vor", endet er.

„Schwachsinn", gibt Jane ungewohnt heftig von sich. „Hier war irgendwas ganz besonderes los und wir sollten rausfinden, was."

„Nervengas? Ich meine solches, das die Leute verrückt macht?", fragt Pascal. Keiner antwortet ihm.

„Captain!", ruft Greg über den Teamfunk. „Wir haben die ersten Toten hier. Melden Sie sich bitte!" Es antwortet niemand. Greg sieht fragend in die Runde. Auch Jane versucht es noch mal. „Die nehmen beide die Direktverbindungen nicht an, obwohl das Schiff den Empfang bestätigt", analysiert sie.

„Captain!", ruft Greg noch einmal. „Wir müssen mit Ihnen reden. Sonst kommen wir erstmal zurück zur *Orpheus.*" Wieder keine Reaktion.

„Zurück zum Schiff!", fordert Tough. Diesmal stimmt Greg zu. „Los Leute, ohne Verzug zum Shuttle. Da stimmt was nicht." Jane will folgen, doch irgendwie fühlt sie sich merkwürdig. Alles verschwimmt vor ihren Augen. Dann schüttelt sie den Kopf. Sie muss sich zusammennehmen. Sie folgt den andern und geht zurück in die Erweiterte Krankenstation.

Sie bleibt wie vom Donner gerührt stehen. Vor ihr ist das geschlossene Schott, das in die Erweiterte Krankenstation führt. Die Reifschicht ist ein bisschen glatter, scheint es ihr. Hinter ihr muss der geöffnete Lift mit den Toten sein. Wieso ist sie plötzlich allein hier draußen? Eben war sie doch mit den anderen gerade durch dieses Schott gegangen! Sie kann sich an nichts erinnern! Von den anderen ist nichts zu sehen. „Greg?", fragt sie unschlüssig, doch ihr Helmdisplay zeigt ihr, dass sie keine Verbindung zum Team oder Schiff bekommt. Ihr läuft es eiskalt den Rücken herunter und sie merkt, wie sie eine Gänsehaut bekommt.

Irgendetwas hört sie hinter sich. Das Rascheln von Stoff. Und ein muffiger Geruch scheint stärker zu werden. Das Herz schlägt ihr bis zum Hals und sie muss schlucken. Sie merkt, dass sie schreckensstarr ist, denn für nichts in der Welt will sie sich jetzt umdrehen. Sie zwingt sich, einen Schritt nach vorn zu machen, um den Öffnungsschalter des Doppelschotts drücken zu können, das in die Krankenstation hineinführt. Zögerlich öffnet sich das Schott unter Knarzen, doch in dem silbrig glänzenden Stahl des zurückgleitenden Schotts sieht sie ihr Spiegelbild als grauen Schemen. Und hinter sich noch einen Schemen. Sie denkt nicht, dass das einer ihrer Kameraden sein wird. Was immer das ist, sie will es nicht wirklich wissen. Sie schluckt wieder und sprintet in die Krankenstation hinein, sowie das Tor weit genug offen ist. Macht einen Hechtsprung zur Seite und lässt ihre Hand auf den Schließknopf knallen. Langsam, quälend langsam schließt sich das Schott und niemand kommt herein. Sie atmet auf. Behält das Schott im Auge. In ihrer Fantasie sieht sie mumifizierte Hände von außen auf den Öffnungsschalter drücken. Sie sucht die Kontrollen ab. Alles schon Standard wie bei Terranischen Schiffen. Sie schiebt den Verriegelungshebel in die Lock-Position. Der kleine Plastikhebel lässt sich nur mit Gewalt bewegen und die mit LOCK bezeichnete Leuchte daneben geht leider nicht an. Sie sieht mit klopfendem Herzen auf die Helmanzeige. Da! Sie hat Kontakt zum Teamfunk.

„Jane, wo bist du, verdammt? Greg hier. Du warst plötzlich verschwunden!"

Sie merkt, wie ihre Stimme zittert. „Hinten an der rückwärtigen Schleuse der Krankenstation zum Lift. Hier… ich meine…", sie zögert.

„Was ist, Jane?"

„Ich hatte… ein Blackout, Greg."

„Fuck", ist Pascal zu hören. „Die hat … das ist ansteckend, oder? Das vom Lift?"

„Wo seid ihr, Greg?", fragt sie mit zittriger Stimme, das Schott im Auge.

Da öffnet sich das weit entfernte, vordere Schott. Ihre überreizten Nerven gaukeln ihr vertrocknete Leiber vor, die sich in die Krankenstation drängen. Doch nur einen Sekundenbruchteil lang. Dann sieht sie, dass es Greg, Tough und Pascal sind.

„Verdammt Jane, wir müssen zum Shuttle", mault Tough. Jane atmet auf.

„Lass uns gehen, Leute", sagt sie mit belegter Stimme und geht vor, dreht sich aber noch einmal um.

„Es waren nur ein paar Leichen, Jane", sagt ihr Greg auf einem vertraulichen Kanal. „Du hast doch schon genug gesehen."

„Ja sicher Greg", antwortet sie nur und wird rot. Alle streben auf den Hauptgang, der gleich zum Shuttle führen wird.

„Hallo Leute!", krächzt es plötzlich im Teamfunk. „Hier spricht euer allseits beliebtes, Lieblings-Crewmitglied Mister Nice vom Kriegsschiff *TPS Orpheus*, Schlachtkreuzer der *Armageddon*-Klasse."

Alle sehen sich verwundert an.

„Schneller, zum Shuttle", sagt Greg und sie sehen schon die offene innere Schleuse der *Princess* und dahinter das beleuchtete Grau des Inneren der Shuttleschleuse.

„Bist du betrunken, Mister Nice?", fragt Tough über den Teamfunk. Das kleine Bergungsschiff als Kriegsschiff zu bezeichnen ist selbst für Mister Nice eine Merkwürdigkeit. Doch Nice lässt sich nicht beirren.

„Hier ist der Mister Nice, der euch bekannt ist als Hank Miller mit richtigem Namen. Aber eigentlich...", er kichert schräg, „... heiße ich William Reiser."

„Oh verdammt", stößt Greg hervor, als alle im Shuttle platznehmen.

„Ich habe euren scheiß Kapitän umgebracht!", kräht es hysterisch aus den Lautsprechern. „Ihm seinen Affenschädel mit einer Entladung weggebrannt!"

Alle schwiegen und sind schreckensstarr. Außer Greg. „Frank Reiser war der alte Captain der *Orpheus*. Ich vermute, William ist sein Sohn oder ein Verwandter", kommt es trocken von Greg auf einem Kanal, den nur das Außenteam empfängt und nicht „Mister Nice".
„Offenbar hat er einen falschen Namen benutzt, so dass wir ihn als Hank Miller kannten, unsern sogenannten Mister Nice", fügt Greg hinzu. „So interpretiere ich seine Worte."

Nice fährt fort. „Leider hat mir Schneider noch einen mit dem Thermostrahler mitgegeben, bevor ich ihn erledigt habe", kommt es wütend aus dem Teamkanal, während sich die Luftschleuse des Shuttles schließt und der Startvorgang eingeleitet wird. Dann plötzlich wird es komplett dunkel im Shuttle und nach einer Sekunde schaltet sich das Licht wieder ein.

„Nice... oder besser Reiser hat das Shuttle im Fernsteuermodus. Ich versuche einen Override", meldet Greg in völlig ruhigem Tonfall. Jane wird klar, dass sie noch immer an die *Princess* angedockt sind.

„Mein Vater hätte nie...", kräht Nice alias William Reiser über Funk, „... nie diesem verdammten Schneider das Schiff hinterlassen. Das verdammte Testament war gefälscht!"

„William", beginnt Greg in ruhigem Tonfall. „Wenn du Grund gehabt hast, den Captain zu töten, dann lass uns das durchsprechen."

„Bist du verrückt?", flüstert Tough, aber man hört es auf dem Teamkanal deutlich.

„Er hat mir nämlich gesagt, wie unzufrieden er mit Schneider war. Das war vor vielen Jahren, aber ich habe mir das gemerkt. Also habe ich kurz danach bei euch angeheuert", kichert Reiser aka Nice jetzt über den Funk und es klingt verzerrt und bösartig. „Habe alles gelernt und heute ist der Tag meiner Rache! Weil Schneider meinen Vater auf dem Gewissen haben muss!"

„Mister Nice", redet Greg den Mann wieder mit seinem bisherigen, vertrauten Namen an. „Sie haben wohl Grund gehabt für ihre Tat. Lassen Sie uns das unter Raumfahrern regeln, Mister Nice. Wir brauchen die Behörden dafür nicht. Sind Sie unser neuer Captain? Wir können das durchsprechen. Hier und..."

„Schnauze du Blechbüchse!", keift Nice. „Scheiße, das blutet, wo es nicht verbrannt ist", ist er plötzlich jammernd über Funk zu hören.

„Gut!", gibt Tough laut seinen Kommentar dazu. Greg sieht ihn an und schüttelt den Kopf.

„Ich gebe euch jetzt einen Schubs und dann seid ihr mitsamt diesem dreckigen, verseuchten Föderationswrack in einer Anomalie verschwunden!" Die Stimme überschlägt sich dabei.

„Nice! Nein!", schreit Pascal. „Mister Reiser, lassen Sie uns…", beginnt Greg, doch dann spüren sie, wie das Shuttle einen Schlag bekommt und alle durchgeschüttelt werden. „Fuck!", schreit Pascal. Jane weiß, dass sich jetzt nicht nur das Shuttle, sondern natürlich auch das alte Wrack Richtung Anomalie bewegt. „Was machen wir?", fragt Tough, der gar nicht mehr so tough wirkt.

„Reiser! Pole den Traktorstrahl wieder um und zieh uns ran!", ruft Greg über den Teamfunk.

William Reiser aka Mr. Nice antwortet sofort. „Scheiße!", grölt er. „Jetzt bewegt sich auch das Schiff rückwärts! Die *Orpheus*!"
„Rückstoß! Pole den Tranktorstrahl zurück und fixiere auf uns. Das verlangsamt auch dich!", ruft Greg.

„Geh an den Notsteuerstand vorne. Der rote Hebel. Dann kommt der Steuerstand raus!", ruft Jane, um Mister Nice zu helfen.

„Scheiße!", schreit Reiser. Die Anomalie! Das Schiff beschleunigt! „Er hat einen kritischen Punkt erreicht, die Anomalie zieht ihn an", stellt Greg ruhig fest. „Er hat den Traktorstrahl umgepolt und uns nicht angezogen, sondern…", beginnt er, da fällt ihm Tough ins Wort.
„Wissen wir, Blödmann", brummt Tough. Jane sieht, wie Greg konzentriert dasteht. Offensichtlich empfängt er Daten von der *Orpheus*.

Ein Kreischen ist von Reiser zu hören, dann nur noch Statik. „Kein Signal mehr von der *Orpheus*. Kein Transpondersignal, nichts", stellt Greg fest.
Schweigen von allen. „Wir wissen nicht, was mit der *Orpheus* ist. Ich rufe sie ständig. Aber wir gehen erst einmal vom Schlimmsten

aus und gehen auf die *Princess*. Wir müssten einen bis drei Tage Zeit haben, bis die Anomalie uns schluckt." Gregs Stimme kling ruhig. „Wir waren recht weit weg. Also auf zur Notbrücke oder zur Hauptbrücke, dass wir die Sensoren benutzen können und vielleicht die Steuerdüsen einschalten, um den alten Kahn von den Anomalien fernzuhalten. Und vielleicht das zu bergen, was von der *Orpheus* noch da ist. Wenn sie nicht ganz in einem großen Zugang zu einer Anomalie verschwunden ist."

Alle sehen ihn kurz an. Dann folgen alle einfach, als Greg aufsteht. Er ist der einzige mit einem Plan, das ist allen klar. „Da waren Dekompressionsgeräusche", textet Jane Greg auf einem privaten Kanal. „Klar", textet er zurück. „Aber wenn die anderen das nicht wahrhaben wollen, müssen wir es ihnen ja nicht sagen." Jane nickt und folgt den anderen auf das alte Geisterschiff, wie sie es jetzt in Gedanken nennt.

„Wir sollten runter auf Deck Vier und nach den alten Shuttles der *Princess* gucken, zwei müsste sie noch haben."

Jane sieht sich unruhig um. Nach ihrer vorherigen Vision, oder was immer das war, fühlen sich die grauen Gänge plötzlich anders an. Dass sie meist durch flackernde, alte Deckenlampen erleuchtet werden, macht es nicht weniger unheimlich.

„Du kannst vielleicht mit einem alten Shuttle zurück zur alten Föderationsstation fliegen. Diesem alten Kommunikationsrelais. Aber wir nicht." Tough ist richtig wütend. „Wie lange bräuchte so ein Shuttle?"

„Unser Shuttle würde vierzig Jahre brauchen für die vier Lichtjahre. Wenn es funktioniert und ich um den Lockdown von Reiser drum herumkomme. Die Shuttles dieses Schiffe im Bestfall acht Jahre. Aber frage nicht nach einem realistischen Zeitraum."

„In acht Jahren sind wir doch alle tot, Greg. Auch wenn wir einen Replikator von der *Princess* da zum Laufen kriegen. Die Energie könnte reichen. Aber die gehen doch nicht mehr, die Replikatoren der *Princess* und…"

„Okay, gehen wir zur Notbrücke", brummt Greg. Jane nickt. Acht Jahre oder länger zu viert in einem Shuttle von der Größe eines kompakten Camping-Gleiters zuzubringen klingen wirklich nicht verlockend. Wenn es überhaupt funktionieren würde.

Tough flucht. „Fuck, ich bin es leid. In einem fliegenden Sarg eingesperrt zu sein, auch wenn er groß ist." Sie stehen vor einem Treppenhaus, das mit „Decks 03-06, Loc: Deck 05" beschriftet ist.

„Die Aufzüge funktionieren immer noch nicht. Aber wir haben ja eh nur ein Stockwerk. Oben auf Deck Sechs ist die Notbrücke. Dann müssten wir schon am Ziel sein", verkündet Greg fröhlich. So als seien sie nicht mit mutmaßlich zerstörtem Raumschiff auf einem Totenschiff gefangen, das auf eine Anomalie zutreibt, die vermutlich ihr ewiges Grab wäre.

Das Treppenhaus ist großzügig, mit gepolsterten Wänden und festen Geländern und gibt Jane mehr als alles andere bisher das Gefühl, sich in einem wirklich großen Schiff zu befinden. „Deck Sechs" kündigt Greg überflüssigerweise an, als alle auf einen großen Gang treten, der ein exaktes Spiegelbild des Ganges eben auf Deck Fünf ist.

„Wirklich kein Luxusschiff. Eigenartig", kommentiert Pascal. Greg schüttelt den Kopf.

„Deck Sechs ist nur für Crew und hier sind die Stasekisten der Dritten Klasse. Ich fürchte, wir haben massenhaft Tote in Stasekisten, die ihre Stasefunktion aufgegeben haben."

Jane muss schwer schlucken. Leichen, die in Stahlkisten mit transparentem Deckel liegen. Und gleich sehr viele, die hier in unmittelbarer Nähe liegen.

„Wie viele sind es, Greg?", fragt sie.

„Zweitausendfünfhundert", antwortet er. „Leider ist dieses Deck ein riesiger Friedhof." Jane nickt und erschaudert, als sie daran denkt, was für eine merkwürdige Erscheinung sie vorhin in dem Lift gesehen hat. Wo es nur eine Handvoll Leichen waren.

„Lass uns den Bereich meiden", schlägt sie mit belegter Stimme vor und sieht, dass alle ihr zustimmen.

„Also muss hier die Brücke sein, wenn es zwölf Decks insgesamt sind, oder?", wirft Tough ein. Jane nimmt zur Kenntnis, dass die Notsituation sein sonst grobes Gehabe etwas abgeschliffen hat und er offensichtlich versucht, sein Hirn zu benutzen.

„Nein Tough, nein", sagt Greg und klingt leicht genervt. „Die Kriegsschiffe der Föderation hatten ihre Decks auf der Hälfte, das wäre dann hier. Aber…", er wedelt mit den Händen in der Luft herum, „die aufgetakelten Zivilschiffe und manche Frachter hatten aus bestimmten Gründen die Brücke wie bei allen modernen Schiffen auf dem Oberdeck. Hier, weil das Aussichtsdeck oben mit der transparenten Decke an ein traditionelles Seeschiff erinnert. Und da wollte man wohl die Illusion perfektionieren und hat auch die Brücke dort platziert, wie bei einem Seeschiff."

„Also gut", schnarrt Tough. „Dann gleich hoch zu Deck Zwölf. Wenn das so problemlos geht mit den Treppen. Suchen wir das nächste Treppenhaus."

„Wir könnten versuchen, auf diesem Deck in dem Maschinenraum zu kommen, was auf Deck Fünf nicht funktioniert hat. Denn der Maschinenraum hat hier sein Oberdeck mit den Hauptkontrollen", stellt Greg fest.

„Ach ja", sagt Pascal. „Der Maschinenraum geht ja über mehrere Decks."

„Aber ich denke, wenn unten zu war, ist hier auch zu. Wegen dem Sicherheitsprotokoll, das aktiv ist." Der Android klatscht in die Hände. „Also gehen wir ein Deck höher. Da ist der Haupteingangsbereich des Schiffes und auch alles Mögliche nicht so luxuriöse wie einfache Restaurants und Kinos. Auch das große Foyer. Vor allen Dingen ist die Notbrücke dort, die sicherlich unseren Ansprüchen genügen wird."

Alle steigen die Treppe hoch und Greg öffnet die Schiebetür nach Deck Sieben, die sich widerstrebend öffnet. Tough gähnt herzhaft. „Viertel nach Sieben Bordzeit. Auch wenn wir kein verdammtes Schiff mehr haben. Habe kaum geschlafen im Shuttle. Müde bin ich vielleicht…" Tough gähnt auch. Doch da fällt Pascal etwas auf. „Wo ist Jane?"

Wie vom Donner gerührt fährt Greg herum. „Sie war eben hinter dir!"

Pascal nickt. „Aber jetzt nicht mehr."

**Jane Leslie**

Ihr ist verdammt schwummrig. Mühsam kommt sie hoch, stützt sich ab. Die Oberfläche, auf die sie sich lehnt, ist staubig und darunter glatt. Stirnrunzelnd sieht sie sich um, versteht nicht, wo sie ist. Sie sieht, dass sie sich auf einer Stasekiste abstützt. Der transparente Deckel, wenn auch verstaubt, darunter der hellblaue Stahl, die blinkenden Lichter, die einen Fehlercode anzeigen... Mit einem Aufschrei springt sie zurück. Sieht sich um. Schreit „Nein!" Es ist, als würden sich die Wände auf sie zu bewegen. Hier stehen sie, die hohen Gestelle mit jeweils fünf Stasekisten übereinander. Ein riesiger Gang, der sich hundert Meter weit ins Schiff erstreckt. Dazwischen immer mal staubige Arbeitsstationen in halbrunder Anordnung mit alten festgeschraubten Stühlen und blinkenden Mitteilungen auf verfärbten oder fehlerhaft flimmernden Bildschirmen. Irgendwo versucht sich ein Formenergiebildschirm aufzubauen, zerfließt aber immer wieder in mitleiderregende Farbklekse.

Sie ist im Stasekammerraum! Da, wo tausende Leichen in den Stasekisten liegen! Kalter Schweiß bricht ihr aus. Wie ist sie da bloß hingekommen? Alles wird einigermaßen von hellen Deckenleuchten bestrahlt und ein paar Schotts und Luken sind zu sehen. Sie tritt zurück, stellt sich in die Mitte des Ganges, um Abstand von den Kisten zu gewinnen. Doch sie hört es. Die Lautsprecher in ihrem Helm übertragen es klar und deutlich. Da bewegt sich etwas in der untersten Kiste links von ihr, in dem Rack, der noch vier Kisten darüber hält. Ihre Nackenhaare stellen sich auf, als etwas von innen am Deckel schart. Sie sieht sich nach einem

Fluchtweg um. Einfach geradeaus auf eines der Schotte zu, es ist eine direkte Linie. Sie kann nur beten, dass es sich öffnen wird. Doch da ist es wieder, das Schaben im Inneren der Kiste. Sie merkt, wie sie mit dem linken Stiefel einen kleinen Schritt auf die Kisten zugeht. In ihr schreit es „nein!", dass sie fast glaubt, es laut hören zu können. „Was tust du?", fragt ihre innere Stimme, doch jetzt bewegt sich auch ihr rechter Stiefel. Näher und näher geht sie an die Kiste, während aus dem Inneren ein anderes Geräusch dringt. Ein Stöhnen? Oder eher die Erinnerung an ein Stöhnen, so kommt es ihr vor. Sie tritt näher, wie eine Puppe. *Warum tue ich das*, fragt sie sich. Ein Teil von ihr ist neugierig, ein Teil in Angst und Schrecken, als sie sich herunterbeugt, um näher an den von innen verschmierten, transparenten Deckel der untersten Stasekiste zu gelangen. Sie fragt sich, warum er von innen verschmiert ist, und bekommt eine Gänsehaut. Näher und näher kommt sie mit ihrer Nasenspitze, als sie sich herunterbeugt. Sie verharrt, einen Zentimeter von der Oberfläche entfernt. Das schmierige Grau an der Innenseite scheint undurchdringlich und sie atmet innerlich auf. Niemand will sehen, was da im Inneren ist…, denkt sie gerade und hat den Gedanken noch nicht zu Ende geführt, da glaubt sie, ihr würde das Herz kurz aussetzen. Im Inneren in den Schlieren bewegt sich etwas! Es scheint unten zu sein, weit unten. Doch jetzt erhebt es sich…

Hände greifen nach der Platte von innen. Graue Hände, die wie Spiralen aussehen. Ein Gesicht kommt nach oben, grau wie aus Staub und mit irrsinnigen Augen, die unmöglich noch da sein können. In den gebrochenen, milchigen Augen scheint die Qual von Jahrhunderten zu liegen. Mit einem Schrei taumelt Jane zurück. Sie stößt sich ihren Kopf hart an der darüber befindlichen

Stasekiste, so dass sie sich instinktiv an den Kopf fasst und sieht, dass ihre Hand blutig ist. Wo ist ihr Helm? Oh Gott, sie muss ihn abgenommen haben. Ohne dass sie es gemerkt hat. Welcher Wahn hat sie ergriffen? Es ist, als sei sie ferngesteuert.

Und was, wenn ihr Anstoßen an die obere Kiste auch dort etwas geweckt hat? Nein, denkt sie, sie will in der anderen Kiste nicht auch noch etwas aus seinem jahrhundertelangen Schlaf holen! Ohne sich umzusehen, rennt sie geradeaus auf das nächste graue Schott zu. Sie ist unbeschreiblich erleichtert, als sie sieht, dass die Torarmaturen Strom haben. Ihre Hand knallt auf den Öffnungsknopf.

Sie ist völlig desorientiert, als sie erneut zu sich kommt. Verdammt, denkt sie, eben ist sie doch vor irgendwas geflohen. Wieso ist sie schon wieder bewusstlos gewesen? Nur halb zu sich gekommen stellt sie fest, dass ihr Kopf schmerzt und der Boden verdammt hart ist. Sie trägt keinen Raumanzug mehr! Nicht nur ihr Helm fehlt, sondern alles. Sie sitzt nur in ihrem Overall da, den sie darunter trug. Erst jetzt kommt sie dazu, darüber nachzudenken, was das Fehlen des Raumanzugs bedeuten kann. In Panik schnappt sie nach Luft, aber es ist alles in Ordnung. Es ist bitterkalt, aber warme Luft kommt von oben aus der Decke und auch aus Ritzen im Boden. Ihr Atem kondensiert zu einer Atemwolke. Die Wände sind mit einem Feuchtigkeitsfilm überzogen. Das Schiff taut auf.
Sie sieht sich um, alles kommt mit Schrecken zurück. Die Stasekisten! In Panik fährt sie hoch, hält sich dabei den

schmerzenden Kopf. Ein Korridor, flackernd beleuchtet. Irgendein Korridor des Geisterschiffes. Sie sieht auf ihre Comwatch. 10:05 Uhr Bordzeit. Sie hat Stunden verloren! Sie hält sich ihren schmerzenden Kopf. Jetzt wäre ihr Raumanzug hilfreich, der medizinische Injektionen geben kann. Ach nein, fällt ihr ein. Die Medizin in dem Ding ist seit der letzten Mission verbraucht. Welches Deck? Das ist die entscheidende Frage. Vielleicht waren die Visionen von den Stasekisten nur eine Einbildung, ausgelöst durch die Kopfverletzung. Sie erhebt sich murrend. Der recht breite Gang hat weit hinten rechts eine große Doppeltür. Der Zugang zur Stasekistenhalle? Dann müsste das hier Deck Sechs sein. Sie befreit ein Türschild neben ihr von Schmutz. Irgendeine Kennung mit D06 vorne. Sie drückt ein paar Tasten auf der kleinen Comwatch. Ja, Verbindung zum Teamfunk wird angezeigt. „Greg? Tough? Pascal? Bitte kommen."

Es dauert nicht lange, dann kommen die drei aus dem Treppenhaus heraus, vor dem sie steht. Auch sie tragen keine Raumanzüge mehr. „Oh Gott, Leute" haucht sie nur. Alle sind aufgeregt.
„Wo warst du?", fragt Tough sorgenvoll und streichelt sogar ihr Haar. „Du bist verletzt."
Sie nickt. „Ich hatte Alpträume, als ich weggetreten war."
„Schon die zweite Halluzination, die du hattest. Kann man sich echt Sorgen machen."
Sie lacht. „Das klingt echt soft für den toughen Mister Tough." Der grinst schief.
„Und Greg. Schön auch dich zu sehen, alter Kumpel. Aber wieso kommt ihr von unten rauf? Wart ihr nicht oben auf Deck Sieben oder wolltet gerade da hin?"

„Und du hättest hinter uns sein sollen. Jedenfalls war der Weg zur Notbrücke mit verschweißten Türen blockiert. Da sind wir runter auf Deck Fünf, haben wieder zig verschweißte Schotts gehabt. Wir waren bis Deck Vier runter. Irgendjemand scheint schnell alle möglichen Zugänge zur Notbrücke verschweißt zu haben und hat dabei dreidimensional gedacht. Wir haben ihn auf Deck Drei gefunden. Ein mumifizierter Crewman mit einem Schweißgerät." Jane nickt.

„Und er hat hoffentlich still gelegen?"

„Äh… natürlich", antwortet Greg. „So, wir haben jetzt einen Weg, komm mit uns wieder runter nach Deck Drei, dann gibt es ein paar Korridore und einen Kriechgang, so dass wir direkt an der Notbrücke auf Deck Sieben rauskommen müssten. Ein verworrener Weg, aber ich habe ihn im Kopf. Wir wollten meinen Strahler nicht laufend mit Aufschweißen strapazieren, die Ladung reicht dafür nicht. Ohne XU-Zelle ist da bald Schluss"

„Na dann auf." Nichts besser, denkt sie, als in einer muffigen Konservendose voller Leichen herumzukriechen, die sich in einem höchst unklaren Endzustand befinden. Obwohl all ihre Halluzinationen oder Visionen nur das Produkt überreizter Nerven und eines Schlages auf den Kopf waren.

„Auf Deck Sieben ist nicht nur die Notbrücke, sondern auch eine Krankenstation", flüstert ihr Greg zu. Sie sieht ihn entsetzt an. „Wegen deiner Kopfverletzung. Wir finden da möglicherweise noch etwas. Was immer die Menschen hier umgebracht hat, es scheint eher in Tagen, denn Wochen stattgefunden zu haben. Da gibt es vermutlich noch medizinische Vorräte."

Sie nickt. Auch wenn Krankenstationen jetzt einen eigenen Horror für sie haben, wäre etwas gegen die pochenden Kopfschmerzen nicht schlecht.

„Wenigstens konnte sie etwas schlafen", gähnt Pascal, der das offensichtlich auch gern tun würde.

„Tough? Was ist?", fragt Pascal, der sieht, wie Mister Tough wie angewurzelt dasteht und den Gang heruntersieht. Da hinten ist der Stasekistenraum, wird Jane klar und ihr stehen die Haare buchstäblich zu Berge.

„Da war…", beginnt Tough. „Was?", fragt Greg.

„Eine… Frau", beginnt Tough. „Dachte ich zumindest für einen Augenblick."

„Da ist niemand", stellt Greg fest. Er fasst Tough an den Arm. „Komm mit, weg hier."

„Das… das ist ansteckend", murmelt Tough und sieht Jane vorwurfsvoll an.

„Wie sah sie denn aus?", versucht Pascal einen Witz zu reißen, indem er Mister Tough zuzwinkert. Doch Tough entgeht der Humorversuch.

„Eine attraktive Frau mit einem geschlitzten Barkleid und Netzstrümpfen. Nur sehr, sehr bleich."

Am Ende sind alle erschöpft, als sie es schließlich auf Deck Sieben geschafft haben, durch endlose Kriechgänge und ein paar ordentliche Korridore. Warum all die Schotts und Luken zugeschweißt wurden, weiß man nicht, obwohl man es erahnen kann. Haben Teile der Crew und Passagiere noch ihren Verstand unter Kontrolle gehabt und wollten sich vor den anderen schützen?

Als sie auf Deck Sieben ankommen und aus der Technikluke heraussteigen, sehen sie einen breiten, von flackernden Deckenlampen beleuchteten Korridor. Die Wände sind langweilig grau und alles wenig luxuriös. Papiere, Formenergiemagazine und aufgerissene Lebensmittelverpackungen, teils mit vertrocknetem Inhalt, säumen den Boden. Ein paar Leichen in weißen Anzügen liegen herum, auch wenn alle möglichen Flecken die Anzüge alles andere als elegant aussehen lassen. Alles ist jetzt im Großen und Ganzen aufgetaut. Es ist etwa 15 Grad Plus schätzt Jane. Die Bordkombi hält sie gut warm. Die Wände knacken manchmal deutlich durch die Temperaturveränderungen. Aber das molekülprogrammierte Material müsse das aushalten, weiß Jane aus Erfahrung.
„Der hier hat ein Messer im Rücken", bemerkt Pascal.
„Man sollte sich immer den Rücken freihalten", brummt Tough dazu und baut sich irgendwie kampfartig auf. Greg schüttelt den Kopf als Tough grinst.
„Hier ist der Bereich der Servicecrew. Ihre Quartiere, ihre eigenen Verkaufsstellen und eigenen Cafeterien, also nichts für Gäste. Er deutet auf eine große Doppeltür mit Fenstern, die mit irgendwelchen Pappen und Klebeband abgedeckt sind.
„Da hinten ist der Gästebereich. Foyer, Empfang und Zweite Klasse, Restaurants und Geschäfte der einfachen Art, aber keine Quartiere für Gäste." Greg beendet seine Aufzählung und nimmt eines der Formenergiemagazine vom Boden. Sie sehen wie alte

Papiermagazine aus, allerdings beginnen einige Animationen sich zu bewegen und sogar ein quäkender Ton ist zu hören. Nur sind alles Farbwirbel mit wenig entzifferbarem Text.

„Leider fast kaputt", brummt Greg, schafft es aber offenbar doch einiges vorzulesen.

„Ex-Präsident Jackson, der 2255 im Zuge der Anomalie-Katastrophe bei einem nicht genau bekannten Unfall zu Tode gekommen ist, ist am 08.03. dieses Jahres in einem Strip-Klub in New York gesehen worden. Journalisten von Topkapi-News waren vorinformiert und haben ihm regelrecht aufgelauert. Mitgebrachte Föderationspolizei stellte seine Identität fest. Da der Identitäts-Check mit dem verstorbenen Jackson positiv war…"

Mehr ist nicht zu lesen, stellt Greg fest.

„Hochinteressant, oder? Jackson war 2255 zum Präsidenten gewählt worden, noch vor der Anomaliekatastrophe der alten Föderation. Er war kräftig dabei gewesen, die Föderation von innen auszuhöhlen, da ist er 2255 tatsächlich im Zuge der Katastrophe umgekommen, wie es hieß, und ist aus dem Körperbackup neu erschaffen worden. So viel ist bekannt. Sein Vize Taylor hat damals übernommen und die Föderation endgültig aufgelöst, so dass die moderne Republik Terra entstanden ist."

Greg lächelt schief. „Und die löst sich heute auch schon wieder auf und zerfällt bald wieder in die Nationalstaaten der Erde."

„Ja, ja", wirft Jane ein. „Aber das Magazin da wundert sich, dass Jackson 2257 noch gelebt hat. Also hat er seine Wiederauferstehung damals geheim gehalten mit der Neuerschaffung aus seinem Backupscan!"

Greg lacht. „Würde passen, schließlich hat er mit der Glaubensfront koaliert, die aus religiösen Gründen gegen Köper-Backups war. Da hat er das lieber geheim gehalten."

„Ey", sagt Tough. „Hört auf mit diesem Politikgelaber. Die Legenden der Föderation interessieren keinen wirklich. Und Thomas Jackson ist ein Held, er hat das neue Terra geschaffen. Er liegt da in einer Linie mit dem antiken Helden Donald Trump. Noch heute ist Jackson ein einflussreicher…"

In diesem Augenblick ist ein Poltern von hinten aus dem Schiff zu hören, irgendwo tiefer im Servicebereich, in dem sie stehen. Alle stehen wie versteinert da.

„Sicher ist nur irgendetwas umgefallen. So ein altes Schiff arbeitet ja", erklärt Greg mit ruhiger Stimme.

„Oder die Zombies hier konnten dein blödes Arschkriechen gegenüber unseren Oberherren nicht mehr hören", wirft Pascal trocken ein. Tough bleibt die Luft weg und der Mund offenstehen. Das ist so ein ungewohnter Anblick, dass Jane in Gelächter ausbricht. Jane sieht, wie sich Tough beleidigt zurückzieht. Er geht tiefer in den Servicecrew-Bereich hinein. Ein kleines, offenes Geschäft teilt hier den breiten Gang in zwei schmalere rechts und links. Er stochert in den Auslagen herum. Doch da ist nur Schimmel und Vertrocknetes. „Keine Konserven", murmelt er.

„Greg, wären Konserven noch gut?", fragt Jane, doch der winkt ab. „Tough…", beginnt Greg, doch dann bricht er sofort ab. „Wo ist er denn?" Greg geht zu dem kioskartigen Geschäft, doch da ist niemand. Er geht durch die Hintertür, auch da ist es leer. „Wo zur Hölle ist Tough?", fragt er sehr unandroidisch. Er sieht sich um. „Hier sind sogar ein paar verdammte Konserven. Unten.

Er hebt eine Dose hoch, sogar das Etikett sieht noch einigermaßen aus. „Jemand Lust auf Pfirsichringe, Griechenland 2256?" Kaum zweihundert Jahre alt.

„Such lieber Tough", sagt Jane und kommt angelaufen. Sie drückt auf ihrer Comwatch herum, aber es gibt keine Verbindung zu Mister Tough. Auch Pascal hat plötzlich keine Lust mehr, allein herumzustehen. Er nimmt Greg die Dose ab, betrachtet sie stirnrunzelnd.

„Waren ja gut gekühlt."

Jane schüttelt den Kopf. „Lasst den Unsinn, suchen wir Tough."

„Ja Tough, komm raus", tönt Greg unnatürlich laut, seinen androidischen Organen geschuldet. „Auch kein Funkkontakt zu Tough", meldet er.

„Greg, psst, ganz so laut vielleicht doch nicht. Wer weiß, was uns hören kann."

Der Android seufzt. „Tiefgefrorene Ratten und Mäuse, genau." Er sieht links und rechts den Gang herunter. „Das Universum ist flüchtiger Natur, das stelle ich immer wieder fest."

„Was?", fragt Pascal geistesabwesend, der einen Thermoschneider aus einer Seitentasche holt.

„Das Schiff, der Kapitän, Mister Nice, Mister Tough", zählt er emotionslos auf. „Alle weg."

„Offen!", jubiliert Pascal und besieht sich kritisch den Inhalt der Pfirsichdose. „Die sind doch von Natur aus orange, oder? Habe noch nie welche gesehen. Konnte mir sowas nie leisten."

Jane seufzt. „Pascal. Wir haben gerade Mister Tough verloren und alles, woran du denken kannst, sind diese verdammten Pfirsiche."

Während sie das sagt, grollt ihr Magen.

„Ja, gut, ich verstehe", murmelt sie.

„Greg, kannst du per Androidennase erriechen, ob die die noch gut sind?"

### Thomas „Tough" Rogers

Sanfte Musik erklingt aus den Lautsprechern des gepflegten Fahrstuhls. Die Wände sind holzgetäfelt und haben Goldeinsätze. Eine Anzeige zeigt an, dass sich der Fahrstuhl gerade von Deck 8 nach Deck 9 bewegt.

„Wir fahren ganz hoch, Deck Zwölf", sagt die Frau. Eine elegante Erscheinung, blonde Haare, viel Lippenstift. Modische Formenergie-Lichtspiele in Regenbogenfarbe dort, wo sonst Augenbrauen wären. Ihr Ausschnitt ist tief, man sieht viel von ihren Brüsten, die nicht grade klein sind. Ihr Kleid hat einen Schlitz und sie stellt ein Bein etwas vor, dass man sieht, wo ein roter Straps den Netzstrumpf hält.

Mister Tough, der neben ihr steht, bewundert das offensichtlich.

„Du siehst toll aus, wirklich toll. Ich wusste nicht, dass ihr in der Föderation oder wie das hieß damals, solche … komplizierten Strümpfe hattet."

Die Frau lacht glockenhell, während der Aufzug eine Zwölf pulsieren lässt.

„Die sind noch viel älter, mein großer Junge." Sie streichelt ihm über den mächtigen Brustkorb und ihr Finger fährt einen Kreis um den TPS ORPHEUS – Schriftzug auf seinem Schiffsoverall. „TPS", liest sie ab. „Was bedeutet das? Private Ship von was? Den Tarts?" Sie lacht.

Mr. Tough grinst schief. Es ist kein besonders guter Witz, denkt er. Denn die Tarts sind eine zurückgezogene, reptilienähnliche Rasse.

Dass das T vor dem Schiffsnamen für die Terranische Republik steht, weiß natürlich jeder.

Die goldene Aufzugtür öffnet sich und er steht mit offenem Mund da. Eine prächtige Halle liegt vor ihm, ein Springbrunnen plätschert irgendwo, im Hintergrund sind zahlreiche Tische mit zahlreichen teuer, wenn auch altmodisch gekleideten Männern und Frauen zu sehen. Die halben Stehkragen bei den Herren sehen aus wie auf alten Fotos aus der Imperialzeit. Eine langsame, aber mitreißende Musik ertönt aus den Deckenlautsprechern, auch wenn ihn irgendwas an ihrem Klang stört. Weißgekleidete Ober laufen herum, einige Tragen Tabletts mit duftenden Speisen und halten sie hoch in die Luft. Die Decke erst! Sie ist transparent und er sieht die Sterne. Was für ein Anblick.

„Nun komm raus, du kleines Reptil", lacht die Frau und zieht ihn praktisch aus der Kabine.

„Warte, warte", sagt er atemlos. „Das kann ja nun nicht sein. Du hast mir erzählt, dass ihr hier drin wegen eurer tollen Technologie vom alten Imperium so lange überlebt habt. Aber wir haben doch das Oberdeck von unserem Schiff aus gesehen. War alles vereist und sogar mit Toten. Und jetzt sieht alles in Ordnung aus?" Er bleibt entschlossen stehen. Schielt zurück zum Fahrstuhl, der immer noch auf dem Oberdeck steht, wenn auch die Türen wieder geschlossen sind. Irgendwo kommen aus einem anderen Fahrstuhl gerade mehre Leute an, die sich fröhlich unterhalten. „Hier stimmt doch etwas nicht", erklärt er entschlossen.

Seine Begleiterin sieht ihn merkwürdig an. Dann lächelt sie. „So, du traust mir nicht. Aber wir lassen halt nicht alle von draußen sehen, was wir hier haben. Nur weil du was von deinem Riesenechsen-Raumschiff aus gesehen hast, ist es noch lange nicht wahr." Sie rückt ihren Ausschnitt zurecht und zeigt ihm deutlich mehr.

„Kein Tart-Raumschiff, Babe. *Terranisches* Privatschiff heißt das natürlich. Terranische Republik Privatschiff genau gesagt", stellt er klar. Sie stutzt.

„Ach, kann man das jetzt auch so nennen?" Sie kichert und schmiegt sich an ihn. „Na ja, seit dieser Taylor Präsident ist, ist sowieso alles möglich."

Er lässt sich zu einem der Tische ziehen.

„Wer ist Präsident? Taylor? Der lebt doch schon lange zurückgezogen auf seinem Landsitz und lebt nur noch dank Lebensverlängerung", stellt er klar.

Sie sieht ihn an, während sie vor ihrem Stuhl an einem kleinen Tisch stehen bleibt. In der Ferne sieht Tough den Swimmingpool, in dem sich ein paar Schwimmer in ihren bunten Badeanzügen bewegen. Manche schillern in bunten Farben, die sich ständig auf der Oberfläche der Badeanzüge bewegen und verändern. „Ich verstehe das nicht", murmelt er. „Die gefesselte Frau war also nicht real?" Doch seine Begleitung lacht nur. Ein Ober verneigt sich höflich und bringt zwei Cocktails. Tough schnüffelt an seinem. „Was ist das?"

„Ein Arretania-Sunrise, Sir", antwortet der Mann leicht pikiert. Tough zuckt mit den Schultern.

„Und Babe, du hast mir immer noch nicht deinen Namen gesagt. Und wie ihr es geschafft habt, mit eurer Alten-Imperiums-Tech hier so lange zu überleben."

Sie sieht ihn mit schiefem Kopf an. „Welches Imperium? Wovon redest du immer?"

„Na, Branders altes Imperium. Admiral Brander, euer heimlicher Imperator."

Sie lacht und hält sich dabei eine Hand vor den Mund. Nimmt einen Schluck von ihrem mit Ananas geschmückten Cocktail. „Ach so, du meinst unsere Föderation der Erde." Sie kichert. Streichelt ihm übers Haar. „Wieso sagst du immer Imperium? Nennen deine Tarts das so? Dann prustet sie wenig damenhaft los."

„T wie Terra, nicht Tarts, das habe ich dir erklärt."

Er nimmt sich ein Magazin, das auf dem Tisch liegt. Das Titelbild zeigt eine streng blickende Dame in dunkelblauer Uniform. FEDERAL STAR steht in großen Lettern auf dem Cover, das sich nach teurer Formenergie anfühlt, wie das ganze, dicke Magazin. Die Frau trägt offensichtlich eine imperiale Uniform, die, denkt er, seine Begleitung sicher eine Föderationsuniform nennen würde. CAPTAIN JESSICA DUBOIS – DIE BRAUT DES ADMIRALS steht darunter. Er legt das Magazin auf den Tisch, als er Geschrei von einem Nebentisch hört.

„Mach mich los!", kreischt eine Frau, die ein langes, rotes Glitzerkleid trägt. Es sieht mehr wie ein Unterkleid aus, halb durchsichtig wie es ist, wundert er sich. Die schreiende Frau ist wunderschön, rothaarig und mit reichlich Kurven ausgestattet. Sie sitzt merkwürdig nach vorn gebeugt auf ihrem Stuhl und dann fällt ihm auf, dass ihre Hände hinter dem Rücken gefesselt sind. Mit einem roten Schal, wie es aussieht. *Welch ein Zufall*, denkt er, sich an die tote Frau in dem gefrorenen Pool erinnernd, den sie von der *Orpheus* aus gesehen haben.

„Babe, ich weiß nicht, ob ich noch länger bleiben kann", erklärt er entschlossen. „Wir wollten die Notbrücke hier finden, um nach meinem Schiff zu suchen. Und der Anomalie, auf die wir zudriften."

„Mach mich los!", schreit die Frau am Nebentisch jetzt schrill und steht mit gefesselten Händen auf. Der Mann, der ihr gegenübersitzt, bekleidet mit einem silbrig glitzernden Abendanzug, auf dem sich goldene Drachen winden, steht auf. Kichert hell. Ein anderer Mann greift die Frau von hinten. „Gehen wir schwimmen!" sagt er.

„Hä?", entfährt es Tough.

„Meinst du diese Anomalien?", fragt Toughs Begleitung und zeigt zur transparenten Decke des Aussichtsdecks. Da sieht er es. In Richtung Bug des Schiffes ist steuer- und backbords je eine strangförmige, riesige Anomalie zu sehen, die aus oranger Energie zu bestehen scheint. Der Sternenhimmel ist verschwunden, stattdessen sieht man das Grau des Hyperraums überall sonst.
„Ach, das ist ein Bildschirm. Ihr projiziert das alte Bild", lacht er und glaubt zu verstehen. Unterdessen sieht er, dass an einem anderen Tisch zwei Männer anfangen, sich mit Gläsern zu bewerfen. Einer nimmt eine Gabel und droht damit.
„Liebe Gäste!", dröhnt es plötzlich von scheinbar überall. „Leider gibt es eine geringfügige Störung. Bitte verlassen Sie das Oberdeck. Die Gäste im Pool begeben sich bitte ins Trockene und ziehen sich um. Die Störung wird schon bald beseitigt sein. Ich wiederhole…"
Die Übertragung geht in unverständliches Schimpfen über und bricht dann ab.
„Komm Schatz", sagt die Frau und berührt ihn zärtlich and er Wange. „Es ist wieder so weit. Sie haben wieder diese Phase. Lass uns gehen." Sie zieht ihn zu einem Lift. Dort steht schon eine nervöse Menschengruppe, aber wie durch Zauberhand machen ihm alle Platz. „Lass uns in die Clubs auf Deck Neun gehen. Du wirst sie lieben!"

Der Lift fährt runter zu Deck Neun. „Hier kann auch nicht jeder hin wie oben auch", erläutert ihm die Frau.

„Du hast mir immer noch nicht deinen Namen gesagt", grummelt Tough, als sie sich an ihn schmiegt.

„Okay, okay", schnurrt sie. „Nenn mich Linda. Linda Blumquist. Sagt dir der Name etwas?"

„Klingt deutsch", murmelt er, während er auf ihr Dekolleté starrt. Sie kichert.

„Nein, schwedisch", gurrt sie und löst sich von ihm. Wie erstarrt steht sie im Lift, sieht plötzlich bleich aus und starrt ins Nichts. „Schweden", murmelt sie. „Meine Heimat…".

„Genau", gibt da Tough von sich, dem plötzlich etwas mulmig wird. „Wir müssen zu meinen Leuten gehen. Greg der Androide", beginnt er, da öffnet sich die Lifttür. Seine Begleitung fasst sich wieder. Sie lächelt ihn an und sieht immer noch etwas bleich aus, wie er findet.

„Und dein echter Name ist Thomas, oder? Nicht Tough, wie du dich immer nennst?" Er nickt.

„Deck Neun. Lass uns zu den Clubs gehen." Tough folgt ihr. Er sieht, dass es einen Eingangsbereich gibt, auch hier alles elegant und ohne jede Spur der Alterung, in dem ein Portier in einer dunklen Uniform mit Schirmmütze hinter einem Standpult seht. Der Mann räuspert sich und wirft einen kritischen Blick auf Tough. „Sir, ich bitte um Verzeihung", beginnt er mit öliger Stimme.

„Leider ist dieser Bereich für bestimmte Gäste vorreserviert."
Linda Blumquist, Toughs Begleitung, dreht auf dem Absatz um
und lächelt den Concierge an. „Natürlich, Edward, natürlich. Aber
Tough hier ist ein besonderer Gast und in meiner Begleitung."
Der Mann, der tatsächlich ein goldenes Namensschild mit dem
Namen Edward trägt, sieht Linda lange an.

„Natürlich, Miss Blumquist, natürlich. Ihr Gatte ist auch schon in
seinem bevorzugten Gentlemen's Club. Wollen Sie ihn dort
sehen?"

Doch Linda antwortet nicht, sondern nimmt Tough am Arm. „Lass
uns gehen, du wirst den Club lieben."

„Hinten ist der Three Sisters Club, da wirst du Augen machen." Sie
geht vor und lächelt ihn an. Er folgt ihr und sieht, dass der Gang
zu einem Rundgang wird. Eine grüne Halbedelsteinbrüstung mit
silbernem Geländer läuft reih um. Er beugt sich darüber. Unten
sieht er eine andere – Etage – oder was auch immer das ist. Oder
ist es Deck Acht? Dort sind Grünanlagen und Leute flanieren.
Manche in Jogginganzügen. Diverse gläserne Schiebtüren führen
irgendwo hin.

„Wow! Deck Acht oder wo geht's da runter?"

Sie lacht. „Nein du Dummerchen. Das ist nur das untere Subdeck
von Deck Neun. Die Decks für die Erste Klasse sind alle zwei- oder
dreiteilig. Für jemanden, der mit…", sie pausiert, „… Interesse an
unserem Schiff gekommen ist, weißt du verblüffend wenig."
Er sieht auf einen Treppenabgang rechts.

„Sehr beeindruckend. Wir gehen kurz in deinen Club und dann
aber zu Greg, Jane und Pascal. Die sollen das auch sehen."
„Das werden sie, mein tapferer Raumfahrer, das werden sie. Aber

guck dir doch lieber die Boutique hier an. Vielleicht kaufe ich mir was Spannendes zum Anziehen."

Das erweckt sein Interesse und er folgt ihr. Vergessen ist der untere Park. Als er auf sie zugeht, sieht er links ein Geschäft mit diversen Luxusuhren.

„Wow!", ruft er aus und sieht sich die funkelnden Auslagen um. „Rolex, Valdot, Breitling. Das sind ja die alten mechanischen, die sind superteuer, habe ich mal gelesen. Mit Einschüben für ein Comwatch-Modul, richtig?"

Sie schüttelt den Kopf. Von Herrenuhren habe ich wirklich keine Ahnung. Ich trage keine Uhr und auch für eine Comwatch habe ich keine Verwendung. Nimm doch deine und ruf deine Crew, wenn dir das so wichtig ist."

„Habe ich schon versucht, keine Verbindung", grummelt er. Er sieht sich die Modelle an.

„Wow, Achtunddreißigtausend Kredits."

„Ob sie deine Tartischen Credits nehmen, das weiß ich nicht. Das sind gute Föderationskredits", sagt sie und lacht.

Er dreht sich weg. „Ihr zahlt hier immer noch damit?" Da steht Linda still. „Oh ja", flüstert sie, ihr Gesicht zur Decke gewandt, ihr Blick in unendliche Ferne gerichtet. „Wir zahlen… wir zahlen mit so viel." Tough will ihr helfen, fühlt sich unwohl. Diese Frau, mal ist sie lustig und abenteuerlustig, mal macht sie ihm irgendwie Angst. Aber das muss wohl an der langen Zeit liegen, in der sie hier eingesperrt waren. Mit der Föderationstechnologie, die altersloses, jahrhundertelanges Leben für alle ermöglicht hatte, ist das problemlos möglich gewesen. Heute gibt es solche medizinische Lebensverlängerung in der neuen Terranischen Republik nur noch für reiche Leute. Aber hier auf dem Schiff konnten sich offensichtlich viele Leute konservieren und haben irgendwie die Lebenserhaltung in einem Teil des Schiffes stabilisieren können. So muss es sein.

Er macht einen Schritt auf sie zu, um sie zu trösten. Ihre Schulter fühlt sich merkwürdig knochig unter dem Seidenstoff an und kurz hat er das Gefühl, an ihrem Ausschnitt trockene, spröde Haut zu fühlen. Sie dreht ihr Gesicht zu ihm um und er glaubt für einen Sekundenbruchteil, milchige, tote Augen zu sehen, doch da... Lacht ihn das grell erleuchtete, mit viel Makeup versehene Gesicht an. „Schatz", lacht sie. „Lass dich von mir nicht unterkriegen. Nun bist du ja hier, nicht wahr?"

„Allerdings", erklärt er. „Und wir müssen bald Greg Bescheid sagen. Der alte Androide weiß bestimmt, wie er euren Kahn hier wieder flottbekommt."

Sie hält den Kopf schief und sieht ihn erstaunt an.
„Flott bekommt? Du meinst, er bringt die *Eternal Princess* ... wohin? Zurück zur Erde?"

Tough schüttelt den Kopf. „Besser nach Arret. Da wolltet ihr doch hin, oder?" Er lacht. „Mit zweihundert Jahren Verspätung ankommen. Na, da werden die Raumbehörden...", plappert er los, da zieht ihn Linda in eine Boutique, die neben dem Uhrengeschäft liegt. ETIENNE PARIS steht in großen goldenen Lettern auf dem grünlichen Halbedelstein, mit dem auch die Wände verkleidet sind. Innen ist alles voller Damenbekleidung. Sehr teurer, denkt er, auch wenn ihm die vielen Streifenkleider altmodisch vorkommen. Eine wunderhübsche Verkäuferin im „kleinen Schwarzen" kommt aus einer Tür im Rückteil der Boutique und schnippt mit den Fingern. Die schwarzhaarige Frau ist wirklich eine Schönheit, denkt er. Auch wenn ihn die sich kreiselnden, wurmartigen Muster auf ihren schwarzen Strümpfen irritieren. Da findet er die altmodischen Netzstrümpfe von Linda schöner. Er hat sich noch über das Fingerschnippen gewundert, da sieht er, wie alle möglichen Kleider gleichzeitig zu leuchten anfangen. Ah, denkt er. Altmodische Regenbogenkleider mit Formenergiemustern. „Ich suche mir was Schönes aus", lacht Linda und fährt mit den Fingern über die sanften Stoffe. „Mein guter Name bezahlt", sie lacht hell.

„Natürlich, Frau Blumquist", nickt die Verkäuferin, die sogar einen Knicks angedeutet hat. Tough bekommt Respekt vor ihr. Oder, korrigiert er sich, vor ihrem Mann, der offensichtlich irgendein Multimillionär sein muss. *Ich muss vorsichtig sein*, sagt er sich.

„Ich nehme vielleicht das hier", flötet Linda, die sich aus einem Ständer ein paar schwarze Strümpfe in einer rosa Packung herausgesucht hat. „Altmodisch aus Nylon, wie ich es mag." Sie schmiegt sich an ihn. „Du doch auch, oder?" Sie hebt sogar ein Bein an, so dass er automatisch das Knie anfasst und den Netzstrumpf unter den Fingern spürt. Linda lacht die Verkäuferin an. „Und dazu einen rosa Strapsgürtel, wie wäre es?" Die Verkäuferin stimmt zu und bald darauf bewegt sich Linda mit den Sachen in Richtung Umkleidekabine.

„Möchtest du mitkommen?", fragt sie ihn keck. Er sieht sich nach der Verkäuferin um, doch die tut plötzlich so, als sei sie sehr mit dem Ordnen von Wäschestücken auf ihrem Tresen beschäftigt. „Na klar", sagt er mit belegter Stimme. Sie lächelt ihn einladend an und er ist schon fast in der Kabine verschwunden, da stößt sie ihn zurück. „Noch nicht, mein Krieger", gluckst sie und zieht den Vorgang zu.

Er steht vor dem Vorhang und wartet. Räuspert sich. Von drinnen hört man absolut nichts. Er kratzt sich am Kopf. Er muss „seine Biene", wie er sie im Kopf nennt, wirklich langsam dazu kriegen, dass sie Greg und Jane informieren. Und Pascal, das Mannschaftsmaskottchen. Er drückt auf seiner Comwatch herum. Immer noch keine Verbindung. Er sieht zu der Verkäuferin herüber, die immer noch vor dem Tresen steht. Aus den Augenwinkeln heraus sieht er, dass sie völlig stillsteht. Das sieht ihm fast unheimlich aus. Er sieht wieder zu Lindas Umkleidekabine herüber und erwartet, dass sie herauskommt. Da ist ein schmaler Spalt zwischen den beiden dunkelgrünen Vorhangteilen. Die Finsternis ist undurchdringlich, wundert er sich. Haben die kein Licht in der Umkleidekabine? Und warum hört er nichts? Er bekommt eine Gänsehaut. Manchmal sind die Dinge in diesem alten Schiff wirklich merkwürdig. Er dreht sich zur Verkäuferin um. Er sieht sie seitlich. Wundert sich, wie still sie dasteht. Wie eine Statue. Ihr hübsches Gesicht, eine kleine Brust, die sich hübsch in ihrem kleinen Schwarzen abzeichnet, eine nette Rundung „achtern", wie er es nennt. Die nett anzusehenden Beine. Doch nur die wurmartigen Muster bewegen sich auf ihren Beinen, sonst nichts. Sie starrt irgendwohin. Stur geradeaus. Aber wohin? Er folgt ihrem Blick und sieht einen Spiegel.

Vor Schreck erstarrt er, als er das Spiegelbild sieht. Da ist ein Horrorgesicht. Starke Wangenknochen mit grauer, faltiger, rissiger Haut. Lippen, die sich von den Zähnen zurückgezogen haben. Er öffnet den Mund, fühlt Panik in sich aufsteigen. Da fühlt er eine

Hand auf seiner rechten Schulter. Mit einem Aufschrei fährt er herum.

Da ist Linda, hübsch wie eh und je. Sie sieht ihn erstaunt an. Trotz Rouge auf den Wangen wird sie noch röter. Ihr Parfumgeruch hüllt ihn ein.

„Was ist denn los? Was machst du denn so einen Wind?" Sie sieht zur Verkäuferin rüber. Die hat sich umgedreht und lacht, die Hände vor dem Schoß gefaltet. „Man kann schon mal erschrecken", lacht sie.

Linda sieht ihn lasziv an, stellt sich in Positur. „Du siehst es zwar nicht, aber ich habe die Sachen drunter angezogen. Du kannst sie nachher genießen. Aber jetzt lass uns erst mal in den Klub gehen." Sie stolziert aus der Boutique heraus und er wundert sich, dass sie nicht ans Bezahlen denkt. Er sieht sich nach der Verkäuferin um, doch die lächelt nur und nickt. Wirklich eine hübsche Frau, denkt er und rennt Linda hinterher. „Manchmal sehe ich hier verdammt komische Sachen", stößt er atemlos hervor. „Vielleicht weiß Greg da irgendwas drüber." Sie lacht. „Dein Greg weiß wohl alles?"

Sie gehen tiefer in das Schiff hinein. Links fallen ihm Vitrinen auf, die in die Wand eingelassen sind.
„He, das sind Raumschiffe", prustet er begeistert los.
„Ja, Raumschiffe in einem Raumschiff im Weltraum, toll oder?", erklärt sie gelangweilt.
„EFS MOONDREAMER" liest er von einem Schild ab. „Ja, das war Imperator Branders Schiff, oder?" Sie ist stehen geblieben und wirft ihm einen Blick zu, wie ihn ein Junge von seiner Mutter

zugeworfen bekommt, der mit irgendeinem kaputten Autoreifen am Straßenrand spielen will.

„Admiral Brander, Grand Admiral oder irgend so ein Titel. Aber definitiv kein Imperator." Sie schüttelt den Kopf. „Auf was für einer Schule bist du gewesen? Einer Baumschule?" Er fährt ärgerlich herum und hört auf, das fast kastenförmige Raumschiffmodell mit seinen beiden röhrenförmigen Waffenauslegern zu bewundern. Sie kichert hinter vorgehaltener Hand.

„Nun komm schon, Thomas. Immerhin bist du ein Vornamensfetter unseres berühmten Admirals. Der Club wartet."

Er geht bedauernd an den anderen Schiffsmodellen vorbei. Verwundert sieht er aus den Augenwinkeln irgendein Schiffsmodell, das einfach ein silbernes, abgeflachtes Ei darstellt, kann aber so schnell den Namen nicht lesen. Er folgt Linda durch einen schwarzen Vorhang. In einer komplett schwarzen, kleinen Vorhalle, die am anderen Ende einen einzigen Ausgang hat, wird er von einem Türsteher kritisch gemustert, doch als der Türsteher Linda sieht, verbeugt er sich sogar und winkt in den eigentlichen Klub hinein. Auch hier sind die Wände komplett schwarz. Überall sind einige Käfige aufgehängt, die über den Tischen hängen, die zur Hälfte besetzt sind. In den Käfigen tanzen Frauen, die nur Strümpfe und Strapse tragen. Eine laszive Jazzmusik klingt von der Decke. Irgendwas von einer Frau in einem Käfig und der

Freiheit, die sie nur dort findet, hört er aus dem Text heraus. „Cool", stößt Tough hervor. Der Anblick der tanzenden Frauenbeine zieht ihn magisch an. Linda bugsiert ihn in eine Nische. Sie beugt sich vor, wie bereit zum Kuss. Die Lippen rot, ihre rosa Zunge wird sichtbar. Tough zieht die Augenbrauen hoch. „Ich mag dich auch", stammelt er ein bisschen. Sie kommt noch näher.

„Schon toll, was ihr hier mit eurer imperialen Technik so alles erhalten konntet."

„Föderation", säuselt sie. „Föderation…", dann sind ihre Lippen an seinem Ohr. „Mein starker Mann". Er fühlt einen heißen Kuss auf seinem Ohr. Streckt seine Arme nach ihr aus. Doch dann ist der Schmerz groß, als sich ihre Zähne in seinen Hals bohren. Er spürt seinen Lebenssaft hervorsprühen und will sie wegstoßen. Doch ihre Zähne graben sich immer tiefer in seinen Hals.

In einem von Schimmel überzogenen, schwarzen Saal unter toten Lampen und Käfigen mit mumifizierten Überresten von Frauen sitzt er in einer dunklen Ecke und sein Blut sprudelt aus ihm heraus. Die schwarz gekleidete Frau mit dem grauen, faltigen Gesicht klammert sich an ihn, ihren Mund an seinem Hals.

**02:33 Uhr, 03.10.2457 Greenwich-Erdzeit**

**13:23 Uhr, 07.04.159 Bordzeit *TPS Orpheus***

**Jane Leslie**

Jane hat wirklich langsam genug. Eben war sie tatsächlich eingeschlafen und ist erst wieder aufgewacht, als Greg ihre Comwatch angerufen hat. Der war schon zwanzig Meter voraus in diesem Kriechgang unter irgendwelchen Rohren. Routinemäßig scannt sie mit der Comwatch nach einer Funkverbindung zu Mister Tough. Doch wieder nichts.

„Gleich sind wir auf der Notbrücke, Leslie. Ich kann doch auch nichts dafür, wenn sie hier alle Türen zugeschweißt haben."

„Verdammte Kriecherei", schimpft Jane. „Vielleicht hätten wir doch durch den Gästebereich gehen sollen."

„Du wolltest doch nicht", kommentiert Pascal von weiter hinten.

„Ja, ihr Biologischen. Immer die Meinung ändern", grummelt Greg weiter vorne. „Aber jetzt nicht mehr rummeckern, hier nach links, dann sind wir auf dem Gang vor der Notbrücke. Dann nichts wie rein und wir können das ganze Schiff von hier steuern. Vor allen Dingen ein Sensorbild bekommen, wie nah wir schon an der verdammten Anomalie sind und ob wir was von unserer *Orpheus* sehen."

„Müsste die nicht eigentlich auf die Rufe unserer Comwatches reagieren? Der Bordcomputer meine ich", fragt Pascal unsicher.

„Müsste sie, müsste sie. Tut sie aber nicht. Ich wollte es nur nicht an die große Glocke hängen."

Greg hantiert an der Wand und dann geht er als erster durch. „Alles clean, nur eine Leiche mit eingeschlagenem Schädel. Und Jane sei dazu gesagt, dass sie wirklich tot ist."

„Ja, ja", murmelt Jane. „Macht nur eure Witze über meine Visionen."

Auch sie steht jetzt auf dem Gang, Pascal folgt ihr. Links und rechts sind irgendwo verschlossene Luken. Zwei Quertüren sind tatsächlich zugeschweißt. An einer Verbreiterung des Ganges liegt etwas Unrat. Jane nimmt etwas hoch, das ein Papierbuch zu sein scheint. Es fühlt sich morsch an, hält aber, als sie es aufblättert. „Die Bibel", stammelt sie.

„Typisch für Biologische", kommentiert Greg. „In Zeiten der Not Zuflucht in der Religion suchen. Allerdings kann ein aufmerksamer Leser bemerken, dass es viele Berührungspunkte zu modernsten physikalischen Theorien gibt. Etwa was die Fortexistenz über den Tod hinaus angeht."

„Toll, Greg", nörgelt Pascal. „Das hilft uns ja wirklich. Könntest du vielleicht mal die Brückenluke aufmachen, damit wir hier zum Ende kommen?"

Greg verbeugt sich in Richtung Pascal. „Aber natürlich, *mon chère.*" Sofort wendet er sich der Luke zu, die durch die hohe Türschwelle nicht gerade dazu ermutigt, sie zu durchschreiten, aber eben nur als Notersatz für die Hauptbrücke auf Deck Zwölf gedacht ist. „Sie akzeptiert meinen selbstgebastelten Zugangscode", erklärt er leichthin und dann kann er eine Klappe öffnen und das Rad darunter drehen. Er zieht die Luke auf.

„Kneipentür. Geht nach draußen auf", kommentiert Pascal trocken. Greg schüttelt den Kopf und murmelt irgendetwas von „Biologische…".

Greg bleibt vor der Luke stehen.

„Leute, ich weiß nicht, ob ihr euch das ansehen wollt. Vielleicht machen wir die Luke einfach wieder zu", schlägt Greg in lockerem

Plauderton vor, der völlig deplatziert wirkt. Einen Laut von sich gebend, der mehr ein Knurren als ein Wort ist, drängt Jane ihn zur Seite und betritt die Notbrücke.

Die Wände sind übervoll mit Bildschirmen und Schaltbrettern. Ein Sitz ist in der Mitte vor einem kleinen Hauptbildschirm. Zwei Notsitze lassen sich links und rechts ausklappen. Die Bildschirme sind allesamt zerschossen und verschmort, ebenso wie fast alle der Schalter. Sogar die Decke und der Boden haben Brandspuren, die offensichtlich von einer Thermowaffe stammen. Der schrecklichste Anblick ist aber eine Leiche, die auf dem mittigen Sitzplatz sitzt und offensichtlich einen eingeschlagenen Schädel hat. Der Mann trägt einen grauen Overall, der mit EPS ETERNAL PRINCESS beschriftet ist und einen stilisierten Schraubenschlüssel zeigt. Eine weitere Leiche in einer ehemals eleganten, weißen Uniform liegt zu seinen Füßen. Ein Thermostrahler liegt am Boden, in der Nähe der weißgekleideten Leiche.

„Technikcrew", erklärt Greg überflüssigerweise. „Und einer der Chef-Ober oder etwas in der Art vor ihm." Greg pausiert. „Etwas kleineres, hartes wurde mehrfach auf seine Schädeldecke von hinten geschlagen. Wohl der Thermostrahler hier." Jane geht um den Toten auf dem Sessel herum. Sie sieht, dass die Hose der Leiche heruntergezogen ist. Sie vermeidet, in sein mumienhaft vertrocknetes Gesicht zu sehen. Aber der Anblick unten ist noch schlimmer. Da scheint jemand den Penis der Leiche größtenteils entfernt zu haben. Sie sieht außerdem, dass der weißgekleidete Mann am Boden, ebenso vertrocknet, seinen Mumienmund geöffnet hat und irgendetwas Vertrocknetes darin zu sehen ist. Ihr wird übel und sie geht ein paar Meter zur Seite und übergibt sich geräuschvoll.

„Prima", kommentiert Pascal, der gerade die Notbrücke betritt. „Jetzt stinkt es hier noch mehr, als hätte dieser Gruftgeruch nicht schon genügt."

„Oh", fügt er hinzu, als er die Leichen von vorne sieht. „Verstehe."

„Leute, gehen wir zum nächsten Treppenhaus. Mit Glück schaffen wir es bis Deck Zehn, denn laut Plan ist hier ein Aufgang, der bis dorthin geht." Alle folgen Greg. Jane zeigt ihm den Strahler, den sie aufgehoben hat, auch wenn sie den dunklen Fleck am Griff eklig findet.

„Eine Gordon", stellt der Androide fest. „Traditionsmarke, aber leider sind die Energiezellen hin."

„Woher weißt du das, ohne sie näher untersucht zu haben?" Greg sieht Jane grinsend an und zeigt ihr den Sicherungshebel. „Nicht gesichert."

„Ja und?"

Er nimmt ihr die Waffe aus der Hand, zielt auf Pascals Kopf und betätigt den Abzug.

„Sch-Sch", zischt er dazu und kichert. „Und weg ist der Kopf", gluckst er.

Pascal reißt in einer Abwehrgeste seine Arme hoch. Doch nichts passiert, der Strahler ist offensichtlich funktionslos.

„Bist du verrückt geworden?", schreit er empört. Doch Greg lacht nur. „Alles Erfahrungswerte. Nach so langer Zeit kann der Energiepuffer nicht mehr funktionieren. Nicht bei dieser Marke. Die hatten nicht die verbesserte Puffertechnik, wie sie die *Eternal Princess* und andere Raumschiffe damals für ihre eigenen Waffenpuffer verwendet haben. Oder die Konkurrenzwaffen von Glock, Walther und SpaceOrigin."

„Greg! Für einen Androiden verhältst du dich völlig verantwortungslos! Man zielt nicht mit Waffen auf Menschen!"

„Ein Blick in die Geschichtsbücher wird dir widersprechen", grummelt er und geht voran. Pascal sieht Jane an und macht eine kreiselnde Bewegung am Kopf. Jane nickt und ihr wird plötzlich kalt. Greg ist der Fels in der Brandung. Ihre einzige Hoffnung, dass sie es schaffen, hier lebend rauszukommen. Wenn er auch noch durchdreht, dann ist alles verloren. Wenn das, was hier stattgefunden hat, ihn auch betrifft, dann…

Sie will den Satz nicht zu Ende denken.

„Fuck!", ruft Greg, wie um ihre Befürchtungen zu bestätigen. „Das ganze Treppenhaus ist gesprengt worden. Alles eingestürzt." Jane kommt näher und sieht, dass Deckenteile und irgendwelche klobigen Stahlschränke sowie ein paar Rohre den Treppenaufgang völlig absperren. Ein paar in den Trümmern steckende Gliedmaßen sind zu erkennen.

„Wir müssen durch den Gästebereich. Nehmen das Treppenhaus dort und dann hoch auf die Hauptbrücke. Dort sehen wir gleich das Logbuch, was uns hoffentlich erklärt, was hier vorgefallen ist. Wenn die hoffentlich besser aussieht als die Notbrücke." Alle folgen dem Androiden widerspruchslos, der nach links abzweigt.

„Sollten wir nicht eine Waffenkammer suchen, Greg? Vielleicht finden wir da eine Glock oder einen SpaceOrigin oder einen anderen Stahler."

„Klar", gibt Greg sarkastisch von sich. „Wenn Leonen das Schiff entern, kannst du sie damit erschießen. Ob das mit unserem Sensorproblem hilft, bezweifele ich allerdings."

„Und auf in den Gästebereich", kündigt Greg an und öffnet eine Tür, die mit GUEST AREA ENTERANCE beschriftet ist. Davor liegt die Leiche eines Mannes in Servierer-Kleidung, der mit dem Gesicht nach unten liegt, neben sich ein verbeultes Silbertablett mit irgendwelchen Flecken. Gleich zwei Messer stecken im Rücken des Mannes. Ein Fahrtenmesser und ein Fleischmesser.

„Ist das echtes Silber?", fragt Pascal, doch Greg seufzt nur. Als alle durch die Tür gehen, stehen sie in einem prächtigen Gang, dessen Wände allerdings fleckig wirken. Bilder sind in prächtigen Rahmen aufgehängt, die ihnen unbekannte Frauen und Männer zeigen. Hier ist überall doppelte Bauhöhe und ein Treppenaufgang führt nach oben. Ein Schild weist darauf hin, dass es hier zu Restaurants geht. Mittlerweile ist es nur noch leicht kühl, so dass Jane sogar ihre Bordkombi etwas öffnet.

„Über dem Servicebereich, aus dem wir grade bekommen sind, sind diverse einfache Restaurants. Für die zweite Klasse."

„Klar", merkt Pascal an. „Die Dritte isst ja auch nicht."

„Sozialkritik oder blanke Dummheit, die Bemerkung, man weiß es nicht", murmelt Greg.

Jane sieht sich wieder den herumliegenden Unrat an und versucht die mumifizierten Leichen von Männern und Frauen zu ignorieren, die überall herumliegen. Wenigstens, denkt sie, riecht es nicht allzu schlecht dank der wieder funktionierenden Belüftung. Sie passieren einen Durchgang und stehen in einem prächtigen Treppenhaus mit einer doppelten Freitreppe und Marmorsäulen, die ins obere Halbstockwerk gehen. Eine riesige, gläserne Engelsfigur steht in der Mitte. „Eine berühmte Plastik von Frank Vanderbuildt. Die allein bringt eine Million oder mehr", erklärt Greg, doch keinen kümmert es. Man sieht oben die Reklame eines Chinarestaurants und eines Steakhauses. Pascals Magen knurrt vernehmlich.

„Die Mumien hauen dir sicher ein mumifiziertes Steak in die Pfanne", witzelt Greg und Jane sieht ihn erstaunt an.

„Greg, irgendwie bekommt dir dieses Schiff nicht. Keiner von uns will sich mit dir anlegen, aber du klingst sehr aggressiv." Der Androide dreht sich um und so etwas wie Trauer spiegelt sich in seinen ebenmäßigen Gesichtszügen unter dem kurzen Haarschnitt.

„Es sind die toten Menschen, Jane. Diese Massierung und die Gewalt anzusehen, ist nicht einfach. Ihr Biologischen..."

„Greg!", schreit sie und wundert sich ein bisschen über ihren eigenen Ausbruch. „Die Menschen hier wollten Urlaub machen. Urlaub! Höre auf sie zu verurteilen. Die Frau da, die offenbar den Mann da von hinten mit einem Messer getötet hat, hat das sicher nicht aus eigenem Antrieb getan. Und die beiden Mumien dort, die sich immer noch zu strangulieren scheinen", sie zeigt auf ein Paar aus einem elegant gekleideten, mumifizierten Herrn und einer anderen, ebenso mumifizierten Leiche in einem Overall. „Die wollten das auch nicht, sondern Urlaub machen oder ihren Lebensunterhalt als Crew verdienen. Irgendwas hat sie kontrolliert und wir müssen herausfinden, was das war."

„Du hast Recht", gesteht Greg nach längerer Pause zu und zeigt auf einen breiten Durchgang mit offenbar geschlossenen Boutiquen, bei denen jemand in einer sogar versucht hat, die Glasfenster abzudecken und die Tür mit Möbeln zu verrammeln. „Hier entlang, da ist noch eine Freitreppe und dann sind wir bald am Nottreppenhaus."

Sie gehen an Lifts vorbei, Jane überzeugt sich durch schnelles Drücken eines der Rufknöpfe, dass die Lifte nicht funktionieren und sie folgt seufzend Pascal und Greg, der wie immer voraus geht.

Sie geht an einem kleinen Geschäft vorbei, das Kinderspielzeug im Fenster hat. Traurig schüttelt sie den Kopf. Der Gedanke, was den Kindern passiert ist, verursacht ihr Übelkeit. Apropos, denkt sie, für ein Glas Wasser würde sie langsam ein Vermögen zahlen, nachdem ihr vorhin schon übel war und das nicht eben einen angenehmen Geschmack im Mund hinterlässt.

„Greg! Lass uns erstmal nach deinen noch einigermaßen funktionierenden…", fängt sie an und will mit „Replikatoren sehen", enden, da sieht sie, dass Pascal wie angewurzelt dasteht und nach oben sieht. Greg steht neben ihm und schüttelt wieder den Kopf. Jane geht schnell aus der Unterführung mit dem Spielzeuggeschäft heraus und ignoriert zwei Leichen, die direkt vor der Restauration liegen.

„Was ist denn?" Sie sieht dahin, wo auch Pascal hinsieht. Und ihr bleibt fast das Herz stehen. An der großen doppelten Freitreppe, die diesmal aus weißem Marmor mit goldenen, eingesetzten Adern gestaltet ist und kitschige, griechische Säulen hat, ist jemand aufgehängt worden. Ein Kind! Das Seil ist irgendwo weiter oben am Geländer befestigt und das Kind in einem kleinen rosa Kleid hängt mehrere Meter über dem nächsten Treppenabsatz. Das graue, kleine Gesicht will sie gar nicht erst ansehen.
„Wer…?", beginnt sie eine Frage. Aber sie wispert in ihrem Kopf, die Frage. Wer hat das getan? Die eigenen Eltern? Wahnsinnig geworden durch irgendeinen unheimlichen Einfluss, den sie noch immer nicht kennen? Oder ein Fremder? Sie atmet durch, auch um das neuerliche Gefühl der Übelkeit zu unterdrücken.
„Kommt weiter", fordert Greg und sie gehen ihm nach. Ein Korridor führt laut Schild zu Holokinos und bevor sie noch in einer neuerlichen Halle herauskommen, von der man schon grelle

Filmreklame sieht, öffnet Greg eine Seitentür, die als Nottreppenhaus beschriftet ist. Jane steigt über die Leichen von drei Erwachsenen, die ineinander verkeilt sind und findet sich in einem einfachen, rosa getünchten Treppenhaus wieder. Greg schließt die Tür und sie genießt es, einfach mal keine Leichen zu sehen.

Ohne Probleme geht es auf Deck Acht. Jane musste doch noch über die Leiche einer Frau mit Perlenkette im kurzen rosa Cocktailkleid steigen, die aussah, als habe sie sich selbst die Augen ausgekratzt, wenn man nach den Furchen in ihrem Gesicht geht und wo ihre Hände gerade stecken. Nervös spielt Jane mit dem kleinen Kruzifix um ihren Hals. Aber nach dem Anblick des erhängten Kindes ist das einfach zu verkraften, stellt sie fest. Obwohl, flüstert eine Stimme in ihrem Verstand, könnte es auch einen Zusammenhang geben.

„Greg, lass uns auf dem nächsten Deck erst mal nach Wasser und Essen gucken. Pascal hatte ja seine Pfirsiche, aber einfach mal Wasser und dein erwähnter Brotteig wären nicht so schlecht." Greg stimmt zu.

„Eigentlich", kommentiert Pascal, „müsste doch Mister Tough schon der Hunger zu uns zurücktreiben. Ohne Greg kriegt er doch keinen Replikator in Gang."

Jane versucht erneut, Mister Tough über die Comwatch zu rufen, doch es gibt wie immer keine Verbindung.

„Greg, du hast auch keine Verbindung zu Tough, oder?" Der seufzt. „Jane, ich rufe die ganze Zeit das Schiff, Mister Nice und Mister Tough, niemand antwortet. Dass ich ein Funkmodul eingebaut habe, muss ich dir ja nicht erklären."

„Vielleicht", beginnt sie zögerlich, „solltest du das lassen. Das Rufen per Funk meine ich. Funkstille wäre besser."

„Wieso?", fragt Pascal.

„Irgendetwas ist hier auf dem Schiff. Ich hatte diese Halluzinationen. Wer weiß, was das ist und wenn es unseren Verstand irgendwie beeinflussen kann, vielleicht kann es dann auch Funkverbindungen empfangen."

„Ach Quatsch", sagt Pascal, wird dann aber nachdenklich.

„Gut", stimmt Greg schließlich zu. „Dann lasse ich es. Irgendwas ist hier an Bord und wir wissen nicht was. Könnte ein terroristischer Kampfroboter mit Psi-Modul sein oder sonst etwas. Eigentlich müsste er längst deaktiviert sein, wenn wir dieser Hypothese folgen wollen. Aber gut, ich halte Funkstille. Wenn ihr das auch wollt, schaltet eure Comwatch auf Nullemission. Sonst kann man die auch empfangen, wenn sie nach Netzen Ausschau hält."

Jane nickt und macht sich sofort an den Knöpfen ihrer Uhr zu schaffen. Pascal hingegen flucht vor sich hin, als die Uhr bei seinen ungelenken Drückversuchen zu Piepen anfängt. Greg nimmt ihm die Uhr ab, drückt zweimal kurz und gibt sie ihm zurück. Das etwas feiste, jugendliche Gesicht von Pascal zeigt aufrichtige Dankbarkeit.

„Gut, wir haben ein saphirisches Café zur Verfügung und ein italienisches", verkündet Greg und zeigt schwungvoll auf zwei kleine Geschäfte hinter einer Glasfront. Das saphirische Café ist dunkel, während das italienische von innen flackernd von Deckenlampen beleuchtet wird. Ein Umstand, den Jane als ausgesprochen gruselig empfindet.

„Italienisch kenne ich natürlich. Aber was ist saphirisch?"

„Eine Gegend irgendwo auf Arret glaube ich", murmelt Jane und ignoriert ihr Magenknurren beim Gedanken an eine Pizza oder einen Teller Pasta.

„Saphiria ist die Nordspitze des arretanischen Hauptkontinents und bekannt für seine würzigen, kleinen Kuchen, die mit modifizierten, dort heimischen Kräutern gewürzt werden."

„Lass uns saphirisch nehmen", schlägt Jane vor.

„He, ich will keine Alien-Gewürze. Ich bin schon gegen Schellfisch leicht allergisch", gibt Pascal von sich.

Greg beendet die Diskussion, indem er die Tür zum italienischen Café öffnet. Café Sorento ist an der Glasfront zu lesen, dazu ein paar Grafiken von altmodischen Häusern.

Das Lokal ist innen mit schimmlig gewordenen Luftbildern einer wunderschönen Küstenlinie dekoriert und in einem Glastresen sieht man die ekeligen schwärzliche Reste von etwas, das sicher mal Essen war. Etwas, das mal Pizzen waren, gleich darunter, der Form der Flecke nach zu urteilen. An der Wand ist eine Preisliste angeschlagen.

Jane sieht, wie sich Greg hinter dem Tresen sehr merkwürdig fortbewegt. Sicher eine Leiche, über die er klettert, denkt sie. Sie sieht sich nach Leichen um, die sie schon gelernt hat geistig auszublenden und findet auch eine mumifizierte Frauenleiche in einem blauen Kleid, die friedlich an einem Tisch sitzt. Die Frauenleiche hat eine Espressotasse und eine kleine Phiole vor sich auf dem Tisch. Ein Selbstmord, als die Welt um sie herum verrückt geworden ist? Ein bisschen Frieden mit einem letzten Blick auf die Küste von Sorrento?

Greg hantiert lange an einem Kasten, bei dem es sich um einen Replikator handeln muss.

„Moment", fragt Pascal. „Wenn die alles gratis repliziert haben in der Föderation, wieso stehen dann hier Preise?"

„Nur einige Replikatorstationen hatten Gratisprodukte, Pascal. Meist musste man bezahlen, aber die Menschen hatten ein großes Kontingent an Basic-Kredits. Wie viel hing vom Mitgliedsstaat der Föderation ab. Hier auf dem Kreuzfahrer haben sie aber keine Basic-Kredits genommen. Steht auf der Speisekarte auf dem Tresen."

„Unfair", murmelt Pascal.

„Die Lokale hatten meist auch kein Standardprogramm wie die Gratisstationen, sondern eigene Gerichte, die nicht erneut gekocht, sondern repliziert worden sind. Obwohl da viel geschummelt wurde, sagen die Historiker und gemeinfreie Rezepte einfach..."

„Greg! Lass die Vorlesung", mahnt Jane.

Plötzlich dreht sich der Androide um und steht mit einem breiten Grinsen hinter dem Tresen.

*„Signorina! Was-se möchten Sie? Vielleischt eine Espresso, Signorina?"*

Jane schüttelt den Kopf und schließt die Augen.

*„Leide isse die Pizza ausse."*

„Greg! Lass den falschen Dialekt. Schmeiß den Replikator an."

„Brotteig würde ich auch nehmen, Mann", wirft Pascal ein.

Es dauert eine Weile, da präsentiert Greg in seinen Handflächen einen glitschigen Teighaufen, der offenbar kalt oder nur leicht warm ist.

„Mehr ging nicht bei der alten Replikatormatrix."

Jane schüttelt mit dem Kopf. „Geschirr, Greg?"

„Unhygienisch nach zweihundert Jahren. Und das Wasser muss ich erst noch herstellen."

Er reicht Pascal eine Handvoll Teig, die dieser einfach in die Hand nimmt. Es riecht einigermaßen appetitlich, stellt Jane fest. Sie öffnet unterdessen einen Wasserhahn, doch nichts kommt heraus. „Die letzten Meter der Leitungen sind meist das Problem, sonst funktioniert der Wasserkreislauf teilweise wieder", erklärt Greg. Pascal stopft unterdessen die Teigmasse ungeniert in sich hinein. „Habe den Replikator mit Reinigungsmitteln gereinigt. Müsste man kaum schmecken", merkt Greg an. Pascal sieht ihn mit großen Augen an, isst aber weiter. Jane stellt unterdessen einen staubigen, mit grauem Bewuchs überzogenen Teller in einen kleinen Kasten mit transparenter Tür und drückt einen Knopf. Nach Sekunden macht es Ping und sie entnimmt einen sauberen Teller. „Du bist kein Hausmann" stellt Jane lachend fest und hält ihm den Teller hin.

„Und du solltest mal meine elektromagnetischen Sehfähigkeiten haben", antwortet der Androide ruhig. „Der defekte Geschirrreiniger hat die Molekülstruktur so verändert, dass..."
„Was denn?", fragt Jane genervt und will den Teller umdrehen. Da zerbröselt er in mehrere Teile. Genervt öffnet sie eine Schranktür.
„Hier, die sind sauberer", sagt sie und wischt mit dem Ärmel die Feuchtigkeit ab.
„Bis auf tiefgefrorene Bakterien, die jetzt aufgetaut und hyperaktiv sind."
„Gib schon her", sagt sie mürrisch und nimmt ihm einen Teigbatzen aus der Hand.
„Schmeckt wie Pizza Margherita ohne Margherita", bemerkt Pascal.
„Und ohne Pizza", merkt Jane an. Pascal nickt.

„He, hat sich die Frau am Tisch gerade bewegt?"

Vor Schreck fährt Jane herum und spuckt den Teig wieder aus. Die tote Frau sitzt immer noch so da wie vorher. Pascal lacht und klatscht sich auf die Schenkel.

„Und so hat das Schiff nach zweihundert Jahren auch seine erste Teigschlacht gesehen", stellt Greg trocken fest, als er sich eine Weile später den wässrigen Teig vom Kopf pult, an dem ihn ein von Jane geworfener Teigfladen erwischt hat. Auch Jane und Pascal sind voll mit Teig nach ihrer kleinen Schlacht. Sie bleiben noch eine Weile in dem Lokal und Jane trinkt mittlerweile repliziertes Wasser aus einer leeren Konservendose, deren Ananasinhalt sie vorher gegessen hat. Die Dose war in einem kleinen Laden gegenüber zu finden gewesen.

„Leute, lasst uns gehen. Vergesst nicht, dass sich die *Eternal Princess* immer noch durch den Hyperraum bewegt, nach dem Schubs, den sie von Mister Nice erhalten hat."

Die Gruppe verlässt das Café und Jane nickt im Weggehen der Frauenleiche im blauen Kleid zu.

Auf dem Gang sieht sich Pascal einen umgefallenen Wagen mit rot-weiß gestreiftem Baldachin an. Aus diversen Boxen sind schwarze Krümel gefallen. „Carmel von Carmichael" steht groß an dem Wagen. „Endlich sehen Karamellbonbons so ungesund aus, wie sie auch sind", murmelt Pascal.

"Hier auf Deck Acht sind die Quartiere der Zweiten Klasse, Mittelklasse-Restaurationen, Shopping, eine Mini-Krankenstation, Sporthallen, ein kleiner Swimmingpool, die Not-Lebenserhaltung und die Not-Energiegeneratoren. Wenn einer von euch beiden noch schnell eine Runde Badminton spielen will oder etwas in der Art, sagt es besser, sonst können wir vielleicht weiter und nach den lebenswichtigen Sensoren auf der Brücke sehen."

Pascal zeigt auf mehrere Aufzüge. „Hier steht Gästedeck 2. Wie kann das sein?"

Greg seufzt. „Gästedeck 1 ist identisch mit Deck Sieben, Greg."

„Ach so."

„Mist", stößt Jane plötzlich hervor. „Ich habe mein Kruzifix vergessen."

Greg schüttelt den Kopf. „Wir werden auch ohne religiösen Beistand…", beginnt er, doch Jane nimmt schon die Beine in die Hand und läuft zum italienischen Café zurück.

„Jane, bleib hier!", ruft Pascal und Greg schüttelt den Kopf, setzt sich aber langsam in Bewegung, ihr hinterherzugehen.

Jane, kaum dass sie im Café Sorento angekommen ist, öffnet die Tür und rennt hinein. Nichts hat sich verändert. Die Teigflecken sind da, ebenso wie die leere Konservendose. Ihr Kruzifix an seiner Silberkette, das sie abgenommen und nach der Teigschlacht gereinigt hatte, liegt auf dem Tresen. Sie nimmt es entgegen und legt sich die Kette um den Hals. „Dachte schon, ich hätte dich verloren", gurrt sie und dreht sich um. So allein ist ihr doch etwas mulmig in dem flackernd beleuchteten, verlassenen Café, allein mit der Leiche des Baristas hinter dem Tresen.

Sie stutzt. Allein mit *einer* Leiche? Sie sieht in die Ecke vorn rechts neben dem Eingang. Da sind der kleine weiße Tisch, die Tasse und die kleine Phiole. Aber von der Frauenleiche im blauen Kleid keine Spur! Sie bekommt eine Gänsehaut. Das kann nicht sein! Niemand hat die Frauenleiche weggeräumt. Sie haben vorhin ihren Teig gegessen, rumgealbert, sie hat Ananas gegessen und Wasser getrunken und dann sind sie raus. Die Leiche saß natürlich noch am Tisch. Wie erstarrt steht sie da, traut sich nicht, sich umzusehen. Da hört sie es. Ein Geräusch. Von der großen Schranktür links am Tresen, wenn man davorsteht. Jetzt rechts hinter ihr, so wie sie mit dem Rücken zum Tresen steht. Irgendetwas kraspelt da in dem begehbaren Schrank, den sie vorhin beim Tellersuchen gesehen hat. Da war nur ein Stuhl neben Putzutensilien drin. Ist da jetzt...

„Jane?" Die Tür geht auf. Greg ist angerannt gekommen. Er öffnet die Glastür, hält sie auf und sieht sie fragend an. „Kommst du? Deck Neun wartet. Pause hatten wir jetzt wirklich genug." „Natürlich, Greg", antwortet sie mit belegter Stimme und setzt einen Schritt vor den anderen. Schnell ist sie draußen und der Android wendet sich zum Gehen.

„Warte Greg. Die Frau im blauen Kleid."

„Ja, sie ist nicht mehr da. Ist mir auch aufgefallen. Warum hast du sie weggenommen, Jane? Ich finde, es ist nicht die Zeit für Witze. Die Alberei von Pascal vorhin war schon störend genug. Von wegen sie bewegt sich."

„Ich habe sie nicht weggenommen, Greg. Was denkst du denn, was ich da mache, allein mit so einer Leiche?"

Doch Greg schüttelt nur den Kopf. „Biologische und ihre Albereien", murmelt er. Jane folgt ihm und sagt nichts mehr. „Wir können durch eine Art Müllröhre nach Deck Neun. Es ist nicht gerade sauber, aber es geht. Oben sind auch Restaurationen, daher gibt es da eine Art Abfluss", erklärt er schließlich, als sie eine Halle mit verrammelten Geschäften und einer großen Kinoreklame an der Wand durchqueren. Sie weichen wie üblich den Opfern der mörderischen Raserei aus, die das Schiff erfasst hatte. „Na wunderbar", kommentiert Jane sarkastisch. War das eben wieder eine Halluzination? Die Episode mit der verschwundenen Frauenleiche wühlt sie noch immer auf. Es ist schlimm, denkt sie, wenn man den eigenen Sinnen nicht mehr trauen kann.

„He, das ist doch Mister Toughs Admiral Brander da auf der Holowerbung", ruft Pascal aus und zeigt aufgeregt auf die Kinowerbung. Jane sieht hin. Die ganze Seitenwand der Halle, doppelstöckig wie sie ist, wird von einem Bild eigenommen. Es zeigt einen maskulinen Herrn mit Kurzhaarschnitt, der eine dunkelblaue Uniform mit vier goldenen Sternen auf den Schulterklappen trägt. Dazu reichlich bunte, kleine Quadrate an der Ordensleiste der linken Brust und ein Namensschild mit BRANDER, das klar zu erkennen ist. Er sieht in Heldenpose ernsthaft in die Ferne von diesem fleckigen Riesenplakat, das in der überall vorhandenen Feuchtigkeit zu schimmeln angefangen hat, wie fast alles hier. DIE SCHLACHT UM SOCONA steht in großen Lettern auf dem Plakat und im Hintergrund sieht man alte Kriegsschiffe der Föderation und einen merkwürdigen, silbernen Stern, der aus Fraktalen zu bestehen scheint.

„Das ist nicht Admiral Brander, das ist William Booster, ein bekannter Schauspieler und Frauenheld seiner Zeit, der den Admiral immer in Holos gespielt hat."

Pascal seufzt. „Bei dem Plakat hätte unser Mister Tough sicher wieder seine Parolen gegen die alte Föderation vom Stapel gelassen." Greg nickt. „Er wird nicht mehr leben, unser Mister Tough...", beginnt er gerade, da ertönt eine kräftige Stimme hinter ihnen.

„Die Uniform steht Ihnen besser als mir!", hören Greg, Jane und Pascal. Ein kräftiges Lachen dazu. Das muss Mister Tough sein, denkt Jane und fährt herum. „Du alter Hammel", fängt sie gerade eine kumpelhafte Beschimpfung an, da bleibt sie wie angewurzelt stehen.

Es ist nicht Mister Tough. Was sie sieht, wirkt völlig deplatziert. Man sieht einen Mann in Zivil, der einen altmodischen, silbrig glänzenden Anzug mit hohem Kragen trägt und ähnlich wie der Mann auf dem Plakat aussieht. Nur nicht ganz so maskulin und attraktiv. Neben ihm steht ein Soldat in der alten, fast schwarzen Föderations-Ausgehuniform mit einer anachronistischen Krawatte über einem weißen Hemd. Ein sportlicher, kräftig gebauter Mann, der wie eine imposantere Ausgabe des zivil gekleideten Mannes wirkt. Der Uniformierte, bei dem es sich offensichtlich um den Schauspieler William Booster vom Filmplakat handelt, schüttelt dem Zivilisten die Hand.

Wie kann das sein? Wie kann der Schauspieler hier sein? Da flimmern die beiden Männer plötzlich und die Szene wiederholt sich.

„Die Uniform steht Ihnen besser als mir!", sagt der Zivilist, während er dem lächelnden Schauspieler in Admiralsuniform die Hand schüttelt.

„Eine defekte Holowerbung für den Film", erklärt Greg. „Die Szene ist meiner Datenbank nach schon von 2237, als Admiral Brander, hier in Zivil, einmal zu einer älteren Holopremiere eingeladen war."

„Die Uniform steht Ihnen besser als mir!", hört Jane wieder und die Szene wiederholt sich endlos. Jane weiß nicht warum, aber sie fühlt sich betrogen. Als sei hier der legendäre Admiral Thomas

Brander, der Gründervater der Föderation, höchstpersönlich aus dem Jenseits gekommen. Aber nicht um zu helfen, sondern um zu spotten.

„Hier drüben ist der Müllschlucker. Dann nichts wie hoch nach Deck Neun", drängelt Greg. Jane nickt und spielt an ihrem Kruzifix. Sie wundert sich, dass sie Tränen in den Augen hat. „Die Uniform steht Ihnen besser als mir!", tönt die Projektion hinter ihr.

Der Müllschlucker war ein technisches Wunderwerk, das Müll zu Steinplatten umgewandelt und komprimiert hat, sagt Greg. Jane nickt nur apathisch. Nach Bewunderung der Leistungen der großen alten Föderation ist ihr nicht zumute. Die Röhre, die aus der Decke kommt, führt in einen zugemüllten Container, den Greg zur Verblüffung seiner beiden Begleiter einfach zur Seite schiebt. Dann steigt Pascal auf eine Kiste und Greg schiebt ihn ohne sichtbare Anstrengung einfach die vertikale Röhre hoch, wobei der junge Mann nur ein wenig mithelfen muss.

„Gut, dass ihr Androiden euch nie entschieden habt, gegen eure Erschaffer zu rebellieren", kommentiert Jane trocken. „Wir wären Toast gewesen."

Greg grinst sie an, als Pascal oben ist. „Erstens habt ihr Biologischen uns damals Bürgerrechte gegeben. Meinen sentienten Geschwistern jedenfalls. Und zweitens habt ihr uns nach dem Prinzip Teile-und-herrsche in Sentiente und Nicht-Sentiente unterteilt." Jane nickt. Sentient wie intelligent oder ihrer-selbst-bewusst.

„He, wollt ihr mich hier oben allein lassen?", quengelt Pascal. „Eine Ratte guckt mich schon ganz hungrig an."

„Echt?", fragt Greg, während er Jane nach oben schiebt und seine Hand an ihrem Hintern hat, während er schiebt.

„Nein, hast Recht, ist auch mumifiziert", kommt es von oben zurück.

„Nur noch ein bisschen, Greg", knurrt sie, als er sie die Röhre hochschiebt.

Als sie oben ist, wundert sie sich kaum noch, als sie sieht, wie Greg wie ein Insekt mit gespreizten Gliedmaßen die Röhre einfach hochsteigt. Kaum ist er oben, klopft Jane sich den Dreck von ihrem blauen Bordoverall.

„Um auf unser Gespräch zurückzukommen. Dir glaubt das doch kein Mensch, dass du nicht sentient bist."

„Gut", relativiert er, „das Papier habe ich ja, dass ich ein vollwertiger Bürger der Republik Terra bin."

„Na also."

„Bin ich aber nicht", insistiert er.

„Was, kein Bürger?"

„Sentient bin ich nicht. Ich verhalte mich nur so, kapische?"

Sie schüttelt den Kopf. „Bei all dem Sarkasmus und den kleinen Fiesitäten, wenn ich das so sagen darf, ist das Unsinn."

„Ich mache es so, Jane. In einem Moment X denke ich, was würde eine sentiente KI jetzt tun, die also nicht nur ein Großes-Sprachmodell wie ich ist, wie man das früher genannt hat."

„Das ist doch Blödsinn."

„Nein, ist es nicht. Wenn mich immer Mister Tough angemacht hat. Sicher wäre es logisch da zurückzustecken. Aber... siehst du. Ich denke, ein biologischer Mensch und auch viele sentiente KIs würden zu dem Schluss kommen, dass man langfristig ein besseres

Ergebnis erzielt, wenn man ihn weiter provoziert und dann vor der Gruppe lächerlich macht."

Jane schüttelt den Kopf. „Klar, weil er dich dann irgendwann versucht umzubringen, wenn du nicht hinsiehst."

„Oder mich in Ruhe lässt, Jane. Ich verhalte mich also äquivalent zu einer ihrer selbst bewussten, wahrlich intelligenten KI. Indem ich in einer Situation X genau das tue, was die sentiente KI täte. Allerdings...", er pausiert nachdenklich.

„Ja was?"

„Allerdings ist das eben ein Äquivalent und damit im Grund genommen dasselbe. Also frage ich mich schon längere Zeit, ob ich nicht doch sentient bin, weil die wahrlich Sentienten eben auch nicht anders sind als ich."

„Äh... also", murmelt Jane und zuckt hilflos mit den Schultern.

„He ihr Zwei. Würden wir jetzt vielleicht mal weitergehen, statt zu philosophieren?", fordert Pascal.

„Übrigens, wie ihr Biologischen Entscheidungen trifft, das ist voll der Hammer", kichert der Android plötzlich drauf los. „Greg!" Pascal klingt ärgerlich und sieht sich unruhig in dem Müllschluckerraum um, im dem sie gelandet sind.

„Okay", räuspert sich Greg und putzt sich nicht vorhandenen Dreck von seinem Overall.

„Eine Zusammenfassung vom Deck Neun hier. Es ist das Gästedeck Drei. Hier sind die Quartiere Erste Klasse, einfache Suiten, gehobene Restaurationen, Top-Shopping, gehobene Sporthallen, Clubräume, Theaterbühnen, die Krankenstation der Ersten Klasse, Schildgeneratoren und Notvorratskammern"

„Prima", gibt Pascal trocken von sich. „Ich habe nur ein einziges Mal ein Theaterstück gesehen. Da haben sich die Schauspielerinnen ausgezogen."

Greg schüttelt den Kopf. Öffnet den Ausgang des Müllraums. „Hier entlang. Und Pascal, wir müssen noch mal durchsprechen, was eigentlich ein Theaterstück ist."

Greg führt sie auf einem Hauptgang entlang, der ausgesprochen elegant ist. „Wow", kommentiert Pascal. Zwar ist alles von Feuchtigkeit und bisweilen Pilzbefall bedeckt, der durch das Auftauen überall auf dem Schiff prävalent ist, aber die Wände in grünlichem Halbedelstein sind elegant. Man sieht, wie prächtig das alles einmal war. „Die Entfeuchtung funktioniert auch nicht richtig", kommentiert Greg. Sie biegen auf einen Rundgang auf und Pascal beugt sich bewundernd über die Brüstung, die ein silbernes Geländer hat. Unten sieht man vertrocknete Grünanlagen. „Das muss hier alles mal toll ausgesehen haben", stellt er fest. Jane sieht, dass links eine Boutique zu sehen ist. Sie ist offen, innen ist alles voll mit verschimmelnden Kleidungsstücken, die erst jetzt richtig schimmeln, nach dem Auftauen des Schiffes. Im Hintergrund des Geschäftes ist ein düsterer Tresen im Halbdunkel mit einem beschlagenen Spiegel darüber, der ihr aus irgendeinem Grund eine Gänsehaut macht.

„Hier rechts geht es zu einem Nottreppenhaus", erklärt Greg und geht wie immer vor.

„Mann! Hier ist ein teurer Uhrenladen!", platzt es aus Pascal raus, der auf ein Schaufenster zugeht, das von dem grünlichen Halbedelstein eingefasst ist. Die Fensterscheiben sind beschlagen und man erkennt nur, dass zahlreiche Edelstahluhren und auch goldene dort liegen, deren Gehäuse im einigermaßen funktionierenden Deckenlicht sogar noch blitzen. Pascal geht hinein. Sorgenvoll sieht Jane in den halbwegs beleuchteten Laden hinein, doch ihr junger Mannschaftskollege kommt schon mit einer blitzenden Uhr mit grünem Zifferblatt wieder heraus. Er hält sie ins Licht der unsteten Deckenlampen. Dreht sie von links nach rechts. „Mist, innen ist alles beschlagen." Greg nickt. „Reparierbar, denke ich. Die Kollektion ist durchaus noch einiges wert, wenn wir das Schiff hier jemals irgendwo andocken können." Sie gehen nach rechts, Greg hinterher. Pascal steckt die Uhr ein.

„Keine Leichen hier", stellt Greg fest.

„Vielleicht", mutmaßt Pascal, „hat die Security bei den Reichen hier in der Ersten Klasse besser aufgepasst und alle in ihre Quartiere gescheucht, als das Chaos losging."

„Möglich", antwortet der Androide zweifelnd.

Im Gehen sieht Jane sich um. Sie hat das Gefühl, beobachtet zu werden, aber sie weiß nicht woher. In dieser Umgebung bekommt sie bei der Vorstellung naturgemäß eine Gänsehaut. Es ist besonders ein leerer Empfangspult vor einer prächtig gestalteten Aufzugstür, der bei ihr ein besonders beklemmendes Gefühl auslöst. Sie schüttelt das Gefühl ab, das sie auf überreizte Nerven schiebt und folgt Greg und Pascal in den Durchgang rechts vom Rondell. Über dem Durchgang steht in schmutzigen goldenen Lettern SHOPPING und darunter BOUTIQUES.

„Prima", sagt Pascal, „vielleicht haben sie irgendwo T-Shirts mit dem Schiff drauf." Jane muss gegen ihren Willen lachen. „Das wäre tatsächlich etwas wert, jedenfalls mit Authentizitätsnachweis." Links über dem Durchgang steht THEATERS, CLUBS, aber nun bewegen sie sich durch den Shops- und Boutiquenteil auf einen neuerlichen Rundgang zu, in dessen Mitte wieder ein tiefer gelegenes Unterdeck liegt. Hier sind eine braunschwarze, abgestorbene Rasenfläche und diverse tote Büsche mit schwärzlichen Resten von altem Laub zu sehen, dazwischen ein paar Springbrunnen. Hier oben jedoch drängt sich Geschäft an Geschäft, alles mit dieser grünlichen Halbedelsteinfassade mit goldenen Zierintarsien. Eine schon kitschig anmutende Architektur, die möglicherweise dem Geschmack der Reichen des 23. Jahrhunderts entsprochen hat. Gruselig sind die Modegeschäfte, in denen meist noch stehende Schaufensterpuppen hinter beschlagenen, teils mit Schimmel besetzten Schaufensterscheiben stehen. Obwohl sie teilweise aneinander lehnen. Ihre lächelnden Gesichter, die wie Zerrbilder der früheren Gäste dieser Anlage wirken, machen Jane nervös. Schnell holt sie wieder ihr Kruzifix heraus und spielt daran herum.

„Hier gibt es Lederminis", stellt Pascal fest. „Wenn wir hier unser Lebensende verbringen müssen, wird das meine Freundin hier", gibt er von sich und zeigt fröhlich auf eine Schaufensterpuppe mit einem augenlosen, lächelnden Gesicht, die bauchfrei und ultrakurz bekleidet ist.

„Ja Pascal, Alternativen gibt es dann wirklich nicht für dich." Er sieht sie verblüfft an und stammelt ein „Ich wollte dich nicht ausschließen, äh, ich meine...", bis Jane grinsend abwinkt.

„He!", ruft Pascal plötzlich. „Da unten im Gestrüpp hat sich was bewegt"

„Lass deine verdammten Witze", kontert Greg. „Es sind nur noch ein paar Meter bis zum Nottreppenhaus."

Jane sieht, was Greg meint. Da hinten ist wieder eine mit einem roten E beschriftete Stahltür, zu der auch einige Notausgangschilder weisen. Ein anderes Schild weist auf Suiten 15-30 hin.

„Ob all die Menschen in den Quartieren sind?", fragt sie halblaut, da stutzt sie. Auch sie hat wahrgenommen, wie sich das Gebüsch bewegt hat.

„He, Greg, da bewegt sich was. Ich habe es auch gesehen. Da bei dem Brunnen rechts."

Greg sucht und nickt. „Den Brunnen sehe ich und im Gebüsch dort liegt eine Leiche, die ich gerade so im Halbdunkel unter dem Buschwerk erkenne. Für eure menschlichen Augen ist sie wohl nicht sichtbar. Sie bewegt sich aber nicht."

„Space-Bugs!", stößt Pascal laut hervor. „Weltraumkäfer, die telepathisch veranlagt sind und die Menschen in den Wahnsinn treiben! Sie sitzen hinten an der Wirbelsäule im Nacken. Da kriechen sie vom Boden her…", redet er mit leichter Hysterie vor sich hin und sieht panisch zu Boden, nur um sich dann in den Nacken zu fassen und einen kreischenden Luftsprung zu machen. Greg geht auf ihn zu und tastet ihn ab.

„Was soll der Blödsinn, Pascal? Da ist nichts."

„Greg, er hat diese Horrorserie gesehen, die wir im Bordnetz hatten."

Der Androide schiebt Pascal in Richtung des Nottreppenhauses. „Komm mein gallischer Heroe, bevor ich dir Verstand einhämmere."

„Aber was hat sich denn da bewegt eben?", fragt sie Greg und wirft nervös einen letzten Blick auf das Buschwerk eine halbe Ebene tiefer.

„Temperaturschwankungen, Bodenerosion", merkt Greg seelenruhig an. „Das Schiff wärmt sich ja immer noch auf."

Hinter der Stahltür zwischen den Geschäften „Boutique pour Elle" und „Juwelier Carrington & Goldman" liegt ein langer Gang mit einer weiteren, identischen Tür am Ende. Alle bewegen sich durch den schmalen Gang. Greg öffnet die Tür am Ende. Oder er versucht es. Immer wieder ruckelt er an der Stahltür, dann späht er durch einen Spalt, als er die Tür teilweise öffnen kann. „Oh", sagt er nur. „Drehen wir um. Es gibt noch eine Rampe, die auf Deck Zehn führt im Theaterbereich."

„Was ist denn?" Pascal ist sichtlich nervös.

„Leichen. Viele Leichen. Das Treppenhaus ist voll davon." Jane klappt der Unterkiefer herunter. „Also hat hier jemand aufgeräumt? Alle Leichen hier gesammelt? Wie kann das sein?"

Greg scheucht die beiden zurück zur Eingangstür. „Das Schiff hatte noch für Jahre Energie. Genaues werden wir wissen, wenn wir auf der Brücke sind und hoffentlich die Logs einsehen können."

Jane nickt. „Zumindest die Techlogs müssten uns diese Information liefern."

„Vielleicht gab es Inseln der Vernunft. Leute, die immun waren oder die Wahnsinnsphase überlebt hatten, was immer sie auch ausgelöst hat. Mit der Restenergie haben sie noch Jahre leben können und wohl aufgeräumt. Das wäre eine vernünftige Erklärung."

„Die Energie hätte sogar noch sehr viel länger gereicht. Vielleicht zehn Jahre für eine Handvoll Leute, wenn sie nicht benötigte Sektionen abgeschaltet und die Replikatoren gewartet hätten."

„Wenn, wenn, wenn", wirft Greg ein. „Wahrscheinlich hat das Chaos und fehlendes qualifiziertes Personal die Überlebenden irgendwann eingeholt."

Jane nickt. Sie will sich lieber nicht vorstellen, wie das gewesen sein muss. Wie die Frau im Café Sorento, die vielleicht ihrem Leben in

Ruhe ein Ende gesetzt hat, nachdem die Energie begann auszufallen. Die blau gekleidete Frau, denkt sie, die sie freundlich verabschiedet hat und ihr noch ein paar Meter hinterhergegangen war.

Jane kreischt auf. Fasst sich an den Kopf. „Da war etwas in meinem Kopf. Sie haben… als ob mir irgendwas einen fremden Gedanken aufgezwungen hat."

Greg berührt sie an der Schulter. „Nur ruhig. Euch Biologische können sie in die Irre führen mit was auch immer. Aber ich bin ja hier, um euch zu helfen." Er sieht sich nach Pascal um. „Was zur Hölle machst du da?", fragt er den jungen Mann, der am Ende des Ganges steht, vor der Stahltür zum Konkurs mit den Geschäften hin. Er scheint mit jemandem zu reden, aber da ist natürlich niemand.

„Ich komme, Baby, ich komme. Sie werden uns nicht im Weg stehen", sagt Pascal zur Tür hin, als ob da jemand stünde. „Es fängt an", stellt Greg mit Grabesstimme fest.

„Pascal! Komm zu dir!", Jane versucht es erneut, doch er redet einfach weiter. Macht hektische Bewegungen mit den Schultern, um sie abzuschütteln.

„Lass mich", sagt Greg im Kommandoton und drängt sich zwischen Jane und Pascal. Dann dreht er den Mann gewaltsam herum. Pascal guckt richtig schockiert, als er so plötzlich herumgerissen wird.

„Komm gefälligst wieder zu dir, du Hornochse!", schreit Greg und gibt ihm zwei kräftige Ohrfeigen; eine rechts und eine links. Pascal schüttelt sich einfach und sieht ihn erstaunt an. „Warum schlägst du mich, Greg?"

„Androidisches Feingefühl, da kommt man als Biologische nicht mit", murmelt Jane. Sie geht mit dem verdatterten Pascal zwischen sich und dem vorausgehenden Greg, am Fahrstuhl mit dem leeren Pförtnerpult vorbei. Nichts rührt sich. Jane versucht zu erkennen, was in dunklen Vitrinen links liegt, aber sie erkennt es nicht wirklich. Spielzeugmodelle? Sie gehen weiter. Links liegen teuer aussehende Portale, jedes anders gestaltet. Eine schwarze Ebenholztür mit silbernen Beschlägen in Kreuzform. „Crusader-Club" steht dran. Klar, denkt sie. War ja ein Kreuzfahrtschiff. „Club of the Practical Widow", *Klub der praktisch veranlagten Witwe*, steht am nächsten und sie runzelt die Stirn. „Wohl verrückt geworden", zischt sie. Sie gehen weiter. Als nächstes kommt der „Three Sisters Club", der Klub der Drei Schwestern. Sie schüttelt den Kopf. Kurz bleibt sie stehen und sieht auf die mit dem Anfang von Schimmel überzogene Tür. Ein sehr schlechtes Gefühl überkommt sie und sie zwingt sich, weiterzugehen. Der Gedanke, was hier alles für Dinge hinter den vielen Türen des riesigen Raumschiffs lauern kann, ist zu viel für sie. Es ist, stellt sie fest, als könnte man den Horror, den die vielen Menschen hier erlebt haben, noch fühlen. Und als könne er einen sehr real selbst ereilen. Sie folgt den beiden in ein großes Foyer. Durch eine Mitteltür geht es in einen Theatersaal. Der Bezug der Sitze ist fleckig geworden und an manchen Stellen schimmlig. Es riecht entsprechend. Schon von weit entfernt sieht sie, dass sich auf der Bühne etwas bewegt. „Oh Gott", murmelt sie. „Es ist wahr. Sie… bewegen sich, die Leichen." Die Worte bleiben ihr im Halse stecken. Und es ist wahr.

Da ist eine Gestalt, offenbar in eine altmodische Uniform gekleidet, die sich eigenartig im Kreis bewegt. Irgendwie…

„Ist es nicht. Es ist nicht wahr", erklärt Greg. „Manche wie dieser hier bewegen sich, aber dafür gibt es einen Grund."

*Mechanisch*, denkt Jane. Die Gestalt bewegt sich mechanisch. Greg geht nach vorne und macht einen Schlusssprung auf die etwa zwei Meter hohe Bühne. Er muss leistungsfähige Upgrades haben, denkt sie sich. Wie man vorhin schon im Müllentsorgungsraum sehen konnte. Solche Fähigkeiten sind nicht Standard.

Greg beugt sich herunter.

„He!", spricht er die sich drehende Figur an. Der Kopf der Gestalt schabt über den Boden.

„Er hat schon Abnutzungsspuren im Boden hinterlassen. Ich versuche eine Funkverbindung aufzubauen." Greg steht schweigend da.

„Es ist ein Androide, Jane. Vielleicht waren die Gagen für echte Schauspieler zu hoch", witzelt Pascal.

„Keine Verbindung", stellt Greg fest. „Nur noch ein paar simple Motorfunktionen ohne funktionierendes Hirn. Allerdings strahlt er ein Rauschen auf dem Funkkanal ab, den wir vorhin empfangen haben. Die merkwürdige Botschaft. Das war also er. Jedenfalls hat er momentan keine Persönlichkeit mehr. Nur noch diese elementaren Motorfunktionen. Ist aber wohl reparierbar. Dann kann er den Verstand wieder hochbooten. Er ist sentient, also hat er den rechtlichen Status eines Schwerverletzten. War Teil der Servicecrew. Er war wohl irgendwie überwältigt worden. Hat defekt hier Kreise gedreht. War das vielleicht ein Elektroschocker, der ihn beschädigt hat vor zweihundert Jahren? Dann hat er hier tiefgefroren gelegen und durch den Auftauvorgang wurde Restenergie aktiviert und irgendein alter, vorbereiteter

Funkspruch wurde abgeschickt. Es würde Stunden dauern, bis ich ihn repariert habe oder auf seine Speicherbausteine zugreifen kann. Das ist alles verschlüsselt. Wenn sein Schaden zu groß ist, kann ich ihn vielleicht auch gar nicht zurückbringen. Aber das kann ich so nicht sehen."

Pascal nickt.

„Ich kann ihm jetzt nicht helfen, unserem Napoleon, als der er angezogen ist. Wir gehen erst Mal auf die Brücke. Wenn wir die Position des Schiffs kennen und gegebenenfalls die Manöverdüsen benutzen können, können wir alle hilfsbedürftigen Sentients mit den internen Sensoren finden, soweit die funktionieren. Also weiter."

Greg geht vor. Es geht hinten durch einen Seitenausgang auf einen Korridor, auf dem noch Theaterrequisiten an den Wänden lehnen. Eine Doppeltür weist daraufhin, dass sich hinter ihr ein Aufgang zu Deck Zehn und Lagerräumen befindet. Pascal spielt mit den Requisiten, die offensichtlich Pappschwäne darstellen, die umgefallen sind. Dann wedelt er mit einer Trikolore.

„Die alte britische Fahne, oder?"

Greg seufzt. „Die immer noch aktuelle Flagge der Französischen Republik. Bei deinem Namen müsstest du die kennen." Dann öffnet er den Durchgang.

„Cool!", ruft Jane begeistert, als sie die Rampe sieht, die ohne Hindernisse einfach ein Deck höher in einen weiteren, teilweise mit Containern zugestellten Lagerraum führt. Man erkennt große Türen rechts und links.

„Da lehnen Gewehre an der Wand! Strahler!"

Sie läuft die Rampe hoch.

„Vorsicht!", ruft Greg noch, da ertönt ein durch Mark und Bein gehendes Rumpeln. Die Decke zittert und dann kracht direkt vor

Jane etwas von der Decke. Mit seiner blitzschnellen Wahrnehmung erkennt Greg sofort, dass es sich um einen riesigen Stahlschrank handelt, der vermutlich der Kühlung von irgendetwas dient. Er durchschlägt den Boden der Rampe und trifft dabei irgendwelche Leitungen. Eine Staubwohle nimmt die Rampe ein, elektrische Entladungen sind zu sehen, als der Schrank offensichtlich Energieleitungen durchtrennt. Die Beleuchtung flackert, stabilisiert sich aber. Im nächsten Moment sieht Greg, dass Jane verschwunden ist und der Boden weiter eingebrochen ist. Bis dorthin, wo sie eben noch gestanden hat. Von Jane ist nichts mehr zu sehen. „Fuck!", ruft Pascal und Greg macht einen Schritt auf das Loch im Boden zu, da kracht noch mehr von oben herunter. Wieder ein riesiger Kühlschrank, nimmt Greg wahr und tritt zurück. Das Ding verstopft das Loch im Boden, indem es zur Hälfte auf diesem Deck und mit der unteren Hälfte auf Deck Acht hängt. „Oh Gott, oh Gott", stößt Pascal verzweifelt hervor. Greg ruft laut „Jane? Jane? Jane Leslie?", doch keine Antwort ertönt. Das Loch ist verschlossen.

„Greg, wir müssen wieder runter. Zurück zum Deck Acht. Wir müssen Jane helfen. Sie könnte das überlebt haben und ist vielleicht nur verletzt!"

Doch Greg reagiert nicht darauf. „Jane? Jane? Jane Leslie?" ruft er wieder. Akustisch völlig identisch mit dem letzten Mal. Und dann noch einmal. „Jane? Jane? Jane Leslie?" Pascal treibt die Gleichförmigkeit von Gregs Rufen offensichtlich halb in den Wahnsinn. Er klammert sich an Greg und versucht, diesen zu schütteln.

„Greg! Mann! Wir müssen wieder runter."

Doch der Androide seufzt nur.

„Sieht aus, ob das eine alte Falle war", beginnt Greg. „Die Deckenträger sehen wie mit einem Disruptor oder Desintegrator angeschnitten aus. Eine alte Falle, die wegen der Materialbewegungen durch das Aufwärmen auch ohne Sprengstoff funktioniert hat. Nur, weil wir durchgegangen sind. Durch die Erschütterungen. Und Pascal", fährt er fort, „Priorität hat, sich um das Schiff zu kümmern. Wir müssen den Kontrollraum erreichen. Danach sehen wir nach Jane."

„Was?", fragt Pascal ungläubig und schüttelt den Kopf. „Ich weiß du wirst es als Biologischer nicht verstehen...", beginnt Greg, doch Pascal macht ein paar Schritte rückwärts. „Was du nicht verstehen wirst, Greg, ist, was für eine tolle Kameradin Jane ist." Er pausiert. „Eine tolle Kameradin und ... eine tolle Frau. Ich lasse sie da unten nicht verrecken. Also kommst du mit?"

„Nein. Ich gehe auf die Brücke. Das ist die einzig logische Entscheidung."

„Okay du Blechdose", brummt Pascal und verschwindet im Laufschritt, so als wolle er sich selbst antreiben, in den Theatersaal, wo Napoleon immer noch seine Runden dreht.

Eines „biologischen" Publikums beraubt unterlässt Greg jedwede Imitationen menschlicher Regungen und bewegt sich nach rechts, öffnet eine Tür im Gang hinter irgendwelchen mittelalterlichen Pappfassaden und geht hindurch.

**Jane Leslie**

Sie liegt einen Moment schwer atmend da. Das verdammte Ding, das da von oben runtergekommen ist, hätte sie fast erwischt. Sie konnte sich gerade noch wegbewegen vom Krater, durch den sie heruntergefallen ist, da ist von oben dieser zweite Stahlschrank heruntergekracht und hat das Loch verstopft. Jetzt hängt er in der Decke und bewegt sich manchmal mit einem schrecklich kreischenden und schabenden Geräusch ein Stück weiter nach unten. Umgesehen hat sie sich schon. Sie liegt in einem Geräteraum einer Turnhalle, in dem unstet von der Decke beleuchtet Turnböcke, Turnstangen und Gummimatten lagern. Gott sei Dank keine Leichen. Sie reibt sich ihre schmerzenden Waden und Füße. Das ist ganz schön in die Knochen gegangen. Ein Blick auf ihre Comwatch lässt sie verzweifeln. Das Plexiglas der Uhr ist verschmort und nicht mehr ablesbar. Erst jetzt bemerkt sie die leichte Brandwunde am Handgelenk und pustet, um sie zu kühlen. Sie sieht den Schrank an, der da steckt. Tatsächlich sind da Energieentladungen. „Greg?", ruft sie mehrfach, doch es gibt keine Antwort. Irgendwie will sie nicht schreien, aus Angst, was sie wecken könnte. Für den Augenblick ist sie hier sicher, denkt sie. Allerdings verkriecht sie sich in die andere Ecke des Lagers und nimmt sich eine der Gummimatten. Da übermannt sie auch schon eine bleierne Müdigkeit. Viel zu lange schon kommt sie ohne Schlaf aus.

Als sie wieder wach wird, sieht sie automatisch auf die Comwatch. Sie flucht, als sie das kaputte und nutzlos gewordenen Display sieht. Sie denkt, dass sie nicht länger als eine Stunde geschlafen hat.

Sie rafft sich auf; stöhnt. Müde ist sie immer noch. Sie geht ein paar Schritte und strafft ihren verspannten Rücken. Eine mechanische Tür, die sie aufdrücken muss und die nicht etwa automatisch ist, geht auf einen Flur, der das Spiegelbild von dem ist, in dem sie eben war. Nur dass hier nur ein paar Hanteln kreuz und quer liegen statt Theaterdekorationen. Türen gehen links und rechts ab. Achselzuckend nimmt sie die rechte, deren Gegenstück ein Deck höher in den Theatersaal geführt hatte. Sie öffnet die Tür, auch diese ist mechanisch und dann bleibt sie wie angewurzelt stehen. Eine Turnhalle! Aber eine, mit einem schrecklichen Extra.

An den Turnringen der hohen Halle hängen Leichen! Sie sind teils am Hals aufgehängt, teils an den Füßen. Bei den am Halse hängenden ist der Kopf schräg abgeknickt. Seile sind an den Ringen befestigt worden, um die Menschen aufzuhängen. Bei zwei Leichen hängen nur noch die Köpfe oben, die Körper sind abgefallen und liegen darunter. Weit entfernt ist eine Sitzgruppe mit Blumenkübeln mit vertrockneten, verschimmelten Resten der Pflanzen und ein paar Getränkeautomaten daneben. Was für ein Gegensatz zu der Horrorszene mit den hängenden Leichen. Sie sieht sich um. Es gibt ein paar geschlossene, garagenähnliche Lager, die von der Halle abgehen und einen Notausgang und einen normalen Ausgang, wie es aussieht. Eine Dose Soda wäre nicht schlecht, denkt sie. Sie geht auf die Automaten zu, hat aber immer ein Auge auf die Leichen. Als sie vor dem ersten Getränkeautomaten steht, sieht sie die Dosen im Innern. Ein paar Marken kennt sie nicht, aber Coke, Fanta und Sprite kennt sie gut. „Gibt es ja auch schon ewig", murmelt sie. Der Automat hat Strom, allerdings blinkt ein Bildschirm, der anzeigt, dass er keine Verbindung zu irgendeinem Server hat. Sie besieht sich den

Automaten von hinten. Die Rückwandklappe ist massiv und mit einem mechanischen Schloss gesichert.

In dem Augenblick sieht sie eine Bewegung in der Tür. Sie kann es nicht glauben. Da steht eine Frau in einem blauen Kleid und winkt ihr fröhlich zu. Keine sich bewegende Leiche. Keine Mumie. Eine blonde, lebendige Frau. Sie blinzelt. Jane greift nach dem Kruzifix. Hält die Augen nur eine Sekunde geschlossen. Es ist nicht wahr, denkt sie.

Als sie die Augen wieder öffnet, ist die Frau verschwunden. Sie nickt grimmig. „Keine Zeit, Babe. Mach deinen Einkaufsbummel allein." Irgendwo sieht sie eine Hantelstange. Die liegt neben einer der Leichen. Eine Frau in kurzer Turnkleidung. Jetzt eine Mumie, wie die anderen auch. Ihr Hinterkopf ist eingeschlagen, eine Hantelstange, die mit irgendwas Schwarzem verklebt ist, liegt neben ihr. „Scusi Signorina", sagt sie und nimmt die Hantelstange auf. Dann kracht und scheppert es gewaltig, als sie sich langsam durch das erstaunlich widerstandsfähig Plexiglas des Automaten arbeitet.

„He! Das hört man ja durch das ganze Schiff!", tönt eine tiefe Männerstimme vom dunklen Ausgang her. Da wo eben die Frau in Blau war. Ihr Kopf ruckt herum. Ist das wieder eine Projektion? Das kann nicht…

„Tough!" Ihr Gesicht strahlt und ihr fällt ein Stein vom Herzen. „Mister fucking Tough", begrüßt sie ihn lachend. „Wo warst du denn? Wir dachten, du wärst tot." Sie steht vor ihm, er strahlt sie an, hält sich aber mit der Rechten den Hals. Er scheint verletzt zu sein, verzieht etwas das Gesicht.

„Mir geht's gut", erklärt er.

Sie nickt. „Ich bin durch das verdammte Loch da hinten geknallt. Irgendwas ist durchgebrochen von oben. Greg und Pascal sind ein Deck höher. Suchen mich sicherlich." Sie sieht sich nach den Leichen um. „Verfluchtes Gemetzel hier. Wirklich irr."

Tough nickt. Sie sieht, dass Blut zwischen seinen Fingern hervorquillt. Er sieht etwas blass aus. „Tough, Mist, was ist dir passiert?"

„Ein Biss ist mir passiert. Ein verdammter Biss." Sein Gesicht wird hart.

„Ein Biss? Von… von einem Tier?", fragt sie hoffnungsvoll. Ein Tier wäre viel besser, als alles andere, was sie sonst noch für möglich halten würde.

„Ja, ja", kichert er. Sein Gesicht ist wirklich bleich. „Sie war ein Tier, die Kleine."

„Was heißt die Kleine? Hat also eine Katze hier überlebt, oder was?" Ihr Ton wird schärfer. Irgendwas stimmt hier offensichtlich nicht.

„Mister Tough", beginnt sie und geht etwas rückwärts. „Vielleicht erzählst du mir erstmal, was passiert ist. Was genau hat dich gebissen?"

„Eine kleine Wildkatze", sagte er anzüglich grinsend. „Eine schwedische, genau gesagt."

Sie geht weiter rückwärts, doch jetzt geht er langsam in Richtung Ausgang. „Komm mit", winkt er. „Ich muss dir etwas zeigen."

Sie seufzt. „Tough. Du bist merkwürdig. Dir ist irgendwas passiert. Am besten gehen wir jetzt erstmal Greg und Pascal suchen. Greg kennt sich immer am besten aus. Ich glaube, dich hat irgendwas infiziert. Vielleicht ist es wirklich ein Virus. Oder irgendeine Nanotech-Sache. Da hat die Föderation genug mit rumgespielt."

Tough bewegt sich auf den Ausgang zu. „Ja klar, aber nun guck es dir an. Du musst wirklich mitkommen. Weißt du…", beginnt er und seine Augen glänzen fanatisch.

„Was denn?"

„Sie sind alle hier, Jane."

Irrt sie sich oder sehen seine Augen plötzlich irgendwie gebrochen aus? Wie bei… einem Toten. Sie schluckt. Sucht nach der verdammten Hantelstange, die sie eben noch hatte. Sieht sie aber nirgends.

„Tough. Mister Tough. Thomas. Lass das jetzt. Geh vor und wir suchen Greg."

Seine toten Augen sind auf sie fixiert. „Du kommst jetzt mit!", gibt er von sich und es klingt wie ein Knurren. Er macht einen Satz nach vorn und will nach ihr greifen, doch sie ist blitzschnell ausgewichen. Sie rennt weg und will zum Ausgang, doch da sieht sie etwas Blaues im Dunkel des Durchgangs. Sie weicht nach rechts aus. Erst jetzt sieht sie eine Tür, die Grau auf Weiß in der Hallenwand kaum zu sehen war und mit DRESSING ROOMS beschriftet ist. In ihrer Panik rennt sie darauf zu, öffnet die Tür und schließt sie wieder. Erst da wird ihr klar, dass das vielleicht eine Sackgasse sein könnte. Sie rennt in eine Umkleidekabine und schließt auch die Tür. Auch wenn das kaum mehr als ein dünnes Sperrholzding ist. Eine Gänsehaut bekommt sie, als sie hört, wie die Tür draußen aufgeht. Mister Tough, oder das Ding, das Toughs Gestalt angenommen hat, ist ihr gefolgt.

Sie sieht, dass die Tür nicht einmal mit dem Türrahmen ganz abschließt, so dass man dazwischen durchspähen kann. Wer zur Hölle baut solche Umkleidekabinen, denkt sie. Aber gut, das durch das Auftauen arbeitende Material mag damit zu tun haben, wird ihr klar.

Da ist er. Da ist Tough. Er geht auf dem Gang lang, an ihrer Kabine vorbei. Und kommt wieder zurück. Sie versucht sich zu beruhigen. Irgendein Mist hat ihn erwischt. Was von einem terroristischen Nanobot-Angriff übrig ist. Oder ein Virus, der aufs Hirn schlägt. Aufs zentrale Nervensystem. Das muss es sein. Sein Gesicht ist weiß und seine Augen etwas bleich, okay. Das ist die Beeinflussung des zentralen Nervensystems. Wenn er reinkommt, kriegt er einen Tritt und dann wird er vielleicht vernünftig mit sich reden lassen. Er war auch schon früher ein rauer Kerl. Doch dann sieht sie es. Da ist ein Spiegel an der Wand. Dort ist sein Spiegelbild deutlich zu erkennen. Und er hat ein völlig blutleeres, bläuliches Gesicht. Die Augen sind völlig tot. Die Haut hat ungesunde Flecken. Alles ein bisschen schlimmer, als wenn sie ihn direkt ansieht. Wieso ist das Spiegelbild schlimmer?

Er dreht sich etwas. Dann sieht sie das Blut. Sein Hals ist so aufgebissen, von irgendetwas, dass er nicht mehr leben kann. Es ist einfach unmöglich, in diesem Zustand noch am Leben zu sein. Es sieht aus, als hätte sich da ein Tiger festgebissen. Ja, der Hals kann den Kopf kaum noch halten. Ein Wunder, dass der Kopf nicht zur Seite klappt. Wie kann das sein? Was ist das für ein Trugbild, das sie sieht, wenn sie ihn direkt ansieht? Sie ahnt, dass das Spiegelbild die Wahrheit sagt.

Erst dann sieht sie den Feuerlöscher. Sie nimmt ihn von der Wand. Es ist ein moderner mit Formenergie statt Sprühschaum. Sie bezweifelt, dass das eine gute Sache ist. Sie reißt die Tür auf, steht direkt vor Tough. Oder was auch immer das hier ist.

„Hi, Babe", haucht sie. Dann drückt sie den Sprühknopf. Eine winzige, dünne, weiße Formenergiezunge kommt langsam heraus. Sie erwartet halb, dass das Tough Ding etwas wie „ist lange nicht gewartet worden" sagt, doch er glotzt nur. Da nimmt sie den

Feuerlöscher und zielt auf seinen Kopf. Mit aller Kraft schlägt sie zu und hört, wie sein Schädel schmatzend nachgibt. Tough, oder was immer das auch ist, sackt zusammen.

„Hab Respekt vor deinem Chefingenieur, du Affe", stößt sie hervor. Mehr, weil die Helden und Heldinnen in den Holos an dieser Stelle auch immer so etwas sagen. Allerdings klingen ihre Stimmen dabei nie so atemlos wie jetzt ihre.

„Und wenn jetzt eine blaue Tusse aufkreuzt, dann…", murmelt sie, beendet den Satz aber nicht. Sie sieht, dass die kräftige Hantelstange die ganze Zeit in ihrer rechten Overalltasche gesteckt hat. Das in der Hektik den Kampfes zu übersehen, passiert den Heldinnen in den Holos auch nie, denkt sie.

Tough liegt mit verformten Schädel da und sie nickt befriedigt. „Bleib, oder du kriegst noch eine verpasst", flüstert sie. Sie stellt fest, dass er jetzt mit dem Spiegelbild übereinstimmt, also eine angefressene linke Halsseite hat. Schade, denkt sie, dass sie jetzt für Greg kein Foto mit der Comwatch machen kann.

Vor einem Wartungsaufgang, der von Deck Acht bis hoch zu Deck Zehn führt, liegt eine Leiche. Ihr wird mulmig, als sie sieht, dass sie anders ist als die bisherigen. Aber wenigstens der bewegungslose Typ, denkt sie. Was schon mal ein Vorteil ist. Es ist eine Frau, die auf dem Rücken liegt. Mit einem grünen Hosenanzug bekleidet, der wohl früher einmal hübsch geflimmert hat. Die Bluse ist auch grün, alles Ton in Ton. Eine Comwatch ist an ihrem Handgelenk. Ihr wird sehr mulmig, als sie ihr das Ding abnimmt. TTT steht auf dem durchgestylten, silbernen Ding, das sehr teuer aussieht. Auf Knopfruck erwacht das Ding zum Leben. Also hat sie einen XU-Generator drin, denkt sie. Und jetzt versucht das kleine Ding nach zweihundert Jahren Nichtstun, das Energiegefälle zwischen einem energetisch höherwertigem und dem hiesigen Universum auszunutzen, um sich aufzuladen. Doch das Display ist defekt und sie sieht, wie alle möglichen Buchstaben nicht wieder gelöscht werden, sondern stehenbleiben. Etwas kann sie lesen. Eine Fehlermeldung. Strom scheint das Ding zu haben. Während sie versucht, den Netzscan im Chaos der Anzeige zu finden, sieht sie sich das Gesicht der Frau an. Es ist käsig-weiß, mit unschönen Flecken, aber nicht verwest. Ihre Augen sind etwas glasig, aber nicht so, wie tote Augen aussehen. Außerdem sollten sie so offen längst vertrocknet sein, oder? Allerdings muss sie zugeben, dass bei der alten Föderations-Nanobottechnologie alles möglich ist. Sie schüttelt den Kopf, als die Uhr nichts Vernünftiges tut und steckt sie ein. Sie berührt vorsichtig die Haut der Frau, als sie ahnt, was die Frau ist.

Eine Androidin! Die alte Haut bricht ein, als sie stärker drückt und ein hellrosa, wabenartiges Fleisch wird sichtbar. Eine der Kunstfleischandroidinnen. Solche weiblichen und männlichen Kunstmenschen haben schon vor langer Zeit die ersten, mit Kunststoffhaut versehenen Modelle abgelöst. Und diese hier war vermutlich auch sentient. Ist sie... reparierbar? Aber dann sieht sie, dass ihr der Schädel eingeschlagen wurde und sie eine Kuchengabel in der Hand hat. Als Waffe? Sie schüttelt den Kopf und geht weiter. Vielleicht hatte sie Biopacks und war auch durchgedreht. Und wieso eine Androidin eine Comwatch braucht, ist sowieso merkwürdig. Vielleicht ein modisches Accessoire denkt sie. Greg macht das ja auch.

Bald darauf verspürt sie ein menschliches Bedürfnis. Auch etwas, stellt sie fest, das den Holoheldinnen nie passiert. Sie macht einen gedanklichen Witz mit sich selbst, dass sie auf einer Toilette der *Eternal Princess* wohl gegen eine dieser Untotenhorden um ihr Leben oder das Toilettenpapier kämpfen müsste. So will sie sich in ihrer aggressiven, zynischen Stimmung halten, in die sie sich hineinmanövriert hat. Denn nur so kann sie den Gedanken ertragen, allein in diesem Totenschiff mit all seinen widernatürlichen Erscheinungen zu sein.

Sie verrichtet ihr Geschäft in einer Art Kiosk, dankbar morsche, aber noch brauchbare Handtücher verwendend. Sie rümpft die Nase, als sie geht und macht einen Witz mit sich selbst über die Kioskbesitzer Herr und Frau Zombie, die sicherlich ganz außer sich sein werden. Schnell steigt sie die Leiter hoch zum Ausgang auf Deck Zehn. Als sie an Deck Neun vorbeikommt, zeigt sie der entsprechend beschrifteten Luke einen Stinkefinger und klettert höher. Zu ihrer Verwunderung kommt sie auf einem breiten, großzügigen Gang mit doppelter Bauhöhe heraus. Die Deckenbeleuchtung funktioniert fast durchgängig und in die Seitenwände sind oben falsche Fenster eingelassen, aus denen nachgemachtes Tageslicht in den Gang zu strömen scheint. Leichen liegen bewegungslos herum und sie vermeidet es, irgendwelche ironischen Bemerkungen oder Gesten an sie zu richten. Ihr nicht einmal abfällig gemeintes Zunicken zum Abschied von der blau gekleideten Frau im Café Sorento auf Deck Acht ist ihr nur allzu gut in Erinnerung. Alles ist feucht und schimmlig, wie alles auf dem Schiff seit dem Auftauen. Türen gehen links und rechts ab. Manche führen zu Konferenzräumen, andere zu Luxussuiten, deren Nummern die Schilder wiedergeben. Viele sind nach irgendwelchen Leuten benannt.

Es gibt auch eine DeKlerk-Suite. War das nicht eine Föderationspräsidentin? Eine Washington-Suite. Eine Ghandi-Suite und so weiter. Eine Trump-Suite gibt es auch. Ihr schaudert es. Das war einer der Politiker aus der Zeit vor dem Überlichtzeitalter, auf den sich die aktuell vorherrschende Politik der Terranischen Republik beruft. Kopfschüttelnd geht sie weiter. Links geht es zu irgendwelchen Luxussuiten 30-33, wie das Schild verrät. Ein Mann in einer schwarzen Uniform, der auf dem Bauch liegt, hat eine goldene Keykarte in der Hand. Ein Zugang zu vielen sonst verschlossenen Bereichen dieses Decks? Sie nimmt die Karte aus der Hand des Toten. Dann will sie gerade um eine weitere Leiche herumgehen, da sieht sie, dass es ein Kind ist. Tränen stehen ihr in den Augen, als sie sieht, was mit dem Schädel des kleinen Mädchens passiert ist. Sie will weitergehen, da hört sie hinter sich ein Geräusch. Eindeutig das Geräusch, als ob irgendwo ein Lift aufgeht. Sie erinnert sich an die großzügige, stromlose Fahrstuhlfront, an der sie eben vorbeigekommen ist. Sie hat eine Gänsehaut, als sie sich umdreht. Hofft aber darauf, dass es Greg sein wird, der ihr grinsend verkünden wird, dass er die Fahrstühle wieder zum Funktionieren gebracht hat.

Aber es ist nicht Greg. Es ist wieder Mister Tough. Oder das, was jetzt als Mister Tough herumläuft. Was von seinem toten Körper Besitz ergriffen hat, wenn sie auch nicht versteht, was für eine Kraft das ist.

Sie fühlt, wie sich ihr Körper mit Adrenalin füllt und ihr angenehm warm wird. Sie zieht die Hantelstange. Das Ding, das da Mister Tough sein will, hat einen eingeschlagenen Schädel, eine aufgebissene linke Halsseite und ist schon lange tot. Also keine Maskerade diesmal. Was das Ding nicht am sich Bewegen hindert. Und er bewegt sich sogar normal, trotz aller Entstellungen. „Jane", krächzt das Ding heiser. „Dass du dich so anstellst. Weißt du, ich träume schon lange von dir. Hast du es nie knistern gefühlt zwischen uns, auf der *Orpheus*?" Die Stimme ist ein Alptraum, ein Zerrbild des immer selbstbewusst daherkommenden Organs des alten Tough.

„Hau ab. Ich schlage dir deinen Zombieschädel noch mal ein und diesmal richtig!", droht sie, hat aber auch ein Auge auf die zahlreichen Toten um sich herum. Das Tough-Ding kommt immer näher, da sieht sie eine Bewegung in der Leiche eines Mannes in Servierer-Uniform links von ihr. Entschlossen schlägt sie ihm den Schädel mit einem einzigen kräftigen Schlag ein.

„Babe, bleib liegen. Das geht nur *Orpheus*-Crew was an", murmelt sie und fokussiert sich auf Mister Tough. Der steht zehn Meter entfernt und lächelt sie breit an, was ziemlich alptraumhaft mit seinem Leichengesicht aussieht.

„Sie sind alle noch hier, Jane. Und jetzt bist auch du Teil der Party. Der ewigen Party."

Jane nickt, die Hantelstange fest umklammert, während sie rückwärts zurückweicht.

„Keine Feier ohne den alten Mister Tough, was?"

Der kichert rau. Irgendein Stück Fleisch fliegt dabei aus seinem Hals. Als sie dann irgendwelche Bewegungen hinter sich hört, hechtet sie nach rechts durch die nächste Tür. Sie haut auf den grünen Türöffner und recht geschmeidig und schnell öffnet sich die edel wirkende Doppeltür. Sie schafft es hindurch und schlägt dem Tough-Ding, das ihr hinterherkommen will, die Hantelstange auf die Stirn, dass es wieder kracht.

„Die Apotheke ist da hinten", ruft sie, sehr darauf bedacht, sich in dieser Einsame-Kriegerin-Stimmung zu halten. Ihr ist klar, dass sie längst einschlägige Charaktere aus Holoshows nachspielt, die sie irgendwann mal gesehen hat. Es ist alles, was sie hat und woran sie sich jetzt noch halten kann. Sie rennt den langen Gang hinunter, von dem nur selten Türen abgehen. Darunter sieht sie eine Doppeltür, die aus verschiedenen ineinanderlaufenden Metalllegierungen gestaltet sind, die durch den Verlauf ein Muster bilden, das an ein klassisch-japanisches Naturmotiv erinnert. Nur dass es vom scheinbaren Chaos der ineinanderlaufenden Legierungen lediglich angedeutet wird. Sie läuft noch zwanzig Meter weiter, um nicht gleich die erste Suitentür zu nehmen. Auch hier ist das Muster irgendein traditionelles, das in den scheinbar natürlichen Linien gewissermaßen durchscheint. Sie knallt die Keykarte auf silbernen Öffnungsknopf, der in der Mitte orange leuchtet. Etwas, das früher zu Föderationszeiten genau wie heute bedeutet, dass der Zugang nur Befugten möglich ist. Zu ihrer Freude verfärbt sich der Leuchtpunkt grün und die Gleittür erfüllt nur mäßig ruckelnd ihren Zweck. Gute alte Föderationstechnik denkt sie. Ob die tatsächlich Nanotechnologie in das Schmiermittel gemischt haben? Sie legt den kleinen Hebel um, der die Tür sperrt und sieht sich um.

Ein langer Flur, die Seidentapeten im asiatischen Muster, werden schimmelig, als die neue Feuchtigkeit nach der Kälte des Kosmos ihren Preis fordert.
Ihr kommt die Erkenntnis, dass sich ein solches Quartier schnell als Sackgasse erweisen kann. Aber im Flur gibt es zwei Notausgangschilder. Eines der grün beleuchteten Schilder weist zu der Tür hin, durch die sie gerade gekommen ist. Ein anderes führt

tiefer in das Quartier hinein. Offensichtlich gibt es noch einen Notausgang aus der Suite, wie auf Raumschiffen üblich. Links ein großes Wohnzimmer. Oder Salon, denkt sie, wie man das wahrscheinlich bei einer teuren Suite nennt. Ein Bad links, ein Durchgang in einen anderen Raum oder einen Flur. Die helle Holztür steht halb offen. Eine konventionelle Tür, keine elektrische Gleittür. Drinnen wie auch hier recht perfekte Beleuchtung. Nur wenige Deckenlampen flackern ein wenig. Nicht so wie unten in der Zweiten Klasse, wo fast alles geflackert hat.

Wer hier wohl gewohnt hat, fragt sie sich. Na ja, offensichtlich niemand, der nur von BASIC gelebt hat. Sie steht auf einem Korridor, der eine hübsche Dschungeltapete an den Wänden hat, wo bunte Papageien in und auf Palmen sitzen. Irgendein Gerät liegt abgeschaltet auf dem Boden. Alles ist wie üblich pilzig-schmutzig. Sie schüttelt ob der noch gut erkennbaren, kitschigen Opulenz den Kopf, die sie sogar die Gefahr des sie verfolgenden Tough-Dings für einen Moment vergessen lässt. Links endet der Korridor im Nichts, hat allerdings zu beiden Seiten diverse Einbauschränke und am Kopfende eine teuer aussehende Kommode aus rotem und goldenem Holz oder Kunststoff. Sie schüttelt sich bei dem Anblick. Und rechts... ist nicht nur ein Beistelltisch mit allerlei Taschen und ein paar technischen Geräten, wie sie erst dachte, sondern nach rechts verbreitert sich der Flur zu einem weiteren Zimmer. Eine Mischung aus Zimmer und Korridor genau gesagt. Sie seufzt, denn hier liegen bzw. sitzen zwei Frauenleichen. Der Korridor hat hinten zwei weitere Türen, die nach links weggehen.

Die sitzende Leiche hat noch lange, blonde Haare, in denen jetzt unappetitliche Dinge wachsen. Vor allen Dingen ist sie mit irgendwelchen blauen Tauen in ihrem fleckigen, lila

Morgenmantel an den Stuhl gefesselt. Ihre Haare können eine Delle mit schwarzem Zeug darin nicht verdecken. Offensichtlich hat man ihr den Schädel eingeschlagen. Und da liegt noch eine Frau. Sie trägt ein luftiges, ehemals weißes Kleid, das jetzt fleckig ist. Ihre Haare sind ähnlich aufgetakelt wie bei der Gefesselten. Sie hat ein schweres Gerät neben sich liegen, so wie sie da auf der Seite neben dem Stuhl liegt. Wohl eine metallene Gerätetasche aus Plastik mit Metallbeschlägen. Schwarzes an der stahlbeschlagenen Ecke der Tasche lässt vermuten, die stabile Ecke der Tasche habe den Schädel der Frau eingeschlagen. Der Mund des mumifizierten Gesichts mit seinen Schimmelflecken ist geöffnet, die eine Hand ausgestreckt nach der Mordwaffe, so als wolle sie auch noch im Tode ihr grausiges Werk fortsetzen.

„Warum? Warum?", flüstert Jane eine sinnlose Frage und erschreckt sich im selben Augenblick. Tote soll man ruhen lassen, ist eine alte Volksweisheit, die ihr wieder in den Sinn kommt. Der Frau in Blau im Café unten zuzunicken, war vorhin alles andere als eine gute Idee gewesen.

Und was hat die zweite Frau umgebracht, nachdem sie den Schädel der Gefesselten eingeschlagen hatte? Ein umgekippter Kaffeebecher liegt nicht weit von der liegenden Leiche. Ist die Frau vergiftet worden? Jane schüttelt den Kopf und geht weiter, auf die erste der drei Türen links zu.

„Gut, geh schon vor ins Schlafzimmer. Ich will dir etwas zeigen", hört Jane plötzlich eine seidige Frauenstimme hinter ihrem Rücken. Wie von Donner gerührt fährt sie auf dem Absatz herum. Alles ist wie neu. Kein Schimmel, nichts. Die Wände glänzen mit einer opulenten asiatischen Mustertapete. Die Decke leuchtet in einem silbrigen Glanz, der die Suite zusätzlich zu den funktionierenden Deckenlampen in eine helles, klares Licht taucht.

Kleine, projizierte grüne Vögel scheinen manchmal über die Decke zu flattern. Ein Hauch von einer Melodie liegt in der Luft, aber nur ein Hauch. Keine Spur von dem Schimmelgeruch, der vorher leicht, aber wahrnehmbar in der Luft lag. Die Luft riecht frisch und leicht parfümiert.

Die Tote im Sessel ist immer noch da, aber die zweite Leiche fehlt. Und die Leiche im Sessel ist… frischer. Ihr blondes Haar kann immer noch die schreckliche Delle in ihrem Schädel nicht verdecken. Aber jetzt ist das Blut frisch und rot. Jane fällt auf, dass die Frau schwarze Nylonstrümpfe alter Art an den langen Beinen hat, wobei die Beine noch fern von jedweder Mumifikation oder Verwesung sind. Die Frau trägt einen Morgenmantel, der lila und halb durchsichtig ist. Silbrige Schatten scheinen sich auf dem Material zu bewegen. Etwas, das bei extrem teuren Kleidungsstücken vorkommt und besonders zu Zeiten der alten Föderation Mode war. Die Stimme der anderen Frau, die sie eben angesprochen hat, muss zu der fehlenden Leiche gehören! Mein Gott, denkt sie, *habe ich gerade eine Zeitreise gemacht?* Und wem haben die Worte eben gegolten? Ihr selbst oder der Ermordeten? Alles macht nicht wirklich Sinn.

Da kommen Schritte näher. Keine schweren Männerschritte wie von Mister Tough, sondern leichtere. Ein Klacken dazu verrät, dass sich eine Frau in hochhackigen Schuhen nähert. Eine Unart der Fußbekleidung, die bei Frauen vor zweihundert Jahren noch Mode war. Dann steht sie in der Tür. Eine wunderschöne, blonde Frau, muss Jane zugestehen. Alles andere als geisterhaft, sondern optisch in ihren Zwanzigerjahren. Was allerdings in der alten Föderation ein ziemlicher Standard war, wo sich jeder kostenlos verjüngen lassen konnte, wie er wollte. Die Frau hat hohe

Wangenknochen, blaue, strahlende Augen und wirkt ein bisschen zu sehr wie ein Fotomodell. Das an manchen Stellen durchsichtige, weiße Kleid lässt durch einen Schlitz eines ihrer langen, nackten Beine zur Geltung kommen, deren Füße in rosa Pantöffelchen mit hohem Absatz stecken. Die Figur der Frau ist perfekt. Kein Kunststück, denkt sich Jane. Gab es doch gewichtskontrollierende Nanobots, die viele im Körper hatten. Oder regelmäßige Verjüngungsbehandlungen, die überflüssiges Fett gleich mit beseitigt haben. Die Frau ist eine Schönheit, daran besteht kein Zweifel und Jane hat mehr und mehr das Gefühl, dass die gefesselte Tote dieser ähnlich sieht.

„Ah, du bist neu", sagt die Frau lächelnd. „Ich darf mich vorstellen, ich bin Jaqueline Lina. Das ist meine Schwester Lisa Lina", erklärt sie freundlich lächelnd und nickt zu der gefesselten Toten rüber, als sei das völlig normal.
Jane schluckt. *Wenn das eine Zeitreise ist, dann ist sie gerade eben durchgedreht und hat ihre Schwester umgebracht.* „Frau Lina, also...", beginnt Jane unsicher, doch die Frau namens Jaqueline winkt ab. „Jaqueline für dich. Wir sind hier meist informell. Aber du kennst uns doch sicher." Sie zwinkert Jane zu. „Die Lina-Schwestern." Als sich kein Erkennen in Janes Gesicht abzeichnet, merkt man Jaqueline an, dass sie genervt ist.
„Die Holologs, die Vlogs, der Netzspace. Die Lina-Schwestern!", sagt sie noch einmal.
„Ah ja natürlich", gesteht Jane zu, auch wenn sie keine Ahnung hat, wer die beiden Schwestern sind oder besser waren. „Entschuldigen Sie", beginnt Jane unsicher. „Ich bin einfach in ihr Quartier gekommen", fährt sie fort und weiß nicht recht, wie sie weitermachen soll. *Weil zweihundert Jahre vergangen sind und ich von*

*einem untoten Schiffskameraden verfolgt worden bin.* Was wäre das für ein Satz.

Die Frau lacht. „Schon gut, du bist neu, da schnüffelt ihr sicher überall herum." Sie wendet sich ihrer toten Schwester zu. „Lisa, komm doch mit, wenn wir der Neuen hier unser Schlafzimmer zeigen."

„Äh... danke...aber", stottert Jane.

Jaqueline schüttelt den Kopf. „Ja, sie ist wieder in *der* Phase, okay, dann machen wir zwei das allein."

„Ma'am, ich bitte um Entschuldigung. Ich suche jetzt meine Schiffskameraden. Ich wollte nicht stören...", beginnt sie und sucht nach einem Ausgang. Sie bewegt sich auf die eine Tür zu, zu der das Notausgangsschild weist.

„Genau, da geht es ins Schlafzimmer", gurrt Jaqueline und macht einen stoffflatternden Schritt auf Jane zu. Doch da sieht Jane, wie sie in dem Spiegel sichtbar wird, der vor ihrer toten Schwester am Schminktisch angebracht ist. Und es passiert, was sie schon geahnt hat. Das Spiegelbild Jaquelines zeigt eine Frau in einem teilweise verschimmelten, grau gewordenen Kleid mit mumienhaft faltigen Beinen und Armen, von dem schrecklichen Gesicht mit leeren Augenhöhlen ganz zu schweigen. Als sich die Horrorgestalt ihr nähert, bekommt sie schlichtweg Panik. Sie nimmt eine Kommode, die an der Wand neben ihr steht und schleudert sie der Frau in den Weg. Jaqueline kommt ins Stolpern, fällt aber nicht ganz hin. Sie schwankt und kann sich geradeso stabilisieren. Doch Jane hat irgendetwas blitzen sehen. Da liegt ein weißer, damenhaft kleiner Strahler, der in dunklem Silber schimmert. Selbst der Griff ist komplett aus dem Metall. Ein sehr teurer Strahler aus dem sagenhaft teuren Nova-Gloak-Stahl. Sie hebt die Waffe auf und und bewegt sich blitzschnell durch die Tür. Sie steht nach einem kurzen Korridor in einem noblen Schlafraum, der mit Metalltapete an der Decke und tiefblauen Tapeten bedeckt ist. Ein falsches Fenster täuscht einen Ausblick auf eine nächtliche Stadt vor, wobei die Hochhäuser nur angedeutete Schemen sind, wie man es bei solchen Falschfenstern macht.

Jane sucht einen Notausgang als Luke in der Wand und findet ihn. Gleichzeitig tasten ihre Finger nach einem Sicherungshebel und betätigt ihn, womit sie die Waffe entsichert. Sofort leuchtet eine Anzeige auf. Die Waffe ist entladen und gibt in einem sehr blassen Display an, den XU-Ladevorgang zu starten. Schnell geht die Ladeanzeige in Prozenten nach oben. Ein breites Grinsen liegt in Janes Gesicht, als sie auf die Schlafzimmertür zielt, die sich öffnet. Entweder ist die Waffe zweihundert Jahre alt und hat sich als sündhaft teures Edelgerät gerade geladen, ausgestattet mit dem besten XU-Generator, den man kaufen kann. Oder sie ist noch fast fabrikneu, wie die falsche Umgebung, die sie hier befreit von allem Schimmel vor sich sieht.

Mit einem triumphierenden Grinsen kommt Jaqueline eine Parfumwolke verströmend ins Schlafzimmer gerauscht. Jane ahnt, dass die Geruchswolke der Frau in der Realität ganz anders riecht. „Bye, Bitch", flüstert Jane und drückt ab. Entweder wird das Ding jetzt funktionieren oder sie wird auf die verdammte Zombietusse mit der Hantelstange losgehen. Hier und jetzt zieht sie die Linie. Leben über Untote. Echtes Leben über irgendwelche Alien- oder Nanobot-Pest, was immer das Schiff auch mit sich herumträgt. Der zweihundert Jahre alte Thermostrahler aus illegaler Produktion, dessen Innenleben einfach ein erstklassiger Thermostrahler von *TTT Arms* ist, entlädt sich gleißend in die Brust der heranrasenden Gestalt, die für die heiße Energie der Waffe einfach eine Ansammlung von Materie ist. Wie genau organisiert und durch welche Technik oder Magie bewegt, ist der heißen Energie gleichgültig. Die Atome, die sich auf Jane zubewegen, werden verdampft und das Ding, das Jaqueline Lina sein wollte, fällt nach hinten um. Jane hält den Finger auf dem Abzug und die Waffe etwas höher gerichtet. Jaqueline Lina oder dem sie imitierenden Ding verdampft buchstäblich der Kopf.

Sensoren in der Decke des alten Sternenschiffes, von denen einige noch funktionieren, messen die Energie und setzen die Sprinkleranlage im Schlafzimmer in Betrieb. Doch die funktioniert nicht mehr richtig und lauter kleine Formenergieflocken werden ausgestoßen und dabei ertönt ein Geräusch wie vielstimmiges Schmatzen von der Decke. Jane, die mit der Waffe in der Hand dasteht und den verkohlten Hals an der Leiche bewundert, muss lachen, als sie die „Schneeflocken" treffen. „Das ist jetzt nicht ernst, oder?", murmelt sie.

Alles ist wieder, wie es sein soll. Feuchtigkeit, schimmeliges Bettzeug. Aber der teure, kleine Stahler in ihrer Hand funkelt, wie er soll. Die Zeit konnte der teuren Waffe nichts anhaben. Die Nova-Gloak-Legierung war zu Föderationszeiten fast unbezahlbar, weil sie damals vor fast allen Scannern geschützt hat und damit ideal war, wenn man etwa eine Waffe an Bord eines Raumschiffs einschmuggeln wollte.
Die Ladeanzeige erreicht gerade 100%, als die Tür erneut aufgeht. „Yeah, mehr Gäste für die Party", schnurrt Jane, ganz in der Stimmung, wie sie die Holoshows immer liefern, wenn die Heldin eine „Kanone" in der Hand hat. Und irgendwie ist bei ihr jetzt das Maß voll. Und die kleine Nobeltaschen-Flak hat die Gesetze im

Zombieland, wer Jäger und Gejagter ist, gerade umgedreht, denkt sie grinsend.

Mister Tough stolpert ins Zimmer. Buchstäblich, denn er stolpert über die kopflose Leiche von der dort liegenden Lina-Schwester. Er ist sein untotenhaftes Selbst, kommt mit bleichem Gesicht aus der Hocke wieder hoch, Jane im Blick der toten Augen. Es kommt Jane so vor, als würde sein Leichengesicht so etwas wie Überraschung zeigen, als sich der alte Handstrahler entlädt und sehr erfolgreich seine Arbeit verrichtet. Mit verschmorter Brust und verschmortem Hals bleibt Tough still liegen; direkt neben Jaqueline Lina.

Durch den Notausgang geht es zurück auf den Hauptgang, durch den sie durch eine Notluke kommt. Sie sieht sich die zahlreichen Leichen an, die her herumliegen. Mit der Waffe in der Hand macht sie sich weiter auf den Weg. Irgendwo muss hier doch ein verdammtes Treppenhaus zum elften Deck sein. Sie geht weiter, da sieht sie plötzlich eine junge Frau. In einer gesunden, lebendigen Version, wenn es nur dem sichtbaren Erscheinungsbild nach ginge. Die junge, blonde Frau, die eine schneeweiße Bluse und einen metallicblauen Rock trägt, winkt ihr zu. Sie steht in einem offenen Durchgang, der zu weiteren Luxussuiten führt. Sie sieht so aus, als sei sie gerade so volljährig. Jane winkt mit dem Strahler. „Junge Frau, ich habe von der letzten Party noch genug. Danke sehr", erklärt sie laut und sieht sich um. Keine der anderen Leichen fühlt sich ermutigt, sich durch die Ansprache zu erheben, stellt sie befriedigt fest.

Doch die junge Frau winkt wieder. Jane stellt plötzlich fest, dass sie einen Schritt auf die junge Frau zugemacht hat. Wieso das, fragt sie sich und hält an. Es scheint, dass der Blick der Augen der jungen Frau auch aus der Ferne eine hypnotische Wirkung hat. Sie hebt die Waffe erneut und zielt diesmal auf die Figur. Schnell verschwindet die Frau durch den Zugang und schließt ihn. Kopfschüttelnd sieht Jane zurück, als sie endlich vor einer Nottreppe steht, die Zugang zu Deck Neun und Deck Elf gibt. „Wenn die Leute im Holofilm jungen Frauen an geisterhafte Orte folgen, endet das selten gut", murmelt sie und klettert hoch zum Deck Elf.

Auf Deck Elf kommt sie aus der Seitenwand und steht in einem großen, eingeschossigen Foyer. Die Fahrstühle mit goldenen Türen sind wie immer tot. Kein Licht leuchtet auf der Decksanzeige. Alles hier ist in dunkelblau bis schwarz gehalten und mit einem falschen Sternenhimmel versehen. Bekannte Planeten des Heimatsystems der Menschheit sind aufgemalt. Ein Schild verweist darauf, dass sich links ein Planetarium befindet, in dem man den Flug des Schiffes nachvollziehen könne und sich rechts das Kapitänsbüro befindet. Sie sieht rechter Hand ein großes Doppelportal mit Milchglas mit eingearbeiteten Schlieren, die möglicherweise damals dem Zeitgeschmack entsprochen haben. CAPTAIN's OFFICE ist angeschlagen. Es wird sich wohl um ein offizielles Vorzimmer handeln, als dass man da direkt den Skipper des Schiffes am Schreibtisch vorfindet, denkt sie sich. Aber Lust, sich hier vorzustellen, hat sie nicht. Nach welchen Regeln funktioniert dieser Wahnsinn, der hier abläuft? Warum sind die Toten manchmal einfach Leichen, dann wieder sich bewegende Leichen und manchmal getarnt als lebendige Menschen? Ein Irrsinn mit Methode, denkt sie. Den sie erst verstehen wird, wenn sie die Ursache für diesen Unsinn gefunden hat. Menschen vergangener Zeitalter hätten sich sicher mit der Geistererklärung zufriedengegeben, aber...

Sie ist gerade mitten in Gedanken, das hört sie eine fanfarenartige Musik von links und grelles Licht scheint aus dem großen Durchgang. Dort wo es in das Planetarium geht. Sie schnüffelt. Die Luft riecht plötzlich frisch. In der halbdunklen Vorhalle hat man zwar von Schimmel wenig gesehen, aber sie hat den Eindruck, dass jetzt keiner mehr vorhanden ist. Rechts sieht man Menschen, die in dem Kapitänsbüro hinter dem Milchglas stehen und gedämpfte Stimmen dringen nach außen.
Mitten im Foyer ist ein Pärchen zu sehen. Sie in einem kurzen roten Kleid mit metallisch aussehenden Einsätzen, er in einer dunkelblauen Weste, in der sich ständig metallische Kringel zu bilden scheinen und einem weißen, metallisch schimmernden Hemd mit weitem Stehkragen. Eine Art von Herrenrock an den Beinen, der auch mal Mode war. Letztes Jahr erst und vor zweihundert Jahren offensichtlich auch. Die Leute sehen wie Mittdreißiger aus.
„Komm Schatz, es fängt jetzt an, sie machen schon die Tür zu."
Beide gehen, ohne Jane zu beachten, schnellen Schritten auf das Planetarium zu. Erst jetzt sieht Jahne, dass da ein schwarzgekleideter Türsteher die Tür aufhält. Von dort dringt die aufdringliche Musik ins Foyer.

„Bitte schnell, die *Eternal Princess* startet gleich", schmunzelt er, sich sicher auf den simulierten Flug in dieser Holoshow beziehend. Jane merkt plötzlich, dass sie sich auch in Bewegung setzt. Irgendwie hat sie den unwiderstehlichen Drang, auch die Show zu sehen. Auch wenn eine Stimme im Hintergrund ihres Verstandes ein laut vernehmliches „Nein!" schreit.

Sie bewegt sich wie ein Geist durch die Menschenmenge im Planetarium. Überall sind Menschen. Normale, lebendige Menschen, oft in eleganter Garderobe, die Herren silbrig oder schwarz, oft mit sich bewegenden Intarsien und die Frauen bunt gelkleidet. Jane drängt sich nach vorn, es sieht so aus, als stünden alle auf einem Oberdeck eines altmodischen Seeschiffes. Sie drängt sich bis zu einer hölzernen Balustrade nach vorn, fühlt das Holz. Entweder Teil der Holoprojektion, einer sehr guten in diesem Fall, oder einfach ein Holzgeländer, sie weiß es nicht. Vorne sieht man so etwas wie das Oberdeck und den spitzen Bug eines alten Seeschiffes aus Holz, nur der Mast fehlt. Das projizierte Schiff fährt auch nicht auf See, sondern bewegt sich schnell durch den Weltraum. Sie sieht die Sterne und vorn wird ein Planet schnell größer. So als würde sich das simulierte Schiff diesem nähern. Es ist offensichtlich der Planet Jupiter und die laute Stimme von der nicht sichtbaren Decke, untermalt von Musik, erklärt, welche Planeten am falschen Himmel sichtbar sind. Die Stimme stellt den Jupiter vor, der groß über dem Schiff schwebt. Auch redet die Sprecherin von den Monden und der Entdeckung von Leben unter dem Eis des Jupitermondes Titan. Jane hört nicht zu, sie kennt die alten Fakten natürlich. Vermutlich hat das Schiff, als es aus dem Hyperraum ausgetreten ist, den Gästen anfangs auf dem Aussichtsdeck Zwölf einen ähnlichen Ausblick ermöglicht, der hier etwas aufgehübscht und im Zeitraffer noch einmal Revue passiert.

Jane merkt, dass die Leute tuscheln. Immer mehr Blicke treffen sie. Wieso eigentlich? Gut, sie sieht an sich selbst herunter. Ihre fleckige und mittlerweile auch nicht mehr frisch riechende Arbeitskleidung, der Bordoverall der *Orpheus*, passt hier wirklich nicht gut als Bekleidung. Wieso hat sie sich nicht umgezogen, als sie hergekommen ist? Wann hat sie diese Kreuzfahrt eigentlich angefangen? Weiß der Captain, dass sie hier ist, anstatt an Bord der *Orpheus*?

Alles ist still. Keine Musik und keine Lautsprecherstimme mehr. Der Jupiter verharrt still über ihr und das „Auge" des ewigen Sturms des Jupiter starrt sie vorwurfsvoll an. So kommt es ihr vor. Die Leute sehen sie durchdringend an. Egal ob Frauen oder Männer. Selbst die Kinder. Oh Gott. Erst jetzt wird ihr klar, was passiert ist. Erst jetzt kommt ihr Verstand zurück. Sie ist mitten hineingelaufen in eine Menge aus diesen... Wesen. Wesen, die den Platz der Passagiere eingenommen haben und sich ihrer toten Körper bedienen können.

Die Stille ist laut. Sie hört das Atmen der Menschen um sie herum. Immerhin atmen sie, denkt Jane. Doch dann verändert sich die Szene. Die Menschen rücken näher. Schweigsam, alle wie auf Kommando. So wie sich eine echte Menschenmenge nie verhalten würde, wird ihr klar. Sie ist so umringt, dass es keinen Fluchtweg gibt. Näher und näher kommen die Menschen. Und da verändern sie sich. Ihre Gesichter sind bleich, die Haut faltig, die Augen gebrochen und tot oder es sind nur leere Augenhöhlen vorhanden. Näher und näher kommen sie, während die Holosimulation des Jupiters und der Sterne verschwunden ist. Es gibt keinen Ausweg, wird ihr klar. Sie greift nach dem Strahler, hält ihn einfach geradeaus. Aber es sind zu viele, denkt sie. Da schließt sie für einen Augenblick die Augen. Es ist eigenartigerweise so, dass sie jetzt eine merkwürdige, traurige Melodie hört, die von irgendwo tiefer aus dem Schiff zu kommen scheint. Eine beruhigende, sanft-jazzige Klavierweise, die im starken Kontrast zu dem Horror hier steht. Sie schüttelt sich. Öffnet die Augen und kann es kaum glauben. Die Horrorshow ist verschwunden, sie steht in einem leeren, dunklen Planetarium. Nur das Holzgeländer um sie herum ist noch da. Sie verlässt vorsichtig das Planetarium. Die Klaviermusik scheint immer noch in der Luft zu hängen. Ein Überbleibsel einer Art von Mind-Control, die ja von diesen Wesen, was auch immer sie sind, ausgeübt wird?

Hinter den halbtransparenten Türen zum Kapitänsbüro ist niemand mehr zu sehen. Die Beleuchtung ist flackernd, aber entgegen ihren ersten Befürchtungen taucht niemand dort auf. Sie geht durch eine Tür, die mit OPERATING PERSONNEL ONLY beschriftet ist. Der Gang ist etwas unaufgeräumt, mit irgendwelchen Datenträgern und ein paar Tablettcomputern, die auf dem Boden liegen. Ein dicker Feuchtigkeitsfilm ist hier zu sehen, der schnell zu einer Überschwemmung von zwei Zentimetern Höhe wird, so dass Plastikdatenträger und die Reste von Formenergiezeitungen und -papieren in der Suppe treiben. Ein Schild verrät, dass linker Hand das CAPTAIN'S OFFICE liegt. Vermutlich das wirkliche, ohne Vorzimmer. Sie schüttelt unwillkürlich den Kopf. Zu stark sind die Erinnerungen an einschlägige Holovideos, in denen ein geisterhafter Kapitän whiskytrinkend hinter seinem Schreibtisch in irgendwelchen Geisterschiffen sitzt. Obwohl natürlich der Zugang zu einem Captain's Log eine Versuchung wäre. Aber sie kommt sich vor wie ein Dieb, der in einer alten, noch bewohnten Villa nach dem

Tafelsilber sucht. Da will man wohl nicht gleich den Hausherrn wecken.

Sie schüttelt den Kopf über die Unlogik ihres eigenen Gedankens, geht aber weiter und ist froh, als sie einen Notaufstieg hin zu Deck Zwölf findet. „Das letzte Deck", flüstert sie zu sich selbst. „Endlich."

Deck Zwölf ist ein Chaos von Brandlöchern, wo Thermostrahler wie wild herumgeschossen haben. Sprinkleranlagen, diesmal ohne Formenergie, haben offensichtlich versucht, das Schlimmste zu verhindern, was den schimmligen Feuchtigkeitsfilm auf dem Boden erklärt. Tote liegen überall herum, alles Crew. Gelegentlich aber auch ein Passagier darunter, was so aussieht, als habe sich die Crew in der Endphase der Katastrophe einige Passagiere eingefangen, um sie gewaltsam zu Tode zu bringen. Ein verschmortes Tau hängt an einer Lampe, in einem kleinen Raum mit Computertischen und bildschirmlosen Terminals darauf, die wohl ehemals Formenergiebildschirme ausfahren konnten. Eine Thermoskanne steht noch irgendwo herum, so dass es aussieht, als sei das ein Aufenthaltsraum gewesen. Was das Schrecklich hier ist, ist eine Frau, deren Torso nackt auf dem Boden in der Mitte des Raumes liegt. Ihre Arme und Beine fehlen. Winzige, schwarze Stümpfe dort, wo die Gliedmaßen beginnen sollten, legen nah, dass ihr Arme und Beine abgeschossen worden sind. Verschmorte Reste eines Seils, das an einer Deckenlampe angebracht ist, sprechen eine deutliche Sprache. Entsetzt bleibt Jane stehen. Was hat die Crew dazu getrieben, eine Passagierin aufzuhängen und mit Thermowaffen ihre Glieder wegzubrennen?

Sie geht weiter, endlich geht es nach links zur Brücke, wie ein Schild verrät. Sie bleibt wie angewurzelt stehen. Sie ist so nah.

Sollte ihre endlose Reise durch dieses Alptraumschiff endlich zum Ende kommen? Obwohl ihr all die Brandlöcher von Thermostrahlern auf diesem Deck nicht gerade Mut machen.

Sie sieht sogar ein paar Strahler herumliegen, neben Crewmitgliedern mit Thermo-Schussverletzungen. Sie hebt eine Waffe auf und sieht, dass sie funktionslos ist. Eine zweite und dritte genauso. Aber immerhin hat sie ja noch ihre von… Jaqueline Lina. Sie hält die silberne Waffe und geht um die Ecke, wohin das Schild weist.

Und da steht er. Auf dem Korridor, mit dem Rücken zu ihr. Greg, es ist niemand anderes als Greg. Doch der Android steht völlig regungslos. Wie eine Statue.

„Greg", gibt sie mit belegter Stimme von sich. „Greg, was ist los?" Sonst ist niemand zu sehen, auch nicht hinter ihr. Flackernd wird Greg von den halb defekten Deckenlampen beleuchtet. Er steht einfach bewegungslos da, wie eine Schaufensterpuppe. Der Anblick nimmt sie mehr mit als alle Horrorshows, die sie bislang über sich ergehen lassen musste. Sie nähert sich. Nichts Besonderes ist an ihm zu erkennen, außer seiner Regungslosigkeit. Es kann doch nicht sein, denkt sie verzweifelt, dass ihn dieser eigenartige Einfluss auch noch erwischt hat. Er hat doch kein biologisches Hirn, sondern nur Schaltkreise, sogar ohne Biopack. Nur dass er Fleisch- und Hautäquivalente auf einem Stahlskelett hat. Aber das dürfte doch nichts ausmachen.

Dann sieht sie es, als sie vorsichtig an ihm vorbeigeht. Er hat ein kleines Loch, genau in der Mitte der Stirn. Es hat ihn ein Thermostrahler in den Kopf getroffen. Wer immer die Waffe auch abgefeuert hat, er hat sie auf sehr fokussierten Strahl eingestellt. Sonst hätte es Greg wohl den ganzen Kopf weggebrannt. Aber auch so ist er … funktionslos. Defekt, oder auch tot, wie man sagen könnte. Die Trauer droht sie zu überwältigen. Sie hat einen Kloß im Hals und weiß nicht mehr, wie es weiter gehen soll. Wie soll sie das alles ohne Greg schaffen?

„Jane! Mensch, habe ich dich endlich gefunden!" Die Stimme lässt sie wie vom Donner gerührt herumfahren. Es ist Pascal. Der jüngste aus der Crew. Ihr Kamerad, der mit Greg zusammen war, als sie durch dieses verdammte Loch ein Stockwerk tiefer gerasselt ist. Er kommt näher, bleibt drei Schritte entfernt stehen.

„Ja, Greg. Es hat ihn erwischt. Mister Tough… dieser verdammte Kerl, aber er ist nicht mehr er selbst. Er kam aus einer Seitentür und hat ihm in den Kopf geschossen. Dann hat er auf mich angelegt, aber ich bin weggerannt."

„Wann war das?"

„Vor… vor zwei Stunden oder so."

Jane nickt. Dann war es, bevor sie ihn mit dem Strahler getroffen hat.

Sie schluckt. „Wart ihr… wart ihr schon auf der Brücke? Sie ist hier…", ihr stockt die Stimme.

„Die Brücke ist hinter mir, ich weiß. Ich habe mich nicht getraut und mich vor Tough versteckt. Ich konnte ihn abhängen und bin eben grade über Wartungsgänge wieder zurück." Er schüttelt traurig den Kopf. „Was soll das ohne Greg werden? Wir müssen uns wohl an den Gedanken gewöhnen, ewig zu bleiben."

Sie nickt traurig. Es wird wohl langsam zu Ende gehen. Alle Chancen sind vertan. Vielleicht das Ende noch eine Weile herauszögern, solange man mit repliziertem Teig und Wasser in dem unheimlichen Café auf Deck Acht unten leben will.

„Ich verstehe", stößt sie mit belegter Stimme hervor.

„Was machen wir jetzt?", fragt Pascal sichtlich nervös und fährt sich mit den Händen durch sein braunes Haar.

In dem Augenblick hört sie ein zischendes Geräusch und sieht eine Lichtlanze von links, die urplötzlich da ist. Sie trifft Pascal am Kopf und wirft ihn nach rechts. Jane steht mit offenem Mund da. „Pascal!" ruft sie aus und macht einen Schritt auf ihn zu, da tritt Mister Tough aus einer Tür links. Sie kann kaum glauben, dass er sich immer noch bewegt. Toughs Brust, Hals und Kinn sind schwarz verkohlt und teils weggebrannt. Sein Kopf ist steif und nach vorn geklappt. Seine Augen sehen sie „unter dem Berge weg" an, bedingt durch die unnatürliche Kopfhaltung. Das abgesehen von den Brandflecken kalkweiße Ding grunzt etwas und hat einen großen, silbernen Handstrahler auf sie gerichtet. Er muss ihn in einer anderen Kabine oder auch bei den Lina-Schwestern gefunden haben, wird ihr klar. Vermutlich haben viele Reiche diese Waffen eingeschmuggelt. Doch sie hat ihre eigene Waffe in der Hand. Sie steht rechts neben dem statuenhaften Greg und zielt genau auf das Mister Tough-Ding.
Sie weiß, sie kann ihn nicht „leben" lassen. Nicht weiter existieren lassen mit dem, was seinen Körper mit unheiliger Energie erfüllt. Nicht, wenn sie noch ein bisschen Frieden haben will. Um dann den Zeitpunkt selbst auszusuchen, an dem sie alles beenden will. Sie sieht, dass das Mister Tough-Ding mit dem Strahler auf sie zielt. Sie macht einen schnellen Sprung direkt hinter Greg. Dann schießt sie. Der Strahl trifft das Tough-Ding in der Seite. Er dreht sich seitlich, in seiner linken Flanke fehlt jetzt ein Stück seines Körpers, das so groß wie ein halber Kopf ist. Doch er verzieht nur das Gesicht.

„Komm zu mir Jane", krächzt er. Mit stierem Blick kommt er näher. „Gib einfach auf, Jane", versteht sie seine unklar modulierten Worte, die sich aus seinem verschmorten Mund quälen. Jane zielt nach Gefühl und benutzt Gregs Körper als Deckung. Doch Tough weicht ihr rückwärts aus und kommt dabei zu Fall. Das Tough-Ding landet auf allen Vieren. Der Thermostrahl aus Janes Waffe verschmort harmlos die Wandverkleidung. Sie kommt sofort aus der Deckung, zielt auf seinen Kopf und will abdrücken. Es fällt ihr schwer, erkennt sie doch immer noch ihren alten Kameraden Mister Tough in diesen gepeinigten Gesichtszügen. Doch dann rafft sie sich auf. „Du bist nicht mehr Tough", erklärt sie und will abdrücken. Da passiert es. Er bewegt sich und seine Hände reißen an ihrem linken Fuß. Mit einem Aufschrei verliert sie das Gleichgewicht und knallt hin. Ihre eigene Waffe fällt ihr aus der Hand. Doch noch im Fallen sieht sie den großen, silbernen Strahler auf dem Boden, den Tough benutzt hat. Er muss ihn im Fallen verloren haben. Blitzschnell hebt sie seinen Handstrahler auf. Eine wesentlich größere Version ihres eigenen Lady-Strahlers. Doch das Tough-Ding kriecht mit einer erstaunlichen Geschwindigkeit davon. Sie zielt auf ihn, doch ihr Thermostrahler verschmort nur wieder die Wand, als er nach links um die Ecke biegt. Sie hebt ihren kleinen Handstrahler auf und steckt ihn in den Gürtel ihres Overalls.

Sie schüttelt den Kopf. Wieviel dieses Wesen einstecken kann, es ist unheimlich. Was immer den toten Körper Toughs jetzt beseelt, es ist viel widerstandsfähiger als biologisches Leben.

Sie sieht noch einmal auf Pascal. Doch der ist tot. Toughs Strahler hat ihn tödlich am Kopf getroffen.

Sie fühlt sich betrogen, als sie die letzten Meter zur Brücke geht. Auch wenn sie weiß, dass das nicht wirklich Mister Tough war. Das Doppelportal reagiert zu ihrer Verblüffung auf ihren Tastendruck auf den Öffnungsknopf, obwohl der oranges Licht für eingeschränkten Zugang zeigt. Als das Doppelschott aufgleitet, sieht sie eine schreckliche Szene. Die Crew liegt in weißen, fleckigen Uniformen ineinander verkeilt auf dem Boden der Brücke, die nur etwas größer als die der *Orpheus* ist. Der Kapitän in seiner weißen Uniform mit einer Mütze neben sich liegt vor seinem Sessel. Ein anderer Offizier liegt auf ihm, seine Zähne in seinen Hals geschlagen. Doch selbst hat der Angreifer einen verschmorten Hinterkopf. Auch ein paar Brandlöcher sind an der Decke zu sehen, aber nicht die großen Verwüstungen, von denen Pascal gesprochen hat. Ein Handstrahler liegt auf dem Boden herum.

Plötzlich ist alles anders. Die Brücke ist hell erleuchtet. In der Mitte vor ihr befindet sich der klassische Kapitänsstuhl. Das Monstrum aus schwarzem Ledermaterial und Chrom dreht sich fließend um und ein stattlicher Mann in schneeweißer Uniform lächelt sie breit an. Alles glänzt, wie auch seine Uniform. Nirgends Pilz oder Schimmel, nirgends Feuchtigkeit. Er steht auf. Jane weicht zurück, doch der Stahl des Brückenschotts ist ihrem Rücken. Er hat ein schwarzes, umlaufendes Band an jedem Ärmelaufschlag mit vier goldenen Streifen. Vier goldene Streifen auf den Schulterklappen. Sogar eine weiße Kapitänsmütze mit goldenem Laub trägt er. Der Hauptbildschirm zeigt ein wunderschönes, aber auch furchterregendes Bild aus den beiden orangen Extrauniversalgebilden, die als energetisch verästelnde Säulen vor dem Schiff stehen; scheinbar eingefroren. Die restliche Crew trägt weiße Uniformen und ist an den Konsolen zugange. Viele sitzen, andere gehen geschäftig hin und her, eine Anzeige mit einer anderen vergleichend. Ganz so, als sei das Sternenschiff wirklich noch in Fahrt und würde nicht als technisch totes Wrack durch den Weltraum treiben.

„Madam", sagt der Captain und wirkt wie ein Gentleman, der etwas Ironie in seinen Worten durchschimmern lassen will. „Sie sind am Ende Ihrer Reise angekommen. Sie sind nun Teil unserer ewigen Sternenfahrt. Und ich biete Ihnen einen Platz in meiner Crew." Er streckt seine Hand aus.

Jane presst sich gegen den Stahl des Doppelschotts. „Captain...", sie liest seinen Namen vom Namensschild. „Captain Ferguson. Sie sind immer noch der Kapitän dieses Schiffes." Sie überlegt, was sie jetzt sagen soll. „Auch wenn Sie...", fährt sie zögernd fort, „...ihr Leben verloren haben. Dieses Schiff treibt immer noch durch den Raum und die Besatzung und Passagiere sind irgendwie noch hier." Der Kapitän nickt und sieht einen anderen weißgekleideten Mann, einen jüngeren mit blondem Bürstenhaarschnitt, lächelnd an. So wie ein Vater einem Verwandten lächelnd zunickt, um zu sagen, „sieh, was meine Tochter gelernt hat", wenn sie ein Weihnachtsgedicht aufsagt.

„Es ist immer noch Ihre Pflicht, Sir, sich um Crew und Passagiere zu kümmern, da sie ja noch... interagieren können. Sie können handeln, Captain. Tun Sie Ihre Pflicht."

Er lächelt, sieht wieder den Offizier mit den zwei Offiziersstreifen an den Ärmeln an und bedenkt Jane mit einem ironischen Lächeln. „Und was ist meine Pflicht, Misses Leslie?"

Jane fährt zusammen, als der Captain ihren Nachnamen ausspricht. Es ist so für sie, als würde der Kapitän einen

Schutzmantel einreißen, den sie um sich geglaubt hatte. Denn dass ein seit zweihundert Jahren toter Kapitän Ihren Namen weiß, scheint ihr noch grauenvoller als der Umstand, dass er vor ihr steht und mit ihr spricht.

„Sie…Sie" stottert sie. „Sie sollten das Schiff heimbringen, Captain. Wie jeder guter Kapitän. Oder besser, die Reise vollenden. Es ins Arret-System bringen, wie es in Ihrem Flugplan steht, Sir." Er sieht sie schweigend an und sie hat das Gefühl, dass es in ihm arbeitet.

Sie versucht es weiter. „Meine Crew… wir haben Ihre Systeme schon teilweise wieder hochgefahren, Captain. Wir müssen feststellen, welche Fähigkeiten noch in diesem alten Schiff stecken. Mit etwas Energie auf den Warpmatrizen können wir weiterfliegen. Die *Eternal Princess* kann ihre Reise fortsetzen." Sie erklärt es mit demonstrativer Sicherheit, obwohl sie natürlich immer noch Zweifel hat. Greg wollte all das erst herausfinden. Es war mehr eine vage Hoffnung, dass sich das alte Schiff wieder in Bewegung setzen könnte. Alles andere als Gewissheit. „Die Reise fortsetzen", flüstert der Kapitän fast. „Die Reise fortsetzen. Am Zielhafen einlaufen." Er schluckt hörbar. Die Brückencrew ist still, alle Augen sind auf den Kapitän gerichtet. Er räuspert sich, seinen unsicheren Blick auf Jane gerichtet. Er blickt auf eine große Tafel backbords, die diverse Diagramme zeigt. „Mister Thal", wendet er sich an einen schwarzhaarigen Mann. „Status der…", beginnt er. „Status aller Systeme!"

Der Angesprochene mit einem Ring auf der Uniform wendet sich den Anzeigen zu.

„Alle Systeme klar, Sir. Energiegeneratoren, Schutzschilde, Puffer, sogar die Waffen. Alles auf Sollleistung."

Der Kapitän fasst sich an die Nasenwurzel, scheint nachzudenken. „Nun, wir müssen den Zustand von heute erfassen", beginnt Jane gerade, da sieht sie, wie alle Köpfe der Brückencrew sich zur Decke ausrichten. Die Gesichter der Männer und Frauen zeigen Entsetzen. Es währt nur wenige Sekunden, doch dann schaut der Kapitän Jane traurig an. „Es geht nicht, es ist nicht erlaubt", gibt er von sich. Du musst jetzt hierbleiben, Jane. Zu meiner Crew kommen. Wir fliegen in die Ewigkeit. Die Reise ist das Ziel. Komm…"

Die Luft, sie verändert sich. Es riecht nach Schimmel. Und die Uniformen, sie werden grau und fleckig. Die Gesichter zu untoten Fratzen.

Jane schießt. Der Captain wird zurückgeworfen und ein riesiges Brandloch klafft in seiner Taillenregion, als der kleine Handstrahler erneut seine Arbeit tut, den sie gezogen hat. Der Große steckt noch daneben im Hosenbund. Von links stürzt einer der Brückenoffiziere auf sie zu, will ihre Waffe greifen. Jane zielt hoch und verdampft seinen Kopf. Sie schießt und schießt und bald gibt es nur noch verkohlte Leichen auf der Brücke. Sie atmet durch, beruhigt sich und stellt fest, dass sie keine Terminals oder Anzeigen getroffen hat. Nur eine Konsole ist unten am Gehäuse etwas versengt, was keine Auswirkungen haben dürfte. Die Instrumente sind jetzt fast alle dunkel, zeigen nicht mehr das, was sie wohl vor zweihundert Jahren angezeigt haben und was sie eben gesehen hat. Auch der Hauptbildschirm ist dunkel. Flackernd wird die Brücke von Deckenlampen beleuchtet und überall sind rote Meldungen auf teils unleserlichen Bildschirmen zu sehen.

Sie überlegt schon, mit welcher der zahlreichen Arbeitsstationen sie anfangen kann, da hört sie hinter sich, wie die Doppeltür aufgeht. Sie fährt herum. Da steht Pascal! Der eben von Mister Tough getötete junge Mann.

„Hi Jane", grinst das bleiche Ding mit teilweise fehlender linker Kopfhälfte schief, erfüllt von unheimlichen Leben.
Jane drückt ab. Doch nichts geschieht. Erst da merkt sie, wie heiß der kleine Handstrahler geworden ist. Das Pascal-Ding grinst, was bei dem halb verbrannten Kopf schrecklich aussieht, und greift nach ihr. Sie macht einen Schritt zurück und fällt über eine am Boden liegende Leiche, stützt sich jedoch nach hinten auf einer Konsole ab. Sie drückt dabei aus Versehen irgendeinen Knopf und die Konsole gibt irgendeinen Fehlerton von sich. Sie merkt, dass es eine der halbrunden Kapitänskonsolen ist, an der sie sich abgestützt hat. Ein kleiner Formenergiebildschirm versucht sich aufzubauen, vergeht jedoch in einer traurigen Menge Farbspritzer, die mit einem Schmatzen auf dem Kapitänsstuhl landen. Sie und Pascal sehen beide hin. Schnell weicht sie Pascal nach links aus, der ungelenk nach ihr greift. Wieder drückt sie ab, doch ihr Strahler gibt nur ein Fehlerpiepen von sich. Das Pascal-Ding lacht nur. „Ich kriege dich", scheint es zu sagen. Jane weicht aus, als er sie festhalten will. Der große Kapitänsstuhl mit den Konsolen zwischen sich und ihm.

„Pascal! Ist da noch was von dir drin in dem Körper? Lass das!", stößt sie hervor. Ein verzweifelter Appell and seine Menschlichkeit, wenn es sie denn noch gibt. „Werde nicht wie Mister Tough, der dich … getötet hat", fügt sie hinzu.
„Was kontrolliert euch?", fragt sie. „Sag es!"
Doch das Pascal-Ding, ihm ist nicht nach Konversation zu Mute, es zieht stattdessen einen großen, silbernen Handstrahler, den es im Hosenbund stecken hat. Jane lässt im selben Augenblick ihre

kleine Waffe los und lässt sich selbst zur rechten Seite fallen. Im Fallen zieht sie den schweren silbernen Strahler von Mister Tough aus dem Hosenbund. „Heldinnen, lasst mich jetzt nicht im Stich!", ist ein verzweifelter gedanklicher Ausruf an all die coolen Holovideo-Heldinnen, denen sie nacheifert.

Hart knallt sie auf den Boden der Brücke, reißt im selben Augenblick die Waffe hoch und feuert. Nichts passiert. Pascal dreht sich zu ihr um. Das vormals jugendliche Gesicht ist zu einer Grimasse aus Wut und Gier verzerrt, da wo es nicht verschmort ist.

Jane nickt. Ihre linke Hand findet den Sicherungshebel. „Gleich...", flüstert sie. Das kleine Display zeigt ihr volle Funktion und einhundert Prozent Ladung an.

Als Pascal auf sie zuspringt, drückt sie ab. Das Ding, das einmal ihr Schiffskamerad war, landet mit verschmorter Brust auf ihr. Seine toten Augen sind direkt über ihren und sein verschmortes Maul schnappt nach ihr, doch das Ding ist weitestgehend paralysiert. Ihre Brust wird unangenehm heiß. Sie rollt sich weg und schiebt damit das dampfende Pascal-Ding zur Seite. Hebt den verlorenen Strahler auf, zielt auf seinen Kopf und... macht eine dieser Pausen, wie sie immer in Holodramen vorkommen.

„Ich konnte deine Frisur nie leiden", stößt sie hervor und schießt auf seinen Kopf. Sie übergibt sie sich nicht, als sein Kopf aufplatzt. Obwohl ihr fast danach zumute ist.

Der große Strahler ist warm in ihrer Hand, als sie aufsteht. Sie bückt sich nach ihrem alten Lady-Strahler und steckt ihn in eine Tasche ihres mittlerweile völlig verdreckten Overalls. Als sie die Mischung aus Gregs Brotteig, Pascals Körpersäften, Schmieröl und Verschmortem auf ihrem Overall sieht, imitiert sie noch einmal die

Holo-Heldinnen. Denn dieser Adrenalinrausch und ihre aggressiv-ironische Stimmung, das fühlt sich großartig an. „Keine Ahnung warum sich sonst die Mädels auf den Kreuzfahrten so rausputzen", brummt sie und wischt an den zahlreichen Flecken herum.

Überall bewegen sich die angeschmorten Leichen. Sie schüttelt den Kopf und hält ihren großen Strahler fest in der Hand. Eine große Schießerei kann sie sich hier definitiv nicht leisten, denn sie braucht die Brücke, wo doch der Maschinenraum nicht zugänglich ist. Zerschossene und kurzgeschlossene Konsolen würden sie mit Sicherheit zum Tode verurteilen. So geht sie rückwärts zum Brückenschott, die Waffe mit der Rechten zur Decke haltend. Hoch genug, damit sie keine vielleicht wieder in Bewegung geratene Leiche greifen kann. Sie haut auf den Öffnungsschalter und verlässt die Brücke. „Kommt! Ich bin hier!", ruft sie den sich langsam aufrichtenden Leichen zu. Das Brückenschott schließt sich, als sich die ersten zwei der untoten Brückencrew auf alle Viere begeben. Sie hält ein paar Meter Abstand, sieht traurig auf den bewegungslos dastehenden Greg und hat die Waffe bereit. „Kommt", murmelt sie und unterdrückt ihre Nervosität.

Dann sieht sie die Frauenfigur wieder. Die junge blonde Frau steht keine zehn Meter neben ihr, auch völlig schweigsam. So steht Jane jetzt vor dem Brückenschott und dem erstarrten Greg rechts und der jungen Frau links von ihr. Jane tritt näher an Greg heran und zeigt mit dem Strahler auf die junge Frau.

„Babe, ich weiß, du bist nicht so nett, wie du jetzt aussiehst. Warum gehst du nicht zurück in dein Quartier und zählst die Maden?" Dabei behält sie das geschlossene Brückenschott im Auge. „Folge mir!", sagt die Frau trotzdem laut und deutlich und setzt sich in Bewegung. „Ich bin anders. Nicht kontrolliert wie die anderen hier", sagt sie im Weggehen, und schaut über ihre Schulter. „Es wird dir alles erklärt werden. Du musst erst das Problem lösen, dann kannst du hierher zurück."

Verdattert folgt Jane der jungen Frau, den Strahler knapp neben sie gerichtet.

„Du... willst mir doch nicht erzählen", beginnt Jane schüchtern, „dass du die ganze Zeit hier irgendwie überlebt hast. Mit einem Heizstrahler oder so und einem Rucksack voller Schokoriegel..." Abrupt bleibt die junge Frau stehen und Jane bereut schon ihr Geplapper.

„Ich hatte so Hunger", klagt die junge Frau und ihr Gesicht verzerrt sich einen Moment zu einer schrecklich anzusehenden, langgezogenen Fratze. Dan festigt sich das Gesicht wieder, die Frau sieht Jane wütend an und setzt den Weg fort. Jane fasst sich wieder, nachdem sie vor Schreck einen Schritt zurückgetreten war. „Entschuldige, ich wollte dich nicht wütend machen", sagt sie nur, bekommt aber keine Reaktion. Sie sieht, dass der Geist auf ein Treppenhaus zutritt und ... einfach durch die geschlossene Tür verschwindet. „Schon klar", murmelt Jane und drückt auf den Türöffner. Die junge Frau sieht sie an, lächelt wieder und geht die Treppe hinunter. „Prima, dahin, wo ich hergekommen bin", murmelt Jane. Aber andererseits, wo soll sie schon hin?

Wenn sie jetzt darüber nachdenkt, fällt ihr ein wesentlicher Unterschied zwischen den anderen geisterhaften Erscheinungen und dieser jungen Frau hier auf. Die anderen waren entweder in einem leichenhaften Zustand in der verfallenen, echten Umgebung, oder es sah alles wie vor zweihundert Jahren aus und sie wirkten lebendig und gesund. Hier hingegen ist es eine Mischung, fällt ihr auf. Die Frau sieht jung und gesund aus, bewegt sich aber in der feuchten und leicht schimmligen Umgebung, die das Schiff nun einmal in Wirklichkeit ist.

„Also ich weiß nicht, ob ich dir hinterherlaufen sollte. Auch wenn ich nirgends mehr hinkann", plappert Jane laut. „Die Treppe hier ist ja nicht schlecht. Vielleicht versuche ich, in den Maschinenraum zu kommen. Mich durch das Schott zu brennen. Obwohl der Strahler dafür wohl nicht ausreicht."

Die Frau bleibt stehen und scheint tief durchzuatmen. „Ich bin nicht wie die anderen. Es fällt mir schwer…", sagt sie und ihre Konturen verschwimmen prompt. „…aufrechtzuerhalten", flüstert sie, als sie wieder stabilisiert ist. „Widerstand", fügt sie noch leise hinzu und geht weiter. Jane fällt auf, dass es sich nur noch um einen Oberkörper handelt. Seufzend folgt sie dem Bildnis der jungen Frau. *Ich möchte wirklich wissen, was zur Hölle hier vor sich geht*, denkt sie im Stillen. An Übernatürliches will sie nicht glauben. Zu viele Wracks mit Leichen an Bord hat sie schon in der Stille des Weltraums vorgefunden in ihrem Job als Bergungsraumfahrerin. Sicher waren sie meist unheimlich. Manchmal schlug irgendwo in der Tiefe des Schiffs ein Schott zu, während sie im Halbdunkel die Energieversorgung mit Greg wieder hergestellt hat. Auf der Brücke saß die Leiche des Kapitäns und starrte ins Nichts, ein Familienfoto in der toten Hand. Aber so etwas wie hier? Das gab es noch nie. Sicher waren die Schiffe viel kleiner, mit weniger Menschen an Bord. Aber sie weigert sich, an eine übernatürliche Erklärung zu glauben.

Ein recht gewundener Weg bringt sie runter zu Deck Zehn. Sie seufzt, als sie wieder da ist. Der lange Korridor, auf dem sie Tough getroffen hatte, ist immer noch voller Leichen. Sie würde ihre Geisterbegleitung am liebsten fragen, was der Unterschied zwischen diesen Toten am Boden und ihr selbst ist, aber sie traut sich nicht. Denn die Projektion von dieser jungen Frau würde wohl die letzte Stofflichkeit verlieren, wenn sie reden müsste. Jedenfalls befürchtet das Jane und folgt der Gestalt schweigend in einen der Seitengänge zu Luxussuiten. Den, wo sie damals schon diese Geisterfrau gesehen hatte. Jane fühlt eine bleierne Müdigkeit nach all den Strapazen. Wie lange hat sie nicht geschlafen? Wenn diese geisterhafte Erscheinung anders ist und irgendwo ein paar leidlich saubere Laken sind, wäre ein bisschen Schlaf wirklich nicht schlecht. Sie gähnt gegen ihren Willen, als die Geistererscheinung durch eine der verzierten Doppeltüren verschwindet und folgt ihr müde. Diese Suite ist genauso aufgebaut wie die der Lina-Schwestern. Am Ende des langen Flures ist eine verschlossene Tür. Dahinter muss der Querraum mit den Schränken sein, wird ihr klar. Sie öffnet die Tür, durch welche die schwache Projektion verschwunden ist und wendet sich nach rechts, wo in der Suite der Lina-Schwestern der Schminktisch war. Den gibt es hier auch, nur dass die Suite etwas anders eingerichtet ist. Der Schminktisch ist etwas weiter links aufgestellt und sie steht direkt davor. Sie sieht die junge Frau, leicht flackend von Deckenlampen beleuchtet, in dem Sessel sitzen, direkt vor dem Schminktisch. Ihr blondes Haar sieht staubig aus. Aber sie ist es, mit dem weißen Top und dem metallicblauen Rock. Offensichtlich hat die Projektion hier mehr Kraft.

„Also", sagt Jane entschlossen und tritt seitlich an die Frau heran, um ihr Gesicht sehen zu können. Und stößt einen Schrei aus. Die Frau ist lange tot. Mumifiziert wie alle hier. Jane reißt den Strahler hoch und alle Müdigkeit ist vertrieben. Was auch immer hier für ein Spiel gespielt wird, sie wird es nicht mitspielen.

Die Seitentür, die zum kleinen Korridor mit dem Schlafzimmer führen muss, öffnet sich. Jane zielt mit ihrer Waffe. Was herauskommt, lässt sie eine Augenbraue heben. Es ist definitiv der Zombie-Typus, nicht diese ein falsches Bild von Lebendigkeit vorgaukelnde Art der Untoten. Die Frau hat graue, noch leicht rötliche Haare, die zu einem Pferdeschwanz gebunden sind. Ihre Haut ist weiß und fleckig, an manchen Stellen an den Wagen aufgebrochen, so dass irgendeine dunkel-orange Flüssigkeit herausgelaufen ist. Ihre Augen sind nicht völlig tot, wirken aber wie weitestgehend erblindet. Ihre Lippen sind schmal und farblos. Als sie den Mund öffnet, sind schneeweiße, ebenmäßige Zähne zu sehen. Bekleidet ist die Frau mit einem teils aufgerissenen, schwarzen Kleid, das bis zu ihren Knöcheln geht. Die Frau trägt schwarze Halbschuhe mit silbernen Schnallen und bewegt sich etwas steif. Ein leichtes Sirren ist zu hören, das Jane verwundert.

„Nicht schießen!", sagt die Frau und bleibt die stehen, die Hände erhoben. „Ich bitte um Verzeihung für mein Äußeres. Aber das Gefrieren nach Auskühlung des Schiffes hat meinen biologischen Komponenten nicht gutgetan. Auch nicht, dass es offenbar zweihundert Jahre angedauert hat." Sie versucht ein Lächeln. „Mein Name ist Eleonore Hennessy. Die Assistentin der bedauernswerten jungen Frau hier, die hinter ihnen sitzt."
Schnell dreht sich Jane um, die Waffe immer noch auf die stehende Frau gerichtet. Die Leiche der jungen Frau sitzt dankenswerterweise immer noch im Sessel hinter ihr. Nervös

verändert Jane so ihre Position, dass sie die sich bewegende und die bewegungslose Frau beide im Bild hat.

„Sie… Sie sind also eine Androidin?"

„In der Tat. Ein sentienter Android. Es wäre ja nicht allzu wahrscheinlich, dass ein biologischer Mensch so lange überlebt hat", sagt sie und versucht ein Lächeln, was das Fleisch ihrer Wangen merkwürdig verformt.

„Und darf ich fragen, wer *Sie* sind?", fragt die Androidin ruhig.

„Ich hatte auf ein Bergungsunternehmen gehofft, das damit die Rettung für mich bringt." Zweifelnd sieht die schwarzgekleidete Androidin auf Janes Waffe. „Aber auch wenn Sie der Piratenzunft angehören sollten, die ich freilich nur aus der Literatur kenne, können wir sicher eine Übereinkunft zu ihrem Vorteil erzielen."

Die Androidin sieht sie fragend an. Jane wirft noch einen Blick auf die sitzende Leiche.

„Der Strahler ist nur wegen der… na, wegen der sich bewegenden Leichen."

Die Androidin wirkt erschreckt. „Ich habe das damals vor zweihundert Jahren auch gesehen. Nachdem sich die Menschen alle gegenseitig umgebracht hatten, waren einige als wandelnde Leichen wiederauferstanden. Ich vermutete irgendeine Art von Effekt der Raumanomalie oder Nanotechbefall, letzterer vielleicht in Zusammenhang mit dem Hackerangriff auf dieses Raumschiff. Aber ich bin nicht dazu gekommen, nähere Analysen anzustellen. Mir fehlte damals - und fehlt immer noch - die Ausrüstung, um so etwas sicher durchführen zu können. Sie sagen also, Frau..?", lässt die Androidin eine Frage im Raum schweben. Jane versucht unterdessen mit ihrem müden Verstand, die neuen Informationen zu verarbeiten. Es dauert eine Weile, bis sie versteht, dass sie sich vorstellen soll.

„Leslie. Jane Leslie, von der *TPS Orpheus.*"

„TPS sagen Sie", fragt die Androidin nach. Jane bestätigt. Die Androidin wirkt erstaunt. „*Orpheus* mit einem TPS davor, da muss ich Sie auch gleich danach fragen. Aber erst einmal finde ich es verblüffend, dass dieses Leichen-Wander-Phänomen immer noch auftritt. Es widerlegt meine Vorstellung vom Ablauf der Ereignisse." Die Androidin namens Eleonore wirkt nachdenklich. „Aber vielleicht setzen wir uns, Frau Leslie." Sie zeigt auf zwei Stühle. Dankbar setzt sich Jane. Eleonore nimmt sich einen Stuhl, hält aber Abstand zu Jane, die den Strahler immer noch in der Hand hat, jetzt aber zu Boden hält und immer mal wieder nervös zur Leiche der jungen Frau herübersieht.

„Vielleicht", beginnt Jane nach langem Einatmen, „können Sie mir endlich erzählen, was auf dem Schiff passiert ist."

**Eleonore Hennessy**

„Also schön. Danach sind Sie dran und klären mich über Sie selbst und Ihr Schiff auf, wenn es Ihnen nichts ausmacht", erwidert die Androidin auf die Aufforderung hin, Jane alles zu erklären. Jane nickt nur müde. Dann beginnt Eleonore zu erzählen.

„Also, die *Eternal Princess* hatte zwei Tage im Solsystem verbracht, sich den diversen Planeten genähert und die Leute haben den Ausblick vom Oberdeck aus genossen."
Jane nickt dazu nur müde.
„Dann, am 20. März 2258 um 12:10 Uhr, befand ich mich in meinem Quartier. Also hier. Als Androidin protokolliert mein Gedächtnis natürlich die exakte Zeit. Meine Chefin, die später verstorbene junge Dame hier, befand sich zu der Zeit auf dem Oberdeck, das ja auch ein Aussichtsdeck ist, und sah sich die Doppelanomalie an, die zu diesem Zeitpunkt fast erreicht war. Eine doppelt strangförmige Extrauniversaltasche, die als *Leuchtende Zwillinge* in den Medien bekannt ist. Oder jedenfalls zu meiner Zeit bekannt war."
Jane nickt müde und versucht krampfhaft wach zu bleiben. Ruckartig nimmt sie den Strahler wieder hoch, nachdem sie ihn fast fallengelassen hätte.
„Machen Sie sich keine Sorgen, Frau Leslie. Ich tue Ihnen nichts. Sie sind hier sicher. Denke ich, obwohl ich die aktuellen Zustände außerhalb dieses Quartiers nicht kenne. Meine Chefin hier, die junge Frau Lilian Abercrombie, hat sich jedenfalls noch nie bewegt, seit sie vor zweihundert Jahren verstorben ist."
„Sie hat mich hergeführt", stößt Jane müde hervor.

„Wirklich? Meine Chefin?" Die Androidin hält den Kopf etwas schief. „Wie soll das gehen? Sie hat sich nicht bewegt. Sie sitzt noch immer genauso da wie seit ihrem Tod damals. Ich hätte sie ja würdiger verwahrt, aber ich bin auch erst seit kurzer Zeit unter etwas Energie und hatte andere Prioritäten. Etwa die Außensensoren der *Eternal Princess* zu überprüfen."

Jane wird ruckartig hellwach. „Sie hatten Zugriff auf die Außensensoren des Schiffes?"

„Ja", antwortet sie. „Ich hatte die recht komplexe Arbeit vor zweihundert Jahren begonnen und im Status eines Provisoriums, nachdem Frau Abercrombie verstorben war und habe sie eben erst ganz fertiggestellt. Es war alles andere als einfach."

„Wie ist unsere Position?"

„Ich kann Ihnen ungefähre Koordinaten übermitteln. Wir befinden uns im Hyperraum des Einsteinuniversums und driften mit fast zwölf Metern pro Sekunde auf eine Hyperraumtasche zu, die wir in knapp sechsundvierzig Stunden erreichen werden. Also eine der unangenehmen Anomalien, die groß genug ist, um uns in einem Stück zu verschlucken. Dann wird die *Eternal Princess* wohl wieder dort sein, wo sie zweihundert Jahre lang war."

Jane holt tief Luft. „Dann ist noch etwas Zeit, die tertiären Computer laufen ja schon wieder. Wir müssen die Gravitondüsen einschalten, dann können wir wegmanövrieren."

Eleonore nickt. „In der Tat, das klingt nach einem vernünftigen Plan. Und Sie haben ein Schiff, die *Orpheus*, sagen Sie? Ich konnte allerdings kein Raumschiff auf dem Sensorbild erkennen. Nur Trümmerstücke eines Schiffes. Ein Konkurrent von Ihrem Schiff vielleicht?" Die Androidin hat ein ironisches Lächeln aufgelegt, vermutet Jane, obwohl es bei den steifen Gesichtszügen schwer zu sagen ist.

„Nein, ich fürchte, das wird die *Orpheus* selbst sein. Es war mir zwar nicht völlig klar, aber ich hatte es schon vermutet, dass sie zerstört worden ist. Bei einer Art Unfall."

Die Androidin sieht sie mit schiefem Kopf an. „Nicht die erfolgreichste Bergung aller Zeiten, würde ich sagen."

Sogar Jane muss da Schmunzeln. „Das können Sie sagen."

„Ich würde nach Ihren Kollegen fragen, aber nach meiner psychologischen Kenntnis würde das Ihr Misstrauen wecken und zu Verschleierungstaktik Ihrerseits führen, da wir beide uns noch nicht so gut kennen. Also lassen Sie mich alles erzählen und dann sind Sie dran."

„Gut", nickt Jane matt. Die Bestätigung der Vernichtung der *Orpheus* hat bei ihr keine wirkliche Schockreaktion mehr hervorgerufen, stellt sie fest. Ohnehin war davon auszugehen, nach Allem, was der sogenannte Mister Nice damals im Teamfunk von sich gegeben hatte.

„Frau Abercrombie war also auf dem Aussichtsdeck und ich war hier und verfolgte die Annäherung an die stabförmigen Extrauniversaltaschen über das Schiffsnetz, das die Ausstrahlung auch über die Terminals des Bordnetzes zur Verfügung gestellt hat."

„Verstehe", murmelt Jane.

„Ich wunderte mich noch, dass einige erweiterte Dienste des Schiffsnetzes, die Messergebnisse zur Verfügung stellen sollten, nicht funktionierten. Dachte aber an eine normale Fehlfunktion."

„Aha", gibt Jane von sich, die versucht, sich wachzuhalten.

„Alles ging an Bord seinen Gang, es gab keine Alarme, keine Durchsagen, nichts. Erst um 12:31 Uhr wunderte ich mich. Ich fing mit meinem eigenen Funkmodul, das bei mir eingebaut ist, Funksprüche unserer Begleitschiffe der Raumflotte auf. Von der den Geleitschutz anführenden *EFS Saladin*, die nach dem Grund für eine leichte Kursabweichung der *Eternal Princess* fragte. Das alarmierte mich. Sofort folgte allerdings eine Antwort unseres Schiffes in Form einer bloßen Textnachricht, ein nicht gravierender Brand habe die Kommunikationsanlage der *Eternal Princess* lahmgelegt und…"

„…Gelbalarm sei ausgerufen", beendet Jane den Satz der Androidin. „Soweit ist es überliefert und wir haben es durchgesprochen, bevor wir an Bord gekommen sind."

„Wir", wiederholt die Androidin. „Wegen Ihres Zustandes und der Waffe in ihrer Hand vermutete ich, dass Ihre Kollegen an Bord ebenfalls Probleme haben", suggeriert Eleonore.

„Sie sind alle tot!", ruft Jane. „Verzeihen Sie den Ausbruch. Es ist alles ein bisschen viel."

Die Androidin nickt. „Da kann ich mich Ihnen anschließen" und zeigt vielsagend auf ihre tote Chefin.

Jane nickt, dann macht sie eine wegwerfende Handbewegung. „Jedenfalls, hier mit einer Zeitzeugin reden zu können, ist schon ein komisches Gefühl, Nach zweihundert Jahren! Ich meine, nicht einmal die Föderation existiert mehr."

Jane sieht, dass die Androidin eine Augenbraue hochzieht, was offenbar einen Bruch in der Haut direkt über der Braue auslöst. „Ich hatte so etwas befürchtet. Das starke Anwachsen der religiösen Bewegungen und der Glaubensfront im Senat seit der 2240er Wahl. Die Präsidentschaft des Terra-chauvinistischen James Taylor. Das alles ließ mich vermuten, die Föderation habe vielleicht noch zwanzig Jahre."

„Das stimmt ziemlich genau", bestätigt Jane. „Im Jahre 2275 war sie faktisch aufgelöst und 2285 wurde ihr Nachfolgestaat, die Konföderation der Menschheit, auch aufgelöst."

Eleonore nickt traurig. „Zweihundert Jahre nach Gründung der Föderation. Für Menschen immerhin eine lange Zeitspanne der Stabilität."

Jane nickt. „Doch erzählen Sie bitte weiter."

„Gut", fährt die Androidin fort. „Das Begleitschiff *Saladin* kündigte noch in der Minute des Funkspruchs der *Princess* an, dass sie sich nähern werde. Mich wunderte, dass an Bord hier kein Gelbalarm ausgerufen war und auch keine Durchsagen erfolgten."

„Sie sprachen von einem Hackerangriff?"

„Genau, als ich Zugriff auf die Sensoren nehmen wollte, zugegebenermaßen in einem kombinierten, kleinen Software- und Hardwarehack meinerseits, da stieß ich damals auf mich abblockende, gefährliche Malware. Sie ist jetzt nicht mehr aktiv. Vielleicht eine Zeitschranke, man weiß es nicht."

Jane überlegt. „Also vielleicht ein kombinierter konventioneller und Nanobot-gestützter Malwareangriff? Nanobots, die die Leichen lebendig werden lassen und Software, die das Bordnetz der *Princess* kontrolliert hat? Nanobots vermögen ja solche Dinge zu leisten."

„Wäre möglich und war soweit meine bisher zweitrangige Theorie", gesteht Leonore zu. „Obwohl es ein sehr bizarrer Angriff wäre, da man ja gleichzeitig versucht hat, auf den Sicherheitsfrachtraum Zugriff zu nehmen. Da wo besonders teure Fracht gelagert war im Gegensatz zum normalen Frachtraum. Auf Deck Fünf. Ich habe es in den dunklen Tagen gesehen, als die Menschen sich gegenseitig umbrachten und ich nach nützlichen Dingen gesucht habe."

Jane hört interessiert zu. „Nun, der Nanobot-Angriff könnte theoretisch schiefgegangen sein und die Leichen wurden sozusagen zombifiziert. Vielleicht sollten die Nanobots die Leute nur bewusstlos machen, aber sie wurden durch eine Fehlfunktion der Bots mörderisch und die Toten dann… Wiedergänger."

Eleonore schüttelt den Kopf. „Theoretisch möglich, aber sehr unwahrscheinlich. Meine erste Theorie würde mehr Sinn machen."

„Welche war das?", fragt Jane und gähnt.

„Dass es eine Auswirkung der Hyperraumtasche so nah an der Anomalie war. Dass diese die Menschen verrückt und als Leichen wieder aktiv gemacht hat. Ich weiß, es klingt noch weiterhergeholt. Aber es gab da diesen historischen Vorfall mit einem alten Wissenschaftsschiff. Ein kleineres Raumschiff, das so nah an PSI-aktiven Extrauniversaltaschen war, dass die Kameras des Schiffes damals zum Beispiel Betten oder Kopfkissen aufgezeichnet haben, die sich wie Lebewesen bewegten. Ein Besatzungsmitglied, das später im Hyperraum verschollen ging, sprach mit unsichtbaren Wesen."

Jane nickt. „Die *EFS Sahin.* Man vermutete damals, die abweichenden Naturgesetze anderer Universen hätten gewissermaßen herübergestrahlt und solche Dinge ermöglicht. Trotzdem: Die Geschichte gilt mehr oder minder als Raumfahrergarn, so wie das alte Seemannsgarn. Die offizielle Erklärung war, die Verzerrung des Universums und der drei Dimensionen habe das allein auf dem Schiff zurückgebliebene Besatzungsmitglied in den Wahnsinn getrieben."

„Richtig und doch vielleicht nur die halbe Wahrheit. So etwas wie auf diesem Wissenschaftsschiff hatte ich hier auch vermutet, nur noch extremer. Allerdings ist die Theorie noch viel unwahrscheinlicher als vorher, wenn die Phänomene jetzt auch noch außerhalb der Taschen in einer nicht zu unterschätzenden Entfernung davon auftreten."

„Das sind alles nicht die richtigen Erklärungen. Das habe ich im Gefühl", stellt Jane fest.

„Menschliche Intuition", Eleonore nickt und lächelt.

„Aber es ist gut jemanden zum Sprechen zu haben. Jemanden, der die Föderation noch kennt. Das ist schon unglaublich", fügt Jane an.

Die Androidin lächelt. „Nur, warum haben Sie gesagt, meine verstorbene Chefin habe Sie hergeführt? Sie war ja kein sich bewegender Leichnam, wie Sie sehen. Aber vermutlich eine Einbildung, hervorgerufen durch diesen unbekannten Verursacher."

„Nein", hält ihr Jane entschieden entgegen. „Ich habe sie in genau dieser Kleidung da gesehen. Und ich kannte sie nicht und ihre Kleidung natürlich auch nicht." Sie zeigt auf die Leiche von Lilian Abercrombie. Halb erwartet Jane, dass sie sich bewegen würde, doch das geschieht nicht.

„Sie sollten mir alles erklären, das war recht klar der Wunsch von ... ihr", stellt Jane fest und nickt wieder rüber zu Lilian. „Ich müsse auch erst *das Problem* lösen, bevor ich auf die Brücke gehen solle", hat sie mir gesagt.

Die Androidin nickt. Dann ist vielleicht eines der Dinge, die ich Ihnen erzählt habe, die Lösung und bezieht sich auf ein solches Problem. Wenn wir davon ausgehen, dass meine Anvertraute Ihnen tatsächlich erscheinen konnte. Und in einer wesentlich stilvolleren Form als diese Untoten." Sie sieht die Leiche von Lilian mit dem Versuch eines liebevollen Lächelns an, das nur durch ihr leichenhaftes Gesicht nicht gerade anheimelnd wirkt.

„Nun, bislang haben wir zwei abstruse Theorien, wenn Sie verzeihen, und das Phänomen mit dem Frachtraum. Dem

Sicherheitsfrachtraum. Ob dort die Lösung liegt?" Die Idee, zurück in die Tiefe zum Deck Fünf zu steigen, verursacht großen Widerwillen bei Jane. Aber sie ahnt schon, dass es darauf hinauslaufen wird.

„Aber erzählen Sie doch zu Ende. Lilian hier war also auf dem Aussichtsdeck und Sie waren hier? Wie ging es weiter?"

Eleonore fasst es schnell zusammen. Dass sie, beunruhigt durch die Vorfälle, nach oben ging und die noch funktionierenden Lifte vermieden hat. Dass sie auf dem Weg sah, dass Mannschaft und Passagiere zusehends eigenartiges Verhalten an den Tag gelegt haben. Dass sie eine wild gewordene Lilian, die anfing, sogar nach ihr zu schlagen, gewaltsam zurück ins Quartier gebracht hat. Dass sie nur knapp einigen Thermowaffen schwingenden Besatzungsmitgliedern ausweichen konnten. Wie sie Zeugin wurde, wie die Menschen an Bord mörderisch übereinander herfielen und sich stranguliert, erstochen und sogar gegenseitig angezündet haben. Eine mörderische Raserei, für die sie keine Erklärung hatte.

Wie sie Lilian an den Sessel fesseln musste, weil sie zwar noch Intelligenz besaß, aber sowohl gewalttätiges als auch selbstverletzendes Verhalten an den Tag gelegt hatte. Wie sie sogar ihren Kopf auf die Tischplatte schlagen wollte. Dass die stabile Tür der Suite verhindert hat, dass wildgewordene Besatzungsmitglieder oder Passagiere eindringen konnten. Dass sie am dritten Tag durch das Schiff zog und fast nur noch Schwerverletzte übrig waren. Zu viele, um ihnen zu helfen und immer noch aggressiv oder selbstmörderisch. „Manch einer hat sich mit gebrochenen Beinen kopfüber von der Balustrade irgendwo gestürzt", sagt sie traurig. „Nach einigen Tagen war es noch eigenartiger. Manch einer bewegte sich noch oder schlich gar durch die Gänge, obwohl sein Körper eindeutig mit den Verletzungen nicht mehr leben konnte." Jane nickt dazu. „Doch ich war mit praktischen Problemen beschäftigt", fährt die Androidin fort. Ich besorgte Vorräte und improvisierte mit ausgebauten Batterien und Bauteilen einen schlechten Heizstrahler und eine Lampe, da ich einen Energieverlust des Schiffes erwartet hatte. Über meinen Sensorhack konnte ich kurz sehen, dass sich die *Princess* nicht mehr im Hyperraum befand und dass die eigenartigen Werte nur durch eine Hyperraumtausche zu erklären waren. Bevor mich die noch funktionierende Hackersoftware rausgeschmissen hat." Sie erzählt dann, dass am Ende des dritten Tages alle Energie ausgefallen sei. Sie habe Lilian noch drei weitere Tage am Leben erhalten, als sich das Schiff mehr und mehr auskühlte. Aber wohl durch ihre ständige Raserei und sicher auch durch Unterkühlung ist sie am siebten Tag nach der Katastrophe gestorben, stellt die Androidin fest. „Ich hielt es noch eine weitere Woche bei eisigen Temperaturen aus, als auch die Atmosphäre immer dünner wurde und ging dann in die Hibernation. Winterschlaf sozusagen." Sie stockt. „Vorher sah ich aber Eigenartiges in der zweiten Woche, die ich noch aktiv war. Tote Körper, die offenbar versuchten, sich wie lebendige Menschen zu benehmen und etwa in Restaurants saßen und von ebenfalls verstorbenen, aber sich noch bewegenden Obern bedient wurden, um ein Beispiel zu nennen. Und das in einem schon sehr kalten Schiff mit dünner Atmosphäre und ohne Energie. Aber atmen mussten sie wohl nicht mehr.

Und das war ein völlig anderes Verhalten dieser Körper als anfangs, wo alles unkoordiniert war."

Jane schluckt. „Eine unheimliche Vorstellung." Eleonore stimmt ihr zu und fährt fort. „Wieso die Luft verschwunden war, wusste ich nicht. Vielleicht hatte jemand Entlüftungsklappen im Wahn geöffnet, so dass die Luft langsam verschwunden ist. Ich ging in den energetischen Winterschlaf, darauf hoffend, dass meine sehr kostspieligen Energiepuffer, bezahlt von den Abercrombies, noch genug Energie für einen Neustart speichern konnten. Ich bin ehrlich gesagt verblüfft, dass nach zweihundert Jahren tatsächlich noch genug Energie da gewesen ist. So habe ich die wiedereinsetzende Lebenserhaltung bemerkt. Ein winzig kleiner Teil meines Hirns im Winterschlaf hat darauf reagiert und mich geweckt."

Jane nickt. „Das war Greg, ein Android unserer Crew, der hier Systeme wieder hochgefahren hat." Und sie erzählt der Androidin im Groben die Vorfälle. Von dem Zufallsfund der Koordinaten des Schiffes, der Zerstörung der *Orpheus*, zunehmende, scheinbar paranormale Vorfälle bis hin zur untoten Brückencrew und der geisterhaften Lilian. Die Androidin lässt sich nicht viel anmerken.

„Der Frachtraum. Er muss der Schlüssel sein. Da habe ich einige tote Besatzungsmitglieder gefunden, die vor der Tür des Sicherheitsfrachtraums lagen", stellt die Androidin fest. „Was hat sie gerade dorthin gezogen? In so großer Zahl, denn sechs Leute lagen da konzentriert vorm Tor. Hatten sich gegenseitig erschossen oder erschlagen. Waren sie vorher schon da, solange der Wahnsinn noch nicht richtig eingesetzt hatte? Ich vermute es." Jane stimmt zu. „Wer immer den Angriff mit der Malware gefahren hat, wollte wohl etwas aus dem Frachtraum stehlen, das ungeheuer kostbar war. Aber zumindest die überlieferte Frachtliste der *Princess* hat eigentlich nichts so Kostbares. Nichts, wofür man den Überfall auf ein so gut bewachtes Raumschiff und die Ermordung von so vielen Menschen riskieren würde." Sie pausiert. „Und sentiente Androiden natürlich", stellt Jane fest.

Eleonore versucht wieder ein Lächeln. „In der Föderation haben wir sentienten Androiden uns einfach als Menschen angesehen und wurden auch so von den meisten Leuten akzeptiert. Ihre Formulierung, einfach von Menschen zu reden, war schon in Ordnung."

Jane gähnt herzhaft. „Kann ich hier schlafen? Ich möchte zwar nicht, aber ich brauche dringend Schlaf." Eleonore nickt. „Ich richte Ihnen ein Lager ein, das Schlafzimmer ist leer und wir finden noch brauchbare Laken im Schrank, auch wenn nichts wirklich moderfrei ist." Jane gähnt herzhaft. „Sie können mir vertrauen, ich werde an ihrem Bett wachen."

Als Jane einschlummert und sie auf ihrem Bett die regungslose Eleonore sieht, muss sie grinsen. So eine leichenhafte, regungslose Wache würden man normalerweise nicht am Bett sitzen haben wollen, wenn man schläft. Aber jetzt ist sie froh, dass sie da ist. Der Schlaf nimmt sie schnell in Empfang.

„PSI-Bomben!", erklärt sie nach dem Aufwachen. Die haben wir vergessen. „Greg hat von einem Terror-Droiden mit PSI-Kanonen geredet. Das wäre doch auch eine Möglichkeit, oder?" Erst da fällt ihr auf, dass auch das nicht hinkommt.

„Die würden jetzt keine Wirkung mehr haben", kommentiert die Androidin trocken und reicht ihr eine offene Pfirsichdose und eine zweite mit einem Schwarzbrot, das den eigenartigen Namen Pumpernickel auf der Dose aufgedruckt hat. „Und so viel Energiereserven für einen neuerlichen Angriff hätte er wohl nach dem Auftauen nicht gehabt."

Jane isst dankbar und mit Heißhunger. Trinkt den süßen Saft aus.

„Ananas wäre auch mal eine Abwechslung", murmelt sie dabei.

„Wollen wir runter zum Frachtraum? Ich denke, wir müssen uns das ansehen", schlägt sie vor, als sie etwas gesättigt ist.

„Das tun wir, Miss Leslie, das tun wir."

„Und nennen Sie mich Jane."

**11:32 Uhr, 04.10.2457 Greenwich-Erdzeit**

**22:24 Uhr, 07.04.159 Bordzeit *TPS Orpheus***

**Jane Leslie**
Nachdem Jane sich im Bad frisch gemacht hat und nach längerem Laufenlassen sogar etwas ähnliches wie frisches Wasser hatte, tritt sie Eleonore schon viel entspannter gegenüber.

„Sag mal", beginnt sie im neuen, vertrauensvollen Ton, „ich habe über eines nachgedacht. Gibt es vielleicht Luxus-Stasekapseln mit eigener XU-Stromversorgung auf der *Princess*, die noch laufen könnten? Denn die normalen Kapseln in der Dritten Klasse sind alle außer Funktion."

Eleonore nickt ernsthaft. „Es ist verboten, sie in privaten Quartieren laufen zu lassen. Nicht auszuschließen, dass ein Milliardär trotzdem eine in sein Quartier geschmuggelt hat. Aber die maximale Laufzeit wird mit einhundert Jahren beziffert. Gut, Luxuskabinen mit doppelten Aggregaten...", sie bricht ab. „Könnte sein, aber wir haben nicht die Zeit, alle Luxussuiten zu durchsuchen. Außerdem wären Milliardäre in Stase vermutlich von ihren menschlichen Begleitern getötet worden." Sie fasst noch zusammen, dass die offiziellen Staseräume der ersten und zweiten Klasse auch nur voller Toter oder leer sind, wie sie einmal gesehen hat.

Jane weiß natürlich, dass auch die Passagiere der beiden höheren Klassen manchmal die langwierige Raumreise in den Stasekapseln verbringen. Schließlich hat der Flug vom terranischen System hin zur Anomalie etwa ein Jahr nach Bordzeit gedauert. In der die *Eternal Princess* die eintausend Lichtjahre mit tausendfacher Lichtgeschwindigkeit hinter sich gebracht hat. Da sie wie üblich durch den Plus-100-Hyperraum flog, verging die Zeit dabei einhundertmal schneller. Aber nur von der Erde aus gesehen und nicht etwa an Bord des Schiffes. An Bord verging die Zeit normal schnell, was die Stasekisten auf solchen Flügen verlockend macht. Eine umgekehrte Zeitdilatation durch das Plus-100 Universum mit seinem schnelleren Zeitablauf. So wurde ein Jahr Flugzeit an Bord zu ein paar Tagen nach Erdzeit. „Also wohl keine menschlichen Überlebenden", murmelt sie und Eleonore nickt nur.

Jane sieht ihre verschmutzte Kleidung an und wischt daran herum. Eleonore reicht ihr grinsend einen rosa Overall, der metallisch schimmert. „Er hat es im Schrank ganz gut überstanden und seine Auto-Säuberungsfunktion hat ihn wieder blitzsauber gemacht. Föderationsmode von vor zweihundert Jahren", grinst sie dazu.
Jane nimmt den Anzug begeistert entgegen und zieht ihn an.

Die beiden verlassen die Suite und gehen den langen Gang vor den Luxussuiten zurück zum Hauptgang. Jane bietet Eleonore den Lady-Handstrahler an, der wieder volle Funktion meldet. „Nette Waffe", sagt sie und nimmt ihn entgegen.
„Eine Frage, warum gehen wir nicht beim Abstieg zum Deck Fünf gleich im Maschinenraum vorbei und gucken, ob wir die Steuerdüsen von dort angeschaltet bekommen. Ich hatte mir das für die nächsten Stunden ohnehin vorgenommen, gerade weil niemand auf meinen Funkspruch reagiert hatte." Eleonore sieht Jane erwartungsvoll an.

„Sie haben gefunkt?"

„Ja, um ein vermutetes Bergungsschiff zu rufen. Aber erst kurz bevor sie in mein Quartier gekommen sind. Vorher war ich damit beschäftigt, über meinen Sensorhack einen Überblick über die Lage zu bekommen."

„Wir können wohl wegen dem Lockdown nicht in den Maschinenraum. Greg hat…", beginnt sie, da unterbricht sie Eleonore.

„Lassen sie eine alte Föderationsandroidin mal sehen, was sie da machen kann mit den Schlössern." Sie zwinkert Jane zu.

„Moment", sagt Jane und bleibt stehen. „Habe ich gerade etwas hinter der Tür gehört?" Sie zeigt auf eine Suitentür, an der sie gerade vorbeigekommen sind.

Eleonore nickt. „Ja, die Leute da drinnen machen manchmal Geräusche, obwohl sie eigentlich drahtlos kommunizieren."

Jane sieht die Androidin entgeistert an.

„Noch mehr Androiden?"

„Ja, seufzt Eleonore. Sie sind auch kürzlich wach geworden. Alle drei waren Bodyguards eines Milliardärs, der sich wohl selbst im Wahn getötet hat. Sie haben auch teure Energiezellen gehabt, dass sie wie ich von selbst wach geworden sind. Und jetzt…", endet sie mitten im Satz und schüttelt den Kopf. „…spielen sie die ganze Zeit nur Poker."

„Sie scherzen, oder?"

„Nein", lacht Eleonore, auch wenn das Lachen in ihrem Gesicht gruselig aussieht. „Sehen Sie selbst." Sie betätigt den Klingelknopf. Eine Weile später öffnet sich die Tür. Ein Android mit männlichem Äußeren steht da. Milchige Augen sehen auf sie und Eleonore. Die Gesichtshaut ähnlich kaputt wie Eleonores.

„Sind wir endlich da?", fragt der Androide frostig. Im Hintergrund sieht man einen Spieltisch, an dem zwei weitere leichenartig aussehende Herren mit Spielkarten sitzen und einen leeren Stuhl. Eleonore grinst nur. Kopfschüttelnd macht der männliche Android die Tür wieder zu, ruft aber beim Schließen ein „War die von nebenan. Sie meint, es dauert noch" in die Suite.

Jane sieht Eleonore entgeistert an. „Was...?", beginnt sie eine Frage.

„Das sind auch Sentiente. Ich glaube, der erzwungene Kälteschlaf hat ihnen nicht gutgetan." Sie macht mit ihrer bleichen Hand eine kreiselnde Bewegung an der Schläfe.

Nachdem sich beide zum Deck Sechs vorgearbeitet haben, stehen sie bald vor einem großen Doppelschott, das in den Maschinenraum führt. Ein Deck über dem, wo Greg damals den Zugriff versucht hat.

„Richtig, Sicherheitsprotokolle aktiviert, ich merke es schon über eine Remote-Verbindung", bestätigt Eleonore. „Allerdings habe ich das ein oder andere Tool angesammelt, bei meiner Arbeit für reiche Leute."

Es dauert nur Sekunden, dann gleitet das Doppelschott unter schauerlichen, mechanischen Geräuschen auf.

Ein breiter Gang mit Reling links und rechts und Fangnetzen zur Sicherheit an den Seiten führt tief in den Maschinenraum hinein. Jane beugt sich über die Brüstung und sieht, dass es drei Decks in die Tiefe geht. Unten hängt diese riesige *Magnetische Flasche,* wie man die Reaktionsröhre für Energie und Antienergie immer noch nennt, von gewaltigen Querträgern gehalten. Das Ding ist der Schlüssel, um hier herauszukommen, wenn das überhaupt möglich ist, weiß sie.

„Wir sind auf dem Oberdeck des Maschinenraums. Die wichtigen Dinge müssten unten sein, auf Deck Drei." Die Androidin zeigt auf einen leiterartigen Abgang, der mit einem Rundgitter geschützt ist und auf einen offenen Fahrstuhl.

„Dann lieber die Leiter", sagt Jane und macht sich daran, hinabzusteigen. Sie wirft noch einen Blick auf die zahlreichen Arbeitsstationen, die überall in Ausbuchtungen des Ganges untergebracht sind und die meist Fehlermeldungen anzeigenden Bildschirme, sofern sie überhaupt ablesbar sind. Der Gedanke, dieses riesige Schiff sich wieder aus eigener Kraft durch den Weltraum bewegen zu lassen, kommt ihr plötzlich sehr viel verwegener vor als vorher.

Als sie herunterklettert, sieht sie schon, dass ganz unten vor dem dortigen Eingangsschott etwas ganz und gar Unappetitliches lagert. Da ist ein Labortisch oder desgleichen aufgebaut und eine mumifizierte Leiche liegt darauf. Eine silbrige Masse scheint an manchen Stellen aus dem Körper der männlichen Leiche ausgetreten zu sein. Offenbar war es einmal ein Passagier, wie man an der schimmligen Freizeitkleidung erkennt. Es stapeln sich noch ein paar Leichen links und rechts am Gang, sechs an der Zahl, zählt Jane. Ein mit einem grauen Overall mit *Eternal Princess* – Schriftzug bekleideter Mann liegt hier, einen Tablettcomputer noch immer in der Hand. Es riecht nicht gerade angenehm, aber das ist sie langsam gewohnt, da die Leichen natürlich auftauen.

„Wirrer Mist", knurrt Jane. Eleonore kommt ihr hinterher, landet allerdings unsanft und Jane hört deutlich, wie Eleonores rechtes Bein mechanische Geräusche von sich gibt. Sie humpelt, wie man deutlich sieht. „Nicht gerade gut gewartet", grinst die Androidin. „Lassen Sie uns schauen, ob wir von hier aus auf die Sensoren zugreifen können. Ich war mir mit meinem Sensorhack nie so ganz sicher wie genau das war", mahnt sie, als sie sich einer Schalttafel zuwendet. Sie sieht sich die Konsole von der Seite an. „Hier muss man doch irgendwo…", murmelt sie. Es gibt einen halblauten, elektrisch klingenden Schlag von der gesamten Konsole, dass Jane zusammenzuckt. „…die Bildschirme degaussieren können", beendet sie den Satz. „Die Formenergiedisplays sind hin, aber die brauchen wir auch nicht unbedingt." Sie fängt, auf einer Tastatur herumzudrücken. Teils drückt sie mehrfach und beugt sich runter, um an den Tasten zu wackeln. Jane, die sich auch ein Terminal ansieht, muss grinsen. Dass eine hochentwickelte Androidin, die sogar zweihundert Jahre in einem Totenschiff überlebt hat, mechanisch irgendwo probeweise herumwackelt, sieht witzig aus, findet sie. Eleonore sieht zu ihr rüber und grinst ihr leichenhaftes Grinsen. Dann tippt sie hektisch auf der Tastatur, während sich Jane durch ein Menü surft, auf der Suche nach einer Anzapfmöglichkeit der Sensoren.

„Habe es!", ruft Eleonore triumphierend. „Das war die gute Nachricht. Allerdings haben wir nur noch dreiundsechzig Minuten und fünfzehn Sekunden, wenn ich diesen Satz beendet habe, bis wir in einer Hyperraumtasche verschwinden." Jane beendet schlagartig die Arbeit an ihrem Teil der Konsole. Sie wundert sich nicht über die präzise Formulierung der Androidin. „Dann können wir ebenso gut aufgeben", gibt sie nur matt von sich.
„Na, na, nicht gleich die Segel streichen", droht die Androidin spielerisch mit dem Zeigefinger und tippt wieder hektisch auf dem Terminal herum. „Drahtlos gehe ich hier lieber nicht ran, von

wegen Viruszeug", murmelt sie dabei. Dann tritt auch sie von der Konsole zurück.

„Sämtliche Steuerdüsen offline. Gravitonantrieb hat Energie, aber die Steuerdüsen reagieren nicht. Gar keine. Da müssen irgendwelche Leitungen durch sein."

Doch jetzt ist es Jane, die noch Hoffnung schöpft.

„Und wenn wir Schub auf die Gravitontriebwerke achtern geben? Die scheinen zu laufen."

„Sind wir noch schneller drin", antwortet Eleonore tonlos. „Es tut mir leid, aber mein Sensorhack in der Suite hatte die Raumverzerrung hier nicht beachtet, die nicht unerheblich ist. Daher mein gravierender Messfehler. Das ist mir sehr peinlich."

Jane nickt matt. „Es ist ja schön, dass hochentwickelte Androiden auch Fehler machen. Aber… es ist nun alles egal."

„Na, na, das will ich aber nicht hören!", dröhnt eine Jane vertraute Stimme von hoch oben, von wo sie heruntergeklettert sind. Jane kann es nicht fassen und sieht sich um, woher die Stimme kommt. Sie sieht Greg, ihren alten Schiffskameraden, der gerade die Stiege herunterklettert. Trotz des vertrauten Anblicks wird ihr mulmig.

„Greg? Du warst tot. Bis du jetzt ein gottverdammter Androidengeist?"

„Das wäre was auf meine alten Tage", kichert er, während er herunterklettert. „Nein, eine famose Wunderheilung war das, durch illegale und teure Upgrades. Ich erkläre es, wenn ich unten bin. Aber brenn mir nicht vor Angst den Blechhintern weg." Er kichert laut vernehmlich, während er mit übermenschlicher Geschwindigkeit die Stufen herunterklettert.

„Und der soll nicht-sentient sein?", fragt Eleonore zweifelnd.

Unten hebt Greg die Hände. „Meine Damen, ich bin keine Gefahr. Ich hatte einen Kopfschuss und konnte mich regenerieren. Mehr dazu später, aber wer ist diese attraktive Dame hier neben dir, Jane? Es ist unhöflich, uns nicht vorzustellen."
Jane grinst über das ganze Gesicht. „Greg, das ist Eleonore. Sentient und eine große Hilfe. Sie kann dir alles erzählen. Eleonore… Greg, mein Schiffskamerad."
„Schon geschehen, das mit dem Erzählen", lacht die Androidin. „Ich habe Greg auch meine Kenntnisse übermittelt."
Der nickt. „Richtig. Schneller als Reden. Es ist immer noch vieles mysteriös. Aber nun lasst uns die Steuerdüsen in Betrieb nehmen."
„Und attraktiv bin ich nicht mehr", erklärt Eleonore säuerlich.
„Ach was, alles nur ein paar Lagerflecken. Das haben wir im Handumdrehen repariert, meine Liebe." Greg ist mittlerweile an einem Terminal zugange.

Jane spürt, wie ihre Erleichterung über das Auftauchen von Greg plötzlich in Unruhe umschlägt.
„Was ist dir passiert, Greg? Wieso lebst du noch? Was geht hier vor?" Sie juckt sich an den Seiten, als ob dort etwas krabbeln würde.
Greg tippt weiter, ebenso wie die Androidin neben ihm, geht aber auf Janes Fragen ein.
"Ich habe diverse mehr oder minder legale Upgrades, für die ich praktisch mein ganzes Gehalt verbraucht habe. Darunter hatte ich auch diese Nanobots überall im Körper, die angeblich alles reparieren können, was auch immer bei mir kaputt geht. So sagte der schmierige Dealer auf Raumstation Socona III. Hacken konnte ich diese Bots nicht und so war ich mir nicht im Klaren, ob sie

wirklich funktionieren. Wie man sieht, tun sie das. Sie haben sogar einen wichtigen Chip repariert, den Mister Tough durchschossen hatte."

Er sieht zu ihr rüber. „Du siehst nervös aus, Jane. Ich hoffe, es ist nicht dieser Wahnsinn hier an Bord. Irgendetwas ist hier noch aktiv und es erwacht langsam, seit wir an Bord gekommen ist. Vielleicht konnte es unsere Crew erspüren; alle bis auch mich. Eure Psi-Abstrahlung fühlen."

Jane schluckt. Nach Gregs Worten fühlt sie sich so, als würden sich die Wände auf sie zubewegen. Als würde sie diese alte Konservendose in ihrem Inneren zerquetschen wollen. Sie bemerkt, wie sie am liebsten fliehen würde. Ihr wird kurz schwindlig. Als sie wieder zu sich kommt, findet sie sich plötzlich vor den silbrig durchsetzen Leichen wieder.

Sie schüttelt sich, um klarer zu werden. „Greg, was ist das hier für ein Mist? Was ist hier gemacht worden?"

„Nun Jane", beginnt er. „Ich denke hier hat jemand versucht, die Leichen mit Nanotech zu kontrollieren. Das ist das silbrige Zeug. Wieso und warum weiß ich nicht."

Eleonore stimmt zu, tippt aber weiter an ihrer Konsole. „Ich konnte es selbst nicht feststellen, auch wenn ich es vermutet habe. Aber meine Sensorik war durch den Kälteschlaf zu beschädigt. Ich konnte nicht erkennen, ob es wirklich Nanobots sind. Aber mit Gregs besseren Messergebnissen liegt es nahe. Also ist das Mysterium der wandelnden Leichen teils gelöst."

„Nur wann, und wer, und warum ist noch nicht klar", wendet Greg ein.

„Und es ist nicht klar, wieso die Wiedergänger manchmal wie lebendige, gesunde Menschen erscheinen können statt wandelnde Leichen. Und wieso meine Chefin Lilian hier ganz ohne Nanotech-Körper erscheinen konnte. Einfach als geisterhafte Projektion." Greg sieht sie erstaunt an. „Das ist in der Tat verblüffend."

„Aber Leute, lasst uns an die Steuerdüsen denken. Jane, bitte versuche ruhig zu bleiben. Wir sind hier am Ball und kriegen das hin." Er sieht Eleonore an. „Ellie, wenn ich dich so nennen darf, ich habe dir eine Liste von Decks geschickt. Gehe bitte hin und siehe zu, dass du die Neukonfiguration der Stromkreise dort lokal vornimmst. Das geht von hier nicht. Decks vier bis acht. Diese … Wiedergänger scheinen uns Androiden ja zu ignorieren. Also mach schnell, wir haben nicht viel Zeit." Die Androidin nickt, wirft einen sorgenvollen Blick auf Jane und geht. Das Doppelportal öffnet sich für sie mit dem typischen Geräusch. Greg ist immer noch am Terminal beschäftigt und seine Finger fliegen über die Tastatur.

„Jane, ruf bitte am Terminal, da wo eben Ellie war, die Konfiguration des Gravitonantriebs auf. Ich will sicher gehen, dass wir sauberen Unterlichtschub haben und keine Überraschungen erleben. Sag mir, auf wieviel Prozent die Performanz jetzt steht. Sie war auf elf Prozent, aber ich habe eine Kalibration gestartet." Jane geht unschlüssig zu dem Teil der Konsole, wo ein kleiner Bildschirm über einer Tastatur zu finden ist. Ein komplexes Menü erlaubt das Abrufen aller möglicher technischer Einrichtungen des Schiffs. Jane drückt wie wild auf dem Bildschirm herum und versucht mit den Fingern den Menüpunkt für die Unterlichttriebwerke aufzurufen.

„Jane", beginnt Greg einen sanften Tadel. „Die Touchscreens sind kaputt, nimm das Trackpad da rechts, das funktioniert immer. Oder den kleinen Steuerstift darunter."

Jane schlägt stattdessen auf den Bildschirm, rauft sich buchstäblich die Haare.

„Nichts funktioniert, nichts! Wir sind gefangen in dieser Blechdose und du willst mich hier anketten!" Sie schreit fast und zeigt auf die Toten in der Silbermasse. „Wie die! Ich bin bald genauso!"

„Jane! Es ist dieser Einfluss. Lass ihn nicht in dein Hirn gelangen", versucht der Androide sie zu beruhigen, doch sie läuft schon los und schlägt auf den Öffner des Doppelportals, durch das Eleonore eben verschwunden ist. Greg will sie festhalten, doch da ertönt ein Warnpiepen an seiner Konsole. „Mist", ruft er aus und beschäftigt sich mit der Tastatur und dem Bildschirm, während Jane ins Dunkel des Schiffes verschwindet, als sei der Teufel selbst hinter ihr her.

**12:02 Uhr, 04.10.2457 Greenwich-Erdzeit**

**22:54 Uhr, 07.04.159 Bordzeit *TPS Orpheus***

**Jane Leslie**

Sie hört auf zu rennen. Ihr Puls verlangsamt sich. Langsam normalisiert sich auch ihre Atmung. Erst jetzt wundert sie sich, wo sie ist. Sie sieht sich um. Es ist ein prächtiger Konzertsaal, in dem sie steht. Da ist eine Bühne, die man aber über zwei Treppen vom Publikum aus erreichen kann. Alles ist hell beleuchtet, aber keine Menschen sind hier. Es ist die Version des Schiffes, wie sie vor zweihundert Jahren ausgesehen hat, wird ihr klar. Und sie weiß damit, dass sie immer noch von irgendetwas in ihrer Wahrnehmung beeinträchtigt wird.

Als nächstes hört sie die sanfte Klaviermusik und sieht den Mann am einsamen Klavier auf der Bühne. Sie muss schlucken. Nicht schon wieder eine Zombie-Show, denkt sie und sieht sich nach dem Ausgang um. Doch die Musik ist beruhigend und sie geht hoch zum Klavier. Warum, weiß sie selbst nicht. Da sitzt ein Mann in einem eleganten, schwarzen Anzug. Ein Smoking, altmodisch und mit silbrig glänzender Fliege. Seine Finger drücken die Tasten und er singt jetzt mit sanfter Stimme dazu*.

I lost my body on a Wednesday night
On the ship named Eternal Princess in the moonlight
A poisoned drink or a misunderstood wink
Left me floating in shadows but I didn't sink

---

* Hinweis: Sie können den Gratis-Soundtrack zu diesem Roman im Internet anhören und auch herunterladen (siehe Seite 295).

Sie sieht den Mann an, der sie anlächelt. Ihr Puls geht weiter runter und sie fühlt sich entspannt. Auch wenn der Liedtext allegorisch zu beschreiben scheint, wie er gestorben ist. Auf der *Princess*.

On Thursday I played the piano keys
Trapped in a tune where time always flees
My hands glided over ghostly ivories
Melodies echoing through space seas

Er kommt ihr anders vor, anders als alles, was sie hier erlebt hat.

Oh in my journey into eternity
I never get off the keys and I'm never free
Wednesday Thursday and Friday too
Playing tunes where the road is the view

Sie schüttelt den Kopf. Ist das hier der Geist eines Mannes, eher wie Lilian Abercrombie, nicht wie die Wiedergänger? Sie nickt dem Mann zu und geht die Treppe herunter in den Saal, auf den Ausgang zu. Sie muss zurück zu Greg und Eleonore im Maschinenraum und erst einmal feststellen, auf welchem Deck sie ist. Könnte Deck Neun sein, denkt sie.
Als sie auf die Tür zugeht, ändert sich das gespielte Lied.

Sailing the void where stars collide
Eternal princess who stays beyond the tide
Vacuum's grip around our fate
Together we'll endure until the slate

Die Melodie ist hypnotisch. Ein Teil von ihr will hierbleiben, bei diesem attraktiven Mann am Klavier und mit ihm zusammen die Ewigkeit erleben, wie der Text nahezulegen scheint.

We challenge time and bend its sway
No forces strong enough to take you away
In the endless dark
You are my light
Sailing forever
Day and night
With you my love
As my eternal bride

Glaubt der Pianist, in ihr seine „ewige Braut" gefunden zu haben?
So könnte man den Text interpretieren. Sie bleibt im Durchgang
stehen, sieht zum Mann am Klavier und schüttelt traurig den Kopf.
Dann will sie gehen.

„Warte", sagt er. „Ich hatte vor längerer Zeit schon *Little Dreamer*
für dich gespielt. Das hat dich beruhigt. Ein altes Lied." Er spielt
ein Lied, das an ein Kinderlied erinnert; eines zum Einschlafen.

„Bist du ein Geist, wie alle anderen hier?", fragt sie ihn.
Er lacht. „In der Unendlichkeit des Kosmos, mit seinen zahllosen
Dimensionen, sind wir alle Geister." Er klimpert ein paar Takte.
„Nur hier, in der dreidimensionalen Mini-Realität des größeren
Ganzen, da haben wir Körper." Er spielt weiter.

„Wer bist du, was ist hier geschehen?", sie fragt es laut vom
Durchgang her. Doch er spielt nur sein beruhigendes Lied und
singt dazu.

„Ich muss gehen", sagt sie traurig. Wieso ist sie eigentlich traurig?
Sie versteht es nicht. „Ich bin bei dir", flüstert er.

„Wer bist du, was ist hier geschehen?", fragt sie noch einmal. Doch
er spielt nur weiter sein Lied und singt dazu.

Im Korridor hört sie noch sein Klavierspiel. Sie will ihre Comwatch
benutzen, um Funkkontakt mit Greg herzustellen, doch natürlich

ist ihre Uhr kaputt. Achselzuckend drückt sie auf den Knopf eines Schiffs-Intercoms hinter einem plombierten Glasfensterchen, das sie öffnen muss und wählt die Taste, mit der man ein Ziel eingeben kann. Auf einem kleinen Druckbildschirm sieht sie COM, Krankenstation, Brücke, Maschinenraum, Lebenserhaltung und andere Orte. Sie drückt auf den Maschinenraum-Knopf, doch erst als sie wie eine Besessene darauf haut, funktioniert es. „Greg hier? Welcher Geist ist am Apparat?", fragt die vertraute Stimme des Androiden unter Störgeräuschen. Offenbar hat er seinen Humor nicht verloren.

Sie hört von ihm, dass alles in Ordnung ist. „Ich komme runter", erklärt sie ihm. „Hörst du auch dieses Klavierspiel, es scheint nicht leiser zu werden, egal wie weit ich vom Konzertsaal weg bin." Greg ist verwirrt, fragt welches Klavierspiel. Er weiß offensichtlich nicht, wovon sie spricht.

„Du kannst den nächsten Lift nehmen. Die Aufzüge funktionieren wieder", erklärt ihr der Androide. „Sie nehmen ein Nanotech-Schmiermittel für Türen und Lifte, wie ich bemerkt habe. Das funktioniert gut."

„Also tatsächlich, Nanotech in Schmierstoffen", denkt sie. Ihr ist mulmig, als sie den Lift nimmt, aber er bringt sie problemlos zu Deck Drei, wo Greg auf sie wartet.

„Wir haben nur noch wenige Minuten, dann sind wir am Punkt ohne Wiederkehr", erklärt er ihr tonlos. „Ellie ist dabei, auf dem letzten Deck die Neukonfiguration vorzunehmen."

Eleonore meldet sich prompt über die Lautsprecher in der Schalttafel.

„Dein Umleiten der Stromversorgung war übrigens nicht die Lösung, Greg, ich musste einfach die nicht funktionierenden

Tertiärcomputer auf jedem Deck aus der Steuerung der Düsen nehmen."

„Kannst du nicht einfach so steuern, wenn sie noch nicht fertig ist mit dem letzten Deck?", fragt Jane.

„Na ja, ich bin mir nicht sicher, ob es genug...", beginnt er.

„Fertig, Greg!", meldet sich Eleonore über Intercom.

„Und Energie!", verkündet Greg. Jane hört richtig, wie sich das alte Schiff bewegt, durch die Gravitondüsen auf neuen Kurs gezwungen. Es arbeitet hörbar in der Struktur des alten Schiffes.

„Viertel Schub auf Gravitondüsen, Gravitons auf zwanzig Prozent Effizienz, das müsste gerade so reichen." Er nickt. „Langsam aber stetig entfernen wir uns von der Raumtasche."

Jane atmet auf. Strahlt über das ganze Gesicht. Sie kann nicht glauben, dass es endlich geschafft ist.


„Greg, wenn du jetzt einen Quantenfunkspruch absetzen könntest, in Nullzeit nach Arret, wären wir fein raus."

„Jane", seufzt er. „Du weißt doch, dass wir die Möglichkeit verloren haben, in dem Augenblick, als der verdammte Mister Nice unser Quantenfunkgerät auf der *Orpheus* vernichtet hat und das Schiff gleich mit. Was soll das jetzt?"

Sie wird rot. „Na ja, ich meine, vielleicht kriegen wir das hier auf der *Eternal Princess* hin, jetzt wo wir schon mal im Maschinenraum sind."

Er schüttelt den Kopf. „Die Nanotech-Box mit den speziellen Nanobots dafür ist natürlich vorhanden. Aber nach dem Statusbericht, den ich von der Nanotech-Box bekommen habe, reagieren sie nicht richtig. Sie scheinen kompromittiert zu sein. Sie sind komplexer, aber damit auch anfälliger als die Schmiermittel-Nanobots. Ich bin nicht so verrückt, solche zweihundert Jahre alte, verseuchte Nanotech anzufassen, gerade nach diesem Nanotech-Hack hier." Er nickt zu dem Toten mit dem Tablettcomputer und den silbrig veränderten Leichen herüber.

Jane nickt traurig. „Ich bin wohl… nun ich denke", beginnt sie stotternd, „dass ich es unter dem Einfluss von diesem Zeug nicht schaffe, wenn es noch länger dauert, wir haben immer noch keinen Warpantrieb."

Greg wendet sich ihr zu. Plötzlich merkt sie, dass er sie in den Arm nimmt.

„Wir schaffen das, Jane. Sind wir eben ein bisschen langsamer, bis wir am Ziel sind. Lass uns nicht mit diesem verfluchten Nanobotkram herumspielen."

Sie sieht ihn traurig an. „Kann deine Super-Nanotech, die dich repariert hat, das nicht schaffen? Kann die keine Quanten-Kommunikation?"

Er seufzt. „Nein, kann sie nicht. Nur wenige Nanobots können Nullzeit-funken, das weißt du doch. Und ich kann dieses Zeug bis heute nicht kontrollieren, das mich repariert hat. Nanobots können wahre Wunder vollbringen, sind aber auch brandgefährlich."

„Status Warpantrieb, Jane? Tu mal was, anstatt hier in Panik zu verfallen."

Sie bestätigt und drückt schnell auf einem Terminal herum. Unterdessen öffnet sich die Tür und Eleonore kommt zurück in den Maschinenraum."

„Wir können die Energie/Antienergie-Kammer in Betrieb nehmen", meldet sie mit einem Blick auf die riesige Zylinderkonstruktion über ihnen, die längs und horizontal über ihnen hängt, von mehreren Querträgern und vier dicken Säulen oben und unten gehalten.

„Aber die Antienergie ist verbraucht und ich bekomme keine klare Statusmeldung von den Antienergiesammlern, Greg." Der nickt. Das Gerät, dass eine Verbindung zu einem Antienergie-Universum öffnet und aus diesem turnusmäßig Antienergie lädt, ist die wichtigste Komponente eines Raumschiffs.

„Habe ich erzählt, dass ich mal ein paar Jahre bei TRT gearbeitet habe, dem Nachfolger von TTT?", fragt er. „Da habe ich viel Störungen an diesen Babys beseitigt, wenn sie aus der Produktion kamen. Ich will mal sehen, was ich tun kann."

„Greg, wo wären wir ohne dich?", fragt sie rhetorisch. „Na ja, die meisten sind auch so tot", erklärt er trocken und Jane fragt sich, ob er wieder einmal die Feinheiten menschlicher Kommunikation nicht mitbekommen hat, oder ob das ein Scherz sein sollte.

Und wieder hört sie die sanfte Klavierweise im Hintergrund. „Greg, hörst du das nicht?", fragt sie, doch er schüttelt nur den Kopf.

„Also, der Warpantrieb kann bald auf zehn Prozent laufen, wenn das, was ich mir vorstelle, funktioniert."

Jane sieht ihm über Schulter. „Aber da ist doch alles kaputt. Wenn die Warpmatrizen auf drei Prozent laufen, ist das viel! Und das ist viel zu langsam für uns."

„Lass mich nur machen", sagt er vielseitig. Er klappt sich einen Sitz an der Seitenwand aus und setzt sich drauf. „Ich habe die Sekundärrechner jetzt endlich hochgefahren bekommen. Ich halte sie passiv, aber verwende sie als zusätzliche Rechenkapazität. Wenn du mich jetzt entschuldigst."

Jane muss schlucken. „Ist das nicht etwas, das Androiden nie machen sollten? Weil sich so ihre Persönlichkeit völlig verändern könnte?" Sie klingt unsicher.

Eleonore gesellt sich zu ihnen, dabei regelrecht humpelnd. „Ich habe jetzt eine Statusmeldung vom Antienergiesauger, wenn ich den so salopp nennen darf. Er muss neu justiert werden", erklärt Eleonore. „Und Jane hat Recht, Greg, man soll sich nicht auf diese Art und Weise mit Rechnern verbinden. Wir Androiden können uns so verlieren, ich habe nicht mal eine Funktion dafür. Es ist hardwaremäßig abgeblockt."

Greg nickt. „Was auch eine Sicherheitsschaltung ist, damit Hacker uns nicht so leicht übernehmen können. Aber besondere Umstände erfordern besondere Maßnahmen."

„Kannst du das denn?", fragt die Androidin unsicher. Er sieht sie grinsend an. „Es gibt wenig, was ich bei mir nicht im Laufe der Jahrzehnte umgebaut habe. Aber das jetzt habe ich auch noch nicht versucht."

Er lehnt sich zurück und wird regungslos. Eleonore seufzt ganz menschlich. „Hoffen wir, dass das gutgeht. Sonst kommen wir hier wohl nie wieder raus."

„Und eine Energieleitung muss unten auf Deck Vier repariert werden. Das ist ein Deck unter dem Lagerraum, wo möglicherweise der Schlüssel zu Allem liegt." Sie hält sich ihr rechtes Knie, das plötzlich sehr viel mehr als vorher surrt und jetzt auch Töne wie von Metall auf Metall von sich gibt.

„Das ist nun endgültig kaputt", stellt sie mit einem entschuldigenden Blick fest. „Ich bin gerade ziemlich lahmgelegt." Sie pausiert und bewegt probeweise ihr Bein, doch die Töne, die es macht, klingen wenig ermutigend.

„Ich denke, du solltest vielleicht mal nachsehen in dem Lagerraum, was da los ist. Nimm deinen Strahler in die Hand und sei vorsichtig. Greg hier lassen wir meditieren oder was immer das ist. Er reagiert nicht mehr auf meine Kontaktversuche. Per drahtloser Kommunikation meine ich."

Jane geht zu Greg und berührt ihn am Arm. „Greg!", ruft sie ihn laut an. Doch auch noch mehreren Versuchen erfolgt keine Reaktion.

Eleonore geht unter mechanischen Geräuschen stark humpelnd zu Greg und nimmt ihm seine Comwatch ab, was er regungslos geschehen lässt. „Er ahmt Menschen wirklich gerne nach, dass er sogar eine für uns überflüssige Comwatch trägt", sagt sie leise. Sie drückt etwas darauf herum. „Fast dasselbe Interface wie bei uns damals", murmelt sie und gibt Jane die Uhr. „Halte mich damit auf dem Laufenden. Kann sich jetzt mit meinem eingebauten Funkmodul verbinden."

Jane nickt. „Wird schon nichts passieren."

„Und Jane", sie zögert. „Greg hier ist ein verdammt fähiger Android und ein guter Kerl. Aber er ist zu unorthodox, um es zu sehen. Und du zu verzweifelt. Wir können die *Eternal Princess* so nicht ins Arret-System bringen. Wir müssen erst das Problem beseitigen. Die Ursache allen Übels hier an Bord. Was immer auch die Ursache für die Katastrophe war, es muss… weg. Wir können es nicht auf die Abermilliarden im Arret-System loslassen."

Jane nickt. „Ich werde nachsehen."

Sie geht zum Fahrstuhl, einen kleinen Werkzeugkasten in der Hand. Der Lift öffnet sich auf Knopfdruck. Sie drückt die Vier. Erst einmal die Stromversorgung reparieren, denkt sie sich. Dann in den Lagerraum gucken.

Nichts passiert. Die Fahrstuhltür schließt sich, aber die Deckanzeige bleibt auf Drei stehen. Murrend drückt sie auf die Öffnungstür und ist froh, dass die funktioniert.

„Lift geht nicht, suche eine Notleiter oder so etwas", meldet Jane über die Smartwatch. Eleonore antwortet sofort und gibt ihr Anweisungen, wo sie eine findet. Kaum ist sie in dem Notschacht, dessen Leiter die Decks Eins bis Vier abdeckt, da hört sie etwas unter sich. Sie sieht herunter und sieht den Kopf eines Mannes, der heraufklettert. Leichenblasse Haut mit wenig Haaren und ein übler Geruch steigt herauf.

„Gleich…gleich…junge Frau", dröhnt es von der Gestalt kratzig herauf und sie beeilt sich, auf Deck Vier den Schacht zu verlassen und diesen zu verschließen. Sie zieht ihren Strahler. Sieht auf die Anzeige. Die Waffe ist betriebsbereit. Dann öffnet sie die Luke wieder.

Sie weiß nicht mehr, welche Unflätigkeit sie dem Ding an den Kopf wirft, aber Sekunden später kracht ein verschmortes, weitestgehend kopfloses Ding ein Deck tiefer, während eine Sprinkleranlage sinnlose weiße Flöckchen verteilt. „Selber junge Frau", grummelt sie.

Sie muss nach links, sagt ihr Eleonore, als Jane ihr die Bezeichnungen an den einzelnen Luken mitteilt.

„Was macht Greg eigentlich?"

„Der meditiert immer noch. Lastet sämtliche Prozessoren voll aus. Manchmal brabbelt er davon, er wolle die Computer umbauen, dass die Prozessoren ihre Kerne im Plus-1000-Universum haben, wo die Zeit eintausendmal schneller abläuft und er Rechenzeit spart. Es ist ein bisschen beunruhigend.

„Okay…Oh nein", gibt Jane von sich. „Was?", fragt Eleonore. Jane sieht Schatten, die herannahende Gestalten vorauswerfen.

Hört ihr Schlurfen. „Da sind… viele von diesen Untoten. Ich kann sie hören und ihre Schatten sehen, Backbord, da wo ich lang muss."

„Dann geh nach Steuerbord, ich kann die Wesen umleiten bis zur Energiekupplung."

Sie wendet sich nach Steuerbord. „Oh je", tönt sie wieder über die Funkverbindung durch ihre Comwatch.

„In der Richtung auch?"

Jane bestätigt. Da hört sie plötzlich wieder die leise Klaviermusik. *„I found a girl who stays forever"*, „ich habe die Eine gefunden, die für immer bleibt", singt ganz leise die Stimme des Pianisten dazu. Und das Geräusch der näherkommenden Untoten und die Schatten Richtung Backbord, sie hören auf. Sie ziehen sich zurück, die Untoten, stellt Jane fest. „Ich glaube, mich beschützt diese Klaviermusik, so dumm es auch klingt", meldet sie Eleonore. „Nicht dumm", hört sie plötzlich die völlig der Wirklichkeit entrückt klingende Stimme von Greg aus der Comwatch. „Frank E. Sater war ein bekannter Pianist seiner Zeit, der auf der Passagierliste der *Eternal Princess* stand. Er sollte in der Grand Concert Hall in Arretania City spielen und ist vermutlich auf der *Princess* aufgetreten. Er hat eine Vergangenheit als Offizier der alten Raumflotte der Föderation."

Jane schluckt, „Ein Offizier und Gentleman über den Tod hinaus", murmelt sie.

Sie folgt den Anweisungen Eleonores und öffnet eine Wartungsklappe. Da ist eine der üblichen Röhren. Jefferies-Röhre nennt man die, wie sie weiß. „Weiß der Teufel warum", murmelt sie. Sie kriecht hinein und teilt der Androidin über die Comwatch die Text- und Nummernmarkierungen mit, die an der Röhrenwand befestigt sind.

Dann scheint sie irgendwo mit dem Bein hängenzubleiben. Es muss irgendein Vorsprung sein, denkt sie. Doch dann merkt sie, dass es Hände sind. Ein unbarmherziger Schraubstockgriff zerrt sie in einen Seitengang! Schmerzhaft stößt sie sich die Flanken und auch den Kopf überall, als sie gezwungen wird, ihren Körper im rechten Winkel abzuknicken und sie sich wohl oder übel durch Drehen ihres Körpers anpassen muss. Sie will ihren Strahler ziehen, doch es geht alles so schnell, dass sie es nicht kann. Jane klammert sich irgendwo an stählernen Vorsprüngen fest, doch alles ist glitschig und feucht. Ehe sie noch ganz versteht, was abgelaufen ist, findet sie sich auf dem Hosenboden in einer kleinen Zwischenkammer wieder, in der man aufrecht stehen kann, die aber nur vier mal vier Meter groß ist. Übler Geruch erfüllt den kleinen Raum.

Dann schreit sie, als sie das, was einmal Mister Tough war, über ihr aufragen sieht. Wie kann er sich immer noch bewegen? Sein Kinn ist halb weggebrannt, man sieht den weißen Knochen durchscheinen. Er pult sich auch daran herum, sieht sie, als er wie aus Nervosität ein paar verkohlte Brocken am Kinn löst. Der Kopf ist eingedellt und sein Hals ist vorne verschmort. Seine Brust hat jetzt zwei riesige, schwarze Gruben, wo der Strahler Janes ihn erwischt hat. Sogar weiße Rippen ragen hier ins Freie.

„Hallo Jane" scheint das Ding zu sagen, aber es ist mehr ein Raunen, da Sprechen dem Ding offensichtlich Probleme macht. Jane schiebt sich blitzschnell an der Rückwand hoch und will den Strahler ziehen, da merkt sie, dass er nicht mehr im Hosenbund steckt. Tough, wenn man ihn noch so nennen will, erkennt den Versuch und sein verschmortes Leichengesicht verzieht sich zu einem unheilvollen Grinsen.

„Das Klavierspiel hat aufgehört", grunzt das Tough-Ding feixend. „Ja manche von uns sind anders. Haben noch einen Willen... etwas anderes zu tun. Aber er kann dich nicht ewig beschützen, dein Pianomann."

Jane schüttelt den Kopf. „Was... was bist du jetzt geworden, Tough? Was seid ihr?"

Wieder grinst der sich bewegende Leichnam, der vor ihr steht. „Wir sind die Passagiere in die Ewigkeit. Geführt von den Dreien mit ihren gekrönten Häuptern! Lass dich einfach gehen, dann gehst auch du ein in die ewige Reise. Du kannst hier ewig leben, mit deinem Pianomann".

„Den Dreien? Was für Dreien?" Doch die Tough-Gestalt antwortet nicht, sondern macht einen Schritt auf sie zu. Da zerreißt etwas in Jane. Etwas, das die wilde Bestie, die in allen Menschen schlummert, an die Kette legt, geht entzwei. Die zivilisatorische Kontrolle der Urtriebe, sie bricht weg von einem Sekundenbruchteil zum anderen. So in die Enge getrieben, den Tod vor Augen. Mit einem Blick, der selbst das Tough-Ding stutzen lässt, sieht sie ihn an, fletscht die Zähne. Die Urkraft, die den Menschen seit je her dazu befähigt hat, sich überlegenen Raubtieren entgegenzustellen, lässt sie angreifen. Ein kraftvoller Tritt wirft die Tough-Gestalt zurück, lässt ihn gegen die rückwärtige Wand krachen. Als nächstes tritt sie ihm die Beine weg, Erinnerungen an eine alte Kampfsportstunde sind plötzlich in ihrem Kopf. Dann, als Tough am Boden ist, tritt sie zu. Auf seinen Kopf. Wieder und wieder. Es hört nicht auf. Heiser, so dass ihr Speichel durch den kleinen Raum fliegt, schreit sie es immer wieder. „Stirb! Stirb endlich! Stirb!" Ihr Verstand will einwenden, dass es wohl mehr um ein Einstellen der Motorik als um den biologischen Tod geht, aber solche Feinheiten dringen nicht wirklich zu ihr durch. Sie tritt und tritt, zertritt diese Fratze, diese Karikatur eines menschlichen Antlitzes zu Brei. Lässt seinen Schädel aufplatzen, die Hirnmasse hervorquellen. Irgendwann stellt sie fest, dass sie längst einen Feuerlöscher in der Hand hat und damit auf ihn eindrischt. Als ihr Verstand die Oberhand gewinnt, lässt sie den mit Toughs Hirnmasse beschmierten Feuerlöscher fallen und muss sich übergeben.

Vorsichtig findet sie ihren Weg hinaus aus dem Raum und kriecht durch die Technikröhren zurück auf den Hauptgang. Nachdem sie sich einen Moment gefasst hat, liest die Bezeichnungen an den Türen und verbindet sich mit Eleonore.

„Jane, bist du okay?", fragt die Androidin besorgt, die an Janes Stimme merkt, dass etwas nicht stimmt. „Es war… einer meiner Schiffskameraden. Oder das, was aus ihm geworden ist, nach seinem Tod", erklärt Jane heiser. Dann lässt sie sich von Eleonore leiten, deren Stimme beruhigend aus der Comwatch dringt. „Ich sehe es jetzt alles", ist danach die belegte Stimme von Greg aus der Comwatch zu hören. Er klingt so, als stehe er unter Drogen. Es muss immer noch die Serververbindung sein, die ihn so merkwürdig macht, da hat sie keinen Zweifel.

„Andere Dimensionen haben andere Entwicklungen", ertönt Greg aus der Comwatch an ihrem Handgelenk. „Kriege zwischen biologischen und androidischen Menschen in anderen Universen, aber hier bei uns hat die Kirchhoff-Brander-Regel den Androiden Bürgerrechte…", fährt er fort, aber sie schaltet die Comwatch ab. Denn das kleine Ding kann verblüffend laut werden. Und was Greg da für Gedanken laut äußert, ist wohl eher sein Gegenstück zu betrunkenem Gebrabbel. Brander-Kirchhoff-Regel, nein umgekehrt. Das Kriterium, nach der Künstliche Intelligenzen ihre Bürgerrechte einfordern können, erinnert sich Jane dunkel. Wo der alte Admiral Brander überall seine Finger drin hatte, denkt sie. Nur dass Greg jetzt über parallele Universen schwadroniert, ist wirklich beängstigend. Sieht er wirklich andere Dimensionen? Sie wischt den Gedanken fort.

Sie findet die gesuchte Wandverkleidung und nimmt sie mühsam ab. Mit dem großen Schraubenzieher geht es, auch wenn sie in ihrer Hektik das Panel verbiegt. „So, hier ist die Energiekupplung. Eine Steuerung daran leuchtet rot, daneben der Schalter." „Schalte einfach ein", ist Greg wieder aus der Uhr zu hören, die den Sound in den Raum projiziert. „Du kannst nichts verkehrt machen. Ander als die Menschen, die…", redet er weiter und sie schaltet fluchend die Comwatch ab, denn von rechts sind Schritte zu hören. Schnell hat sie den Schalter betätigt und sieht, wie die Energiekupplung kurz auf gelb und dann auf Grün springt. Sie meldet Erfolg an die beiden Androiden im Maschinenraum.

Kaum hat sie das getan, hört sie von links schlurfende Schritte. Auch irgendwelches Murren oder Stöhnen ist zu hören. Etwas, das wie Worte klingt in dem Stimmengemisch. Sie kommen, daran besteht kein Zweifel. Eine neue Truppe von Wiedergängern. Sie lauscht, doch diesmal ist kein Klavierspiel zu hören, das sie mittlerweile mit einer Art von Schutz gegen diese Untoten identifiziert. Sie wendet sich nach rechts, erleichtert, dass diesmal von dort keine Schritte zu hören sind.

Doch dann passiert es. Die Untoten hinter ihr beschleunigen ihre Schritte, sie hört es an dem stampfenden Schritt und lauterwerdenden Stimmen. Hektisch beginnt sie zu laufen. Doch was, wenn aus anderen Richtungen auch noch Untote kommen? Sie rennt weiter, sieht ein Schild, dass hier rechts in der Wand eine Notstiege ist. Doch zwanzig Meter vor ihr ist eine Zwischenluke im Gang, wie man sie oft auf Raumschiffen hat, um die Sektionen eines Schiffes besser voneinander zu trennen. Was auch der Grund ist, wieso die Notstiegen und Treppenhäuser nie ganz durchgängig sind, haben sie doch keine Notschotte wie die Aufzugsschächte.

Sie haut auf den Türöffner der großen Zwischenluke, doch nichts passiert. Die Leuchtdiode in der Mitte des Öffnungsschalters leuchtet nicht. Weder grün für Zugang frei noch orange für eingeschränkten oder rot für verbotenen Zutritt. Der Schalter hat keinen Strom! Sie sieht sich nach der Notklappe daneben um. Darunter befindet sich ein Notrad, mit dem man den Durchgang öffnen kann. Aber sie hat keine Zeit mehr dazu. Entschlossen will sie den Strahler aus dem Hosenbund ziehen, aber ihre Hand fährt ins Leere. Sie erinnert sich wieder, dass sie ihn verloren hat.

*„Last stand for Mary Jane"*, zitiert sie einen populären Song, der ihr noch im Gedächtnis ist.

Doch da sieht sie eine Frau stehen. Sie ist fast durchsichtig für einen Moment, verfestigt sich aber nach einigen Sekunden. Sofort wird ihr klar, wen sie da sieht. Lilian, die junge Chefin von Eleonore; gewissermaßen das Mündel der Androidin. Die junge Frau hat es geschafft, wieder eine ihrer geisterhaften Projektionen anzunehmen.

„Geh in den Frachtraum", sagt die Erscheinung. „Nur wenn die Drei fort sind, kann dies Schiff endlich Frieden haben." Dann dreht sich die Gestalt, die einmal Lilian Abercrombie war, der herannahenden Horde zu. Schimmlige, faltige Erscheinungen. Verrottende Körper in Overalls der Crew oder ehemals weißen und auch schwarzen Anzügen des Service-Personals, die grunzend oder Worte ausstoßend näherkommen, von einer Wolke des Gestanks begleitet. Lilian wirft die Arme in die Luft. Plötzlich ist das Klavierspiel wieder zu hören. So gerne Jane auch wissen würde, was weiter geschieht, so liebend gern verlässt sie den Ort. Sie kurbelt die Luke auf, nimmt die Notstiege und klettert ein Deck höher. Danach betritt sie einen leeren Korridor.

Sie bedient ihre Comwatch. Will Greg sagen, die Warpenergie sei wiederhergestellt. Was allerdings immer noch nicht viel nutzt, da die Warpspulen noch nicht repariert sind. Ob der gewagte Plan Gregs, mit Hilfe der Kapazität des Schiffsrechners die alten Nanobots in der *Eternal Princess* kontrollieren zu können, aufgehen wird? Er muss die Nanobots, die er in den Maschinen zur Feuchtigkeits- und Schmutzumwandlung und in den ewig haltenden Schmierstoffen der *Eternal Princess* gefunden hat, so umprogrammieren, dass sie die filigranen Warpmatrizen des Schiffes reparieren. Dabei sollen sie nicht benötigtes Material wie Wandverkleidungen verwenden. Ein bizarrer Plan und jetzt, wo sie über ihn nachdenkt, erscheint er ihr unmöglich. Aber andererseits sind Nanobots Universalmaschinen. Wenn sie Verunreinigungen auf den Platinen der Computer auflösen können, können sie auch andere Arbeiten verrichten. So wie Gregs eigenen Nanobots seine Schussverletzung repariert haben. Trotzdem bleiben ihr nagende Zweifel. Aber es wäre schon ein Witz, denkt sie glucksend, wenn ausgerechnet die Schmier- und Schutzstoffe die Warpmatrizen reparieren könnten.

Die Comwatch bekommt keine Verbindung. Jane flucht. Scheinbar kann das, was das Schiff kontrolliert, auch den Funk periodisch stören. Das, was diese Mister Tough-Karikatur und auch die

Lilian-Projektion ominös *Die Drei* genannt haben. Die Drei, was immer das auch ist, befinden sich offensichtlich im Frachtraum. Im Sicherheitsfrachtraum wahrscheinlich, nach den Aussagen von Eleonore. Sie schüttelt den Kopf. Nun ist sie wieder hier. Auf Deck Fünf. Da wo alles angefangen hat. Sie sieht auf die Comwatch.

15:02, 04.10.2457 GMT

01:54, 08.04.159 ORPHEUS

steht auf dem Display.

Es kommt ihr vor, als sei es eine Woche her, als Mister Tough, Pascal, Greg und sie hier in ihren Raumanzügen eingestiegen sind. Die *Eternal Princess* durch eine Notschleuse betreten haben. Dabei ist es erst einen knappen Tag her. Was ist alles passiert in der Zeit? Nicht nur sind Tough, Pascal, Captain Schneider und der elendige Mister Nice tot und die *Orpheus* vernichtet. Auch ihr Weltbild hat sich komplett verändert. Nie wieder wird ein im All treibendes Wrack für sie nur ein Wrack sein. Sie wird es als Bühne sehen, in der sich menschliche Dramen unvorstellbaren Ausmaßes abgespielt haben und vielleicht, nur vielleicht, die Geister der qualvoll Verstorbenen immer noch zwischen den Deckplatten existieren. In der ein oder anderen Form.

Sie macht sich auf, den Frachtraum zu finden. Die Comwatch hat immer noch keine Verbindung, aber es gibt sogar ablesbare Leitbänder am Boden, denen sie folgen kann. Alles ist ruhig. Die Ruhe vor dem Sturm? Das fragt sie sich noch, als sie vor dem Schott steht. Ein Doppelschott auf dem breiten Steuerbord-Längsgang des Schiffes. Nur wie soll sie reinkommen? Ihre Comwatch weigert sich immer noch beharrlich, eine Verbindung zum Androidenpaar im Maschinenraum aufzubauen. Sie sieht weiter entfernt zwei

Leichen in *Eternal Princess* – Crew-Overalls auf dem Boden liegen. Sie entnimmt einer Mulde im Gang einen Feuerlöscher und nähert sich mit mulmigem Gefühl der Leiche. Die haben in der Regel irgendwelche Keykarten am Gürtel, wie sie schon bei manchen anderen gesehen hat. Sie dreht die Leiche um, den Feuerlöscher bereit zuzuschlagen. Ein Brandloch im Rücken des Mannes spricht Bände, wie er zu Tode gekommen ist. Das Gesicht des Mannes ist faltig, grau und schimmlig, die Augen fehlen und leere Augenhöhlen scheinen sie anzustarren. Jane unterdrückt einen Würgereiz. Doch sie hat Glück, er hat eine Keykarte am Gürtel. Sie entfernt die weiße Plastikkarte hastig. Sie sieht sich nach der zweiten Leiche zehn Meter weiter um. Auch die bleibt regungslos und weist ebenfalls Brandlöcher auf.

Sie stellt sich vor, wie vor zweihundert Jahren ein anderes Crewmitglied mit verrücktem Grinsen im Gesicht hier den Gang langgelaufen ist und seine beiden Kollegen erschossen hat, verdrängt den unnützen Gedanken aber. Hoffentlich war es ein Gedanke und nicht eine von „den Dreien" ausgelöste Vision, denkt sie sich. Sie geht zum Schott, das oranges Licht zeigt und hält die Keykarte an den Türöffner. Es gibt ein Schließgeräusch, das allerdings in eine unangenehme Dauervibration übergeht, als ob irgendetwas hängt. Die LED im Türöffner springt auf Grün, aber die Tür bleibt geschlossen. „Reparaturmaßnahme Nummer Eins", denkt sie und versetzt der Tür einen heftigen Tritt. Da klackt es noch einmal, diesmal ohne weitere Vibrationen und die Tür öffnet sich zögerlich unter schauerlichen Geräuschen. Sie betritt den flackernd beleuchteten Raum, der zwar nicht so hoch, aber so groß wie eine Turnhalle ist. Vollgestopft ist er mit kleinen und großen Containern, die wie auf Raumschiffen üblich standardisiert und ineinander verhakt sind mit mechanischen Vorrichtungen. Kleckse von Formenergie zeigen, dass hier noch eine zusätzliche Sicherung vorhanden war, die mittlerweile außer Funktion ist. Sie liest einige der Label von großen Kisten. „Comwatches von *Space Origin* steht auf der einen Kiste und die andere nennt Tablettcomputer von irgendeiner ihr nicht bekannten Marke als Inhalt. Ein anderer Container enthält „Grünkohl in Stase." Sie muss glucksen. Das wird es sein, denkt sie. Drei Kohlköpfe, die das Schiff beherrschen. Sie schüttelt den Kopf und tadelt sich selbst. Sie ist im normalen Frachtraum, nicht im Sicherheitsfrachtraum. Sie dreht sich um. Just in dem Augenblick, als sie sich mit dem Gesicht wieder zum offenen Ausgang wendet, sieht sie einen Schatten, der vorbeihuscht. Das fährt ihr durch Mark und Bein und ihre Hand wandert wieder zum Hosenbund, wo sie natürlich ins Leere greift, ohne ihren Handstrahler. Vorsichtig tritt sie auf den Gang. Aber sie sieht niemanden. Sie flucht leise vor sich hin. Wenn sie jetzt den Sicherheits-Lagerraum suchen will, will sie nicht noch eine Gefahr im Rücken haben. Dann sieht sie es. Da ist eine offene Tür ein paar Meter weiter. Nicht Richtung Bug des Schiffes, wo der Sicherheitsfrachtraum wäre, sondern Richtung Heck. Vorsichtig nähert sie sich der Tür. Innen hört sie eine Frau schluchzen. Sehr vorsichtig tritt sie ein.

Sie sieht eine rotgekleidete Frau. Das Haar ist blond und altmodisch zu einem strubbeligen Lockenkopf frisiert. Das schimmernde rote Kleid kurz und ihre wohlgeformten Beine stecken in schwarzen Strümpfen, die ehr wie ein Energiefeld wirken, da sie zu kriseln scheinen. Furchtbare, alte Föderationsmode, denkt Jane, die natürlich weiß, was das wieder für eine Show werden wird. Sie geht leise wieder raus und hofft, dass die ihr den Rücken zuwendende, leise schluchzende Frau sie nicht bemerkt hat. Sie will die Tür schließen und hofft, sie mit der Keykarte und den Kontrollknöpfen daneben dauerhaft verschließen zu können, da dreht sich die Frau um. Es ist das Gesicht einer hübschen jungen Frau mit viel Makeup, das ihrer Heulerei widerstanden hat.

„Er hat unsere Kinder getötet!", schluchzt ihr die Frau vor. „James war erst Acht und Leticia sogar erst Sieben!"

Jane bleibt wie vom Donner gerührt stehen. Die Szene trifft sie in Mark und Bein.

„Sie sind hier drüben", schluchzt die Frau. „Glauben Sie, man kann ihnen noch helfen?"

Jane, der die Unlogik der Frage nicht entgeht, sieht sich im Raum um. Irgendein Technikraum mit lauter surrenden Aggregaten und diversen Schläuchen. Viele Geräte haben rote Warnlampen blinken. Dass ausgerechnet hier tote oder verletzte Kinder liegen sollen, erscheint ihr unsinnig. Denn Passagiere hatten hier nichts verloren. Sie merkt, dass die Frau sie am Ärmel fasst. „Kommen Sie, gleich hier drüben." Jane will zurückhechten, doch zu ihrer Verblüffung bemerkt sie, dass sie wie gelähmt ist. „Nein", ruft sie schwach, doch ihre Stimme gehorcht ihr kaum. Ihre Beine scheinen sich von selbst zu bewegen, als sie der Frau hinter einen Träger mit summenden Geräten folgt. Und da liegen sie. Zwei Kinder, die Leichen noch frisch, die Köpfe mit einem schweren Gegenstand eingeschlagen. Sie muss würgen, ihr Mageninhalt, so wenig da auch drin ist, droht hochzukommen.

„Aber haben Sie keine Sorge", sagt die Stimme der Mutter mit plötzlich bösem Unterton. „Sie sind jetzt glücklich." Da schlägt ihre Stimme sogar in Frohlocken um. „Wir sind wieder alle zusammen, mit meinem Mann, als eine glückliche Familie." Da erheben sie sich, die Kinder. Die Gesichter die faltigen, schimmligen

Landschaften, die sie nur zu gut kennt und sie spürt die Wolke des Gestanks, die der sich nähernde Körper der Mutter mit sich bringt. „Jane! Hörst du mich?", krächzt es da aus den Deckenlautsprechern. Sie schüttelt sich. Was immer sie auch ergriffen hatte, es ist von einer Sekunde zur anderen fort. Sie sieht entsetzt auf die beiden untoten Kinder, ist sich aber der näherkommenden Mutter bewusst und macht einen Satz auf das linksstehende Kind zu, ein kleines Mädchen. Ein Teil von ihr erschreckt selbst, wie sie das Kind zur Seite stößt. Nur dass es kein wirkliches Kind mehr ist, wie sie weiß, sondern ein wiederbelebter Körper. Sie knallt die Hand auf den Türöffner und schiebt sich durch die gerade aufgehende Tür hinaus. Sie kommen ihr hinterher, sie sieht es. Geistesgegenwärtig öffnet sie die Abdeckklappe der Türsteuerung. Das Scharnier ist verrostet und der transparente Plastikdeckel fliegt davon. Ihr Finger sucht den LOCK-Knopf, da öffnet sich die Tür wieder. Sie sieht sich nach ihrem Feuerlöscher um. Den, die sie eben noch in der Hand hatte bei den beiden Männerleichen. Sie greift ihn sich und fährt herum. Die Mutter ist auf dem Gang, die beiden Kinder hinter ihr. Mit einem Wutschrei drischt Jane auf den immer noch blond gelockten Schädel der Mutter ein. Ihr dreht sich fast der Magen um, als sie sieht, wie die Kinder stehenbleiben und mit Unglauben auf die Szene vor ihr sehen. Haben sich diese Kinder-Untoten tatsächlich etwas von ihrer Kindlichkeit bewahrt? Es scheint so, doch Jane weiß, dass Mitgefühl nur ihren eigenen Tod zur Folge hätte. Wer immer den Kindern das angetan hat, ist daran schuld. Nicht sie. Es ist diese mysteriöse Kraft, die mit „die Drei" umschrieben wird. „Grüßt eure drei Amigos und verzieht euch in die Kammer da!", schreit Jane und hofft, die „Kinder" würden gehorchen, um sie nicht auch noch eliminieren zu müssen. Denn Töten kann man das eigentlich nicht nennen.

Eine Weile später drückt Jane den LOCK-Knopf, der erst dann die Tür sperrt, als sie die Keykarte vor den Türschalter hält. Eine rote LED neben dem LOCK-Knopf zeigt Erfolg an. Irgendetwas von Kindlichkeit hatten sich die kleinen Untoten noch bewahrt und haben auf Jane gehört, die drohend den verschmierten Feuerlöscher geschwungen hat. Sie will nicht weiter darüber nachdenken und wendet sich dem Sicherheitsfrachtraum zu. Was auch immer da drin ist, es hat Dinge getan, die so abscheulich sind, dass Jane ein Gefühl im Magen hat, als würde es ihr hochkommen. Wieder einmal. Diese beiden Wesen, die da jetzt im Technikraum eingesperrt sind, das waren einmal lebendige Kinder. Die einmal ihren letzten Schokoriegel gegessen haben, bevor sie offenbar vom eigenen Vater getötet worden sind. Aber von einem Vater, der von dieser unheiligen Kraft an Bord kontrolliert worden ist. Warum das alles? Ist das alles Teil eines völlig aus dem Ruder gelaufenen Versuchs, das Schiff zu kapern? Aber wie konnte etwas so eskalieren? Es scheint deutlich mehr dahinterzustecken als nur aus dem Ruder gelaufene Nanobots, das wird Jane klar. Was auch immer für die widernatürlichen Dinge an Bord verantwortlich ist, es hat ein unglaubliches Massaker angerichtet.

Sie biegt nach links, tiefer ins Schiff hinein, in einen Seitengang ab. Es handelt sich um eine Sackgasse, die vor dem Doppelschott des Sicherheitsfrachtraums endet. Links ist ein verspiegeltes Fenster mit einer Tür daneben zu sehen, deren Türöffner eine rote LED zeigt. Rechts sind weitere Türen mit roten LEDs. Das Unangenehme ist aber, dass hier sechs Leichen liegen. Alles Crew mit verschiedenen Uniformen, die sich alle gegenseitig umgebracht haben. Einige Strahler sieht man herumliegen und die Decken und Wände haben alte Brandlöcher. „Captain Ferguson, Sie haben ein Disziplinarproblem an Bord", hätte sie fast geflüstert, kann es aber gerade noch herunterschlucken. Nicht, dass irgendetwas hier darauf reagiert. Sie geht zurück und hebt den Feuerlöscher wieder auf, der ihr vorhin nützlich war. Sie bemüht sich, nicht auf die dunklen Flecken unten am Boden zu achten.

Sie steht vor dem Doppelschott, auf dem *Sicherheitsfrachtraum* steht. Den Feuerlöscher im linken Arm. Jane schüttelt den Kopf. Als wenn jemand an seine Haustür „große Reichtümer hier drinnen" schreiben würde, denkt sie. Die LED in der Mitte des Türöffners zeigt Rot. Rot wie „Zutritt verboten", was in der Praxis heißt, dass nur wenige Autorisierte in ganz bestimmten Situationen Zutritt bekommen sollen. Mit schiefem Grinsen hält sie die Keykarte dagegen. Eigentlich sollte jetzt Eleonore vom Maschinenraum aus etwas versuchen, aber die Comwatch bekommt mal wieder keine Verbindung. Sie versucht es noch einmal, nichts. Ein Fehlerton ertönt und die Diode bleibt rot. Sie flucht leise vor sich hin. Dass sie sich durch das massive Stahl-Doppelschott hindurcharbeiten kann, wäre selbst mit dem Thermostrahler kaum anzunehmen. Sie sieht sich nach einem Schiffsintercom um und findet prompt eins. Es hat sogar Energie. Sie wählt den Maschinenraum an, aber es wird ihr mit verschwommenen Buchstaben auf einem fast toten Display eine

Fehlfunktion angezeigt. Sie seufzt. Nun ist sie hier, hat sich buchstäblich durchgekämpft, aber es geht nicht weiter.

Plötzlich gibt es ein schrecklich klingendes Störgeräusch von der Decke. Dann wird es zu einer Stimme.

„Jane? Wir haben die internen Sensoren teilweise wieder in Betrieb. Aber sie laufen schlecht. Wir glauben, du stehst vorm Sicherheitsfrachtraum, ist das richtig?"

Nervös sieht sich Jane um und hofft, die Toten würden von dem Krach nicht geweckt. Etwas, was auf der *Eternal Princess* tatsächlich möglich ist, wie sie nur zu gut weiß.

„Ja!", ruft sie zur Decke. Daraufhin klackt es im Türschloss und die Flügel beginnen sich auseinanderzuschieben.

Der Frachtraum ist nicht besonders groß. Kleiner als der normale Frachtraum, den sie vorhin betreten hat. Allerdings stehen irgendwo hinten rechts zwei große Container, die groß genug sind, um kleinere Gleiter unterzubringen. Sind dort vielleicht die beiden antiken Straßenfahrzeuge untergestellt, von denen damals Captain Schneider erzählt hat? Gott, denkt sie, wie lange das alles schon her ist.

Im Hintergrund gibt es eine Luftschleuse, doppelt so groß wie eine normale, durch die der Sicherheitsfrachtraum wohl beladen wird. Mehrere Leichen sind im Raum. Sechs Sicherheitsleute der Crew. Sie erkennt es an schwarzen Uniformen mit Polizeimarken-ähnlichen Plaketten. Die Sicherheitsleute sind alle erschossen worden. Was dafür verantwortlich ist, sieht sie auch sofort. Mehrere automatische Geschütze sind an der Decke zu sehen, die allerdings tot im Raum hängen und wie vieles auf dem Schiff nicht funktionieren.

Leslie fühlt sich sehr unwohl in Anbetracht der Geschütze. Erst jetzt fällt ihr auf, dass hier auch ein Zivilist in Freizeitkleidung liegt, natürlich auch mumifiziert. Wie kommt der hier rein, fragt sie sich. Sie sieht sich um. Ein Wandpanel ist offen, einer der Technik-Kriechgänge ist zu sehen. Die Leiche des Zivilisten hat einen typischen Hackerhandterminal dabei. Ähnlich, wie ihn auch Bergungscrews verwenden. Der Terminal liegt neben ihm, genauso wie ein Handstrahler. Ein anderes Modell, als sie bislang an Bord gesehen hat. Sie nimmt ihn auf, aber er ist funktionslos. Der Hacker ist anders zu Tode gekommen als die Sicherheitsleute. Sein zur Seite gedrehtes Gesicht und seine Schädeldecke sind stark verformt und auf Kopfhöhe sind dunkle Flecken, teils mit eingetrockneten Haarresten an einer Seitenwand. Offenbar hat er sich selbst den Schädel an einem Schott eingeschlagen. Was war hier geschehen? Sie bewegt sich vorsichtig, den Feuerlöscher haltend. Sie nimmt einen der Strahler der Sicherheitsleute auf. Leider alles die nicht mehr funktionierenden Waffen, die offenbar eine Standardausrüstung des Schiffes waren. Sie überlegt. Der Zivilist dürfte der Hacker sein, von dem Eleonore gesprochen hatte. Sie sieht auf ihre Comwatch. Immer noch keine Verbindung. Sie versucht dem Ganzen einen Sinn zu geben. Stellt sich vor, wie es damals war.

Der Hacker setzte also damals seine Malware frei. Malware in Softwareform für das Bordnetz des Schiffes und vielleicht in Nanobotform für die Menschen an Bord. Aber es scheint wenig Sinn zu machen. Ein Überfall auf ein so schwer bewachtes Kreuzfahrtschiff mit den Navyschiffen gleich anbei. Sie nickt zynisch. Aber der gegenwärtige Zustand des Schiffes ist ein Zeuge dafür, dass die Navy-Eskorte nicht sehr effektiv war. Aber wer riskiert ein Massaker an so vielen Menschen auf dem Schiff, nur um ein paar Wertgegenstände zu stehlen? Sie sieht sich die diversen kleinen Frachtcontainer an, die weniger wie kommerzielle Ware, sondern aufgrund ihrer Größe eher wie private Fracht wirken, was sie wohl auch sind. Einige sind geöffnet. Sie sieht auch irgendwelche Kunststoffkisten mit eigenartigen, silbernen Aufsätzen oben.

Aber sie muss versuchen, trotz aller Widersprüche die Fakten zu analysieren. Der Mann hier in Zivil mit dem nicht mehr funktionierenden Handterminal war vermutlich der Angreifer. Er könnte mit dem Handterminal die irreführenden Meldungen an die Navyfregatte abgeschickt haben. Der Hauptcomputer war von ihm kontrolliert und hat deswegen alle möglichen Alarme ignoriert, darunter auch einen Einbruchsalarm beim Öffnen der Technikklappe, die natürlich gesichert war. Er konnte das automatische Waffensystem fernsteuern, um die Sicherheitsleute zu erschießen, bevor er selbst in den Frachtraum eingedrungen ist. Moment – erst jetzt fällt es ihr auf. Da sind *drei* Kunststoffcontainer mit stählernen Aufsätzen. Drei! Es kann doch nicht sein, dass diese einfachen Frachtkisten das Mysterium bilden sollen. In ihrer Fantasie hat sie sich vieles vorgestellt. Irgendein unheimliches, pulsierendes Alien-Gespinst, das den ganzen Lagerraum eingenommen hat. Vielleicht mit einer Art Riesenspinne in der Mitte mit riesiger, pulsierender Hirnmasse. Ganz wie in den billigen Holos. Aber drei graue Plastikcontainer? Auch wenn sie außen rum teurer verpackt sind. Sie stutzt und tritt näher. Die Aufsätze haben tatsächlich einen grundsätzlichen Aufbau, den man mit viel Fantasie als kronenartig bezeichnen könnte. Auch wenn sie als technische Vorrichtungen erkennbar sind. Aber welcher Art? Sie schüttelt den Kopf. Schaltet ihre Comwatch auf Fotofunktion. Eine Verbindung zu Greg und Eleonore bekommt sie natürlich wieder einmal nicht. Die Fotofunktion materialisiert einen großen Formenergiebildschirm vor ihr, der von einem Rahmen begrenzt wird und sonst wie eine Glasscheibe wirkt. Mit den Händen bewegt sie den Rahmen im Raum herum und zoomt mit Handgesten ein und aus, bis sie den gewünschten Bildausschnitt hat und drückt die Aufnahmetaste. In Weitwinkeloptik geht sie im Raum herum, um alles zu dokumentieren. Dass dieser Moment hier zeitgeschichtlich wichtig ist, ist ihr klar. Am Ende tritt sie näher an die drei grauen Container heran und geht mit dem Gesicht ganz nah an die drei stählernen Aufsätze. Um was es sich wohl handelt? In den Holos haben die Helden an dieser Stelle immer einen Scanner in der Hand, der Klarheit bringt. Und was hat sie? Nichts. Genervt sieht sie sich einen der drei Aufsätze genau an. Sie kann ihr Glück kaum fassen. Da ist eine Beschriftung. Dann liest sie es ab.

TTT Experimental TRANSPORTER SIGNAL ENHANCER c300
Caution: do not use Transporter technology for Sentients or animals!

Sie kann nicht an sich halten. Ein Signalverstärker für ein Transportersignal. Oder fürs Beamen, anders gesagt. Manchmal braucht man wohl doch keinen Scanner. Wenn einfach dran steht, was es ist. Also wird es langsam klarer. Der Hacker hier, wenn er denn einer war, hat das Schiff mit seiner Malware lahmgelegt. Ob er die Passagiere und Crew mit Nanobots angegriffen hat ist unklar, aber wahrscheinlich. Dann hat er hier drei Transport-Signalverstärker für die damals schon existierenden, noch experimentellen Transporter auf das geplante Diebesgut gesetzt. Es muss sich etwas ungeheuer Wertvolles in diesen drei

Containern verbergen, wenn sie es gewagt haben, einen spektakulären Angriff auf ein großes Luxusschiff zu unternehmen. Wieder einmal hat sie das Gefühl, was für ein unzureichendes Wort der Begriff Transporter ist. Das klingt nach einem einfachen Gleiter oder Shuttle, aber nicht nach einem Wunderwerk wie dem Materie/Energiewandler und -Transporter, der das Gerät nun einmal ist.

Was natürlich bedeutet, dass es ein zweites Schiff ganz in der Nähe gegeben haben muss, das die Beute heraus*beamen* sollte. Was aber nicht funktioniert hat. Da merkt sie, dass sie etwas übersehen hat. Und dann sieht sie es. Hinter den Kisten ist noch ein vierter Signalverstärker, der etwas kleiner und auf einer helmartigen Haube montiert ist. Das macht Sinn! Der Hacker wollte natürlich auch herausgebeamt werden! Irgendetwas ging aber schief, sonst wären er und die Beute nicht mehr hier. Sie sieht den Toten an. Versucht sich vorzustellen, wie er nervös im Raum auf und ab gelaufen ist vor zweihundert Jahren. Die Toten frisch erschossen zu seinen Füßen. Die drei Beutecontainer genauso „gekrönt" mit den drei Verstärkern. Und er hat vermutlich den vierten Verstärker, den mit dem Helm, frustriert in der Hand, als er gemerkt hat, dass der Transport nicht funktioniert. Sicher versucht er jetzt mit dem Tablett eine Verbindung zu seinem Piratenschiff in der Nähe zu bekommen. Ein Schiff, das vermutlich unter Tarnvorrichtung in der Nähe der Anomalien auf Parallelkurs zur *Eternal Princess* gegangen ist. Oder gab es so eine Funkverbindung garnicht? Quantenkommunikation war teuer und streng kontrolliert. Konventioneller Hyperfunk wäre von den Navyschiffen abfangbar gewesen und hätte das Rätsel zumindest teilweise gelüftet.

Nein, denkt sich Jane und sieht grimmig auf die Leiche des Hackers. *Du hattest keine Funkverbindung, warst allein und verzweifelt in einem Schiff, das du ins blanke Chaos gestürzt hast. Chaos, das vielleicht sehr viel schlimmer geworden ist, als du wolltest.* Und dann wurde dir klar, dass du mit gefangen bist. Hat dich da schon der Wahnsinn ergriffen, der Passagiere und Crew überfallartig heimgesucht hatte? Hast du langsam gemerkt, wie etwas Dunkles nach deinem Verstand greift? Sie sieht es vor sich, wie er wütend und enttäuscht seinen Helm mit dem Signalverstärker von sich schleudert und er scheppernd hinter den Beutekisten landet.

Dann wurde dein Wahnsinn schlimmer, denkt sie. Hat er dich gleich am ersten Tag in den Selbstmord getrieben oder erst am dritten? Sie überlegt. Du bist hiergeblieben. Hast dich nicht in einer verständlichen Fluchtreaktion irgendwo ins Schiff begeben. Hast nicht versucht, dich irgendwo mit Vorräten zu verbarrikadieren. Entweder es hat es dich gleich erwischt, nach Minuten oder Stunden vielleicht. Oder du wusstest, dass du hier sicherer warst. Was für einen Nanotechangriff sprechen würde. Sie nickt. Und jetzt wird ihr sogar klar, dass es die Visionen erklären könnte, die sie hatte. Inklusive der Visionen von der geisterhaften Lilian Abercrombie. Möglich wären diese Visionen, wenn sie auch mit den Nanobots infiziert wäre. Etwas, das sie bislang nie wahrhaben wollte und daher unbewusst vor dieser Erklärung zurückgeschreckt ist. Sie seufzt. Also lässt sich alles logisch erklären. Man braucht keine Aliens und natürlich auch keine Geister. Fragt sich nur noch, was den Nanotechangriff so sehr hat schieflaufen hat lassen. Und was der merkwürdige Mensch im Maschinenraum mit den Leichen und Nanotech experimentiert hat. Aber solche Kleinigkeiten muss man wahrscheinlich akzeptieren, wenn man ansonsten alles geklärt hat. Nur, wird ihr mit Schrecken klar, gibt es dann keine einfache Lösung für ihre gegenwärtige Situation. Man kann nicht einfach irgendwelche Kisten aus der Luftschleuse werfen und das Problem gleich mit. Sie haben es alle in ihren Körpern, das Nanobot-Problem. Wenn es wirklich nur das ist.

Sie versucht, sich zu fassen. Wenn es Nanobots sind, ist die Lösung natürlich, zu versuchen, diese Visionen auszuhalten und das Schiff langsam in Betrieb zu nehmen. Es dann nach Arret zu steuern. Dort werden sie gegenüber dem ersten Navyschiff, das sie treffen, eine Nanobot-Quarantänesituation deklarieren. Sie schüttelt grinsend den Kopf, als sie sich vorstellt, wie ein Captain der Arretanischen Raumflotte auf das Erscheinen der seit zweihundert Jahren vermissten *EPS Eternal Princess* reagieren wird.

Aber jetzt hat sie einen Plan. Außerdem hat sie bereits eines der größten Mysterien der Föderation gelöst. Vielleicht das größte überhaupt.

Die Frage ist nur noch, was nun so kostbar war, dass so viele Menschen dafür sterben mussten. Doch sie will Vorsicht walten lassen. Was immer das alles ausgelöst hat, ist vermutlich etwas völlig anderes als ein kostbares Gemälde oder ein paar Kisten voller antiker Goldmünzen.

Da sieht sie ein Intercom-Terminal in der Ecke. Offenbar können Greg und Eleonore sie hier nicht über die Deckenlautsprecher und -Mikros erreichen, wie vorhin. Sonst hätten sie sicher schon Verbindung aufgenommen.

Sie drückt auf die Maschinenraumtaste. Lautes Knistern antwortet ihr. „Greg? Eleonore? Seid ihr da?"

Es dauert eine Weile, dann verdichten sich die Störgeräusche zu einer Antwort.

„Jane?" Es ist Gregs Stimme. „Der Nanobot-Hack ist abgeschlossen. Der Warpantrieb regeneriert sich langsam. Wird aber Wochen dauern."

Wochen? Das sind einigermaßen schockierende Neuigkeiten. Aber besser als kein Warpantrieb, denkt sie.
„Greg, ich denke, ich weiß was hier passiert ist", ruft sie laut, damit er sie auch über die Störgeräusche versteht.
„Jane? Jane?", fragt er zurück. „Ich verstehe dich nicht, zu viele Störungen."
In diesem Augenblick hört sie hinter sich schlurfende Geräusche und Stöhnen." Sie dreht sich um.

Sie hat gehofft hier sicher zu sein. Dabei hätte ihr das fehlende Klavierspiel eine Warnung sein müssen. Nun ist es passiert. Die Leiche des Hackers und drei der Sicherheitsleute haben sich schwankend erhoben. Erst taumelnd, doch als die Hackerleiche ein paar Schritte macht, wird die Gestalt mit jedem Schritt sicherer. Muss sich da irgendetwas erst einspielen? Offensichtlich. Jane analysiert es, obwohl sie in Lebensgefahr schwebt. Sie sieht sich nach einer Waffe um. Die drei Kronen! Sie greift sich vom ersten Container den Signalverstärker. Eine Art Stahlrad mit nach oben weiterlaufenden Streben, die sich zu einer Spitze formen, die leider vorne abgeflacht ist. Doch immer noch besser als nichts. Sie macht sich bereit, auf den ersten Untoten in der schwarzen Securityuniform einzudreschen. Da sieht sie, dass sich auch noch die restlichen drei Securityleute erheben. „Fuck Leute, gönnt euch doch mal eine Pause", murmelt sie. Sie sucht einen Fluchtweg, aber es gibt keinen. Sie könnte nach links, da sind keine Kisten, aber die Untoten schwärmen schon zu einem Halbkreis aus, der ihr den Weg abschneiden wird. Sie stellt sich in Positur zum Ausholen, da... öffnet sich die Doppeltür zum Frachtraum und eine Gestalt mit etwas kleinem, silbrigem kommt herein. Ein gleißender Energiestrahl geht von der kleinen Waffe aus, die der Mann in den Händen hält und versenkt den Kopf des hintersten Sicherheitsmannes, der zusammenbricht. Greg! Es ist Greg. Da bricht es aus Jane heraus. Sie schlägt dem Frontmann vor ihr den Signalverstärker ins Gesicht und er taumelt zurück. Es scheint Jane, als ob diese Wesen noch unsicher in ihren Körpern wären. Greg hat unterdessen zwei weitere erschossen. Er verschmort ihnen gezielt die Köpfe. Die anderen wenden sich jetzt Greg zu, aber er erledigt unmenschlich schnell den vierten und fünften Sicherheitsmann. Jetzt taumelt der wiedererwachte Hacker auf ihn zu und Greg legt an, legt die Waffe dann aber durch Bücken zu Boden, als hätte er alle Zeit der Welt und dreht sich danach in einer übermenschlich schnellen Bewegung auf der linken Hand herum und tritt dem Hacker die Beine weg. Der geht zu Boden und als nächstes sieht sie Greg, wie er über ihm hockt und ihm mit einem Feuerlöscher den Schädel einschlägt. Offenbar war die Waffe wieder einmal funktionslos. Die mörderische Präzision und Geschwindigkeit des Androiden faszinieren sie so, dass sie den letzten Wachmann vergessen hat. Der vorher Umgefallene ist auf sie zugekrochen und zieht ihr die Fußgelenke weg. Mit einem Aufschrei fällt sie um, greift nach hinten und fühlt eine Kiste hinter sich. Der Sicherheitsmann kriecht mit beängstigender Geschwindigkeit auf sie zu und aus seinem Maul scheint irgendetwas mit dem Wort „Kronen" zu kommen, das sie nicht ganz versteht. Sie sieht, wie er das Maul aufreißt, um sie irgendwo ins Bein zu beißen. Sie ist in dieser Sekunde schreckensstarr, doch im nächsten Augenblick fährt ein roter Blitz auf seinem Schädel nieder. Der Schädel zerplatzt und Jane wird von Spritzern getroffen. Es ist natürlich Greg mit dem Feuerlöscher, den er unmenschlich schnell bewegt hat.

„Lebendige Biologische sind ja schon nervig genug", gibt er ganz gelassen von sich. „Aber untote? Furchtbar."

„Das kannst du sagen, Greg, das kannst du sagen", schnauft sie atemlos. Sie reibt sich die Schläfen. „Verdammt, ich kriege Kopfschmerzen." Sie steht auf, ist nervös. Rennt hin und her. Sie merkt, wie sich ihre Nervosität langsam steigert.

„Und ich will endlich wissen, was in diesen verdammten Kisten drin ist!" Sie geht rüber zu der einen, die sie bereits während des Kampfes umgestoßen hat. Da sind Schnappverschlüsse dran, die sie öffnet. Sie sieht, dass die anderen beiden noch in einer großen, silbernen Übertruhe stehen. Nur die eine, die sie im Kampf berührt hat, ist herausgefallen.

„Der Hacker hat die Überkiste aus nicht durchleuchtbarem Nova-Gloak-Stahl geöffnet und damals die Signalverstärker draufgesetzt. Wie Kronen", stellt Greg das Offensichtliche fest. Mit den Nova-Gloak-Kisten haben sie die geheime Fracht an Bord geschmuggelt. Und ich weiß auch, was es ist."

Fahrig sieht Jane ihn an und öffnet die erste Kiste. Was drin liegt, enttäuscht sie. Eine Urne aus Ton ist es. Etwas, das ein Artefakt von der Erde sein könnte. Nur sind seltsame, spinnenartige Schriftzeichen in das Äußere geritzt. Was ist an einer Urne so kostbar? Ihr Kopfschmerz wird langsam unausstehlich und sie würde das Gefäß am liebsten zerschmettern. All das Theater wegen ein paar vertrockneter Gebeine?

„Es sind die Drei", erklärt ihr Greg mit mysteriösem Unterton. „Ich habe einen alten Artikel gefunden, der zehn Jahre nach dem

Verschwinden der *Eternal Princess* erschienen ist. War in meinem Datenspeicher, auch wenn ich ihn nicht beachtet habe. Er war in einem Feuilleton als Satire formuliert und hat sich mit abstrusen Verschwörungstheorien um das Ende der *Eternal Princess* beschäftigt. Man verzeihe mir, dass ich nach solchem Unsinn erst garnicht gesucht habe. Aber offensichtlich war neben irgendwelchem Unsinn über Schiffe verschlingende Weltraummonster auch etwas Wahres in dem Artikel." Er pausiert. „Der Transport von diesen drei Gefäßen wurde beim Start der *Princess* geheim gehalten. Aus Sorge vor Diebstahl vielleicht – oder sollte es eine Überraschung für das Publikum auf Arret werden? Es sind Urnen dreier Wesen, die kurz vor dem nächsten Evolutionsschritt standen. Ihre Artgenossen haben sich zu vergeistigten Wesen weiterentwickelt, soweit ging die Theorie damals. Diese Artgenossen existierten fortan als pure Energie. Aber die drei hier, deren Gebeine in den Urnen stecken, haben es nicht geschafft. Blieben zurück auf einem leeren Planeten, wie es aussieht."

Jane reibt sich den Kopf. „Ja und? Gescheiterte Existenzen also." Die Urnen haben eine Besonderheit, Jane. Sie haben Reste an Psi-Strahlung. Als habe der Übergang zum höheren Dasein bei ihnen zwar eingesetzt, aber am Ende nicht richtig funktioniert. Man hat aber nicht gewusst, dass diese toten Wesen noch irgendeine Macht haben würden. Nun ist es leider ein teils satirischer Artikel, der mir vorliegt. Der das ganze Thema nicht wirklich ernstnimmt. Aber es scheint mir so, als hätte man diesen Rest einer Psi-Strahlung, der offenbar nur minimal war, damals für ein Kuriosum gehalten. Und nicht etwa für eine Gefahr.
„Merkwürdig", murmelt Jane.

„Nun ja", relativiert Greg. „Wir wissen einfach zu wenig über die damaligen Forschungsergebnisse. Eine geringe Residualstrahlung vermutlich. Mehr wird man nicht gemessen haben. Sonst hätte man dem mehr Bedeutung beigemessen. Ich bin auf den Artikel erst gestoßen, als ich nochmal meine Datenspeicher durchgesehen habe. Nach deinem Hinweis über irgendwelche „Drei". Das war ein Begriff, den ich intern für einen Gesamtdatenscan verwendet habe. Als der normale Scan nichts brachte, habe ich auch nicht vertrauenswürdige Quellen wie satirische Artikel mit einbezogen und *voila*.

Jane schüttelt den Kopf. „Aber die liegen doch nur in ihren Urnen. Die können das doch nicht ausgelöst haben, all dies Chaos. Sollen wir die Urnen aufmachen und nachsehen, ob sich da drin was bewegt?"

Greg seufzt. „Ich glaube nicht, dass es um körperliche Bewegung geht. Eher um geistige Fortexistenz, die möglicherweise durch den Diebstahlsversuch angestoßen worden ist. Da drin bewegt sich nichts, das könnte ich sonst mit meinem feinen Gehör feststellen."

„Gut, Greg", beginnt sie genervt, da greift Greg nach seiner Waffe. „Wir müssen schnell machen, Jane. Überall im Schiff werden die Toten wach. Jedenfalls überall dort, wo ich funktionierende interne Sensoren habe. Ich habe eine ständige Überwachung laufen und das sieht garnicht gut aus, was ich soeben gemeldet bekommen habe. Und manche setze sich schon hierher in Bewegung." Sie hört kräftiges Schlagen an die Außentür.

„Dass wir hier in der Königskammer sind, haben uns die Drei offenbar übelgenommen."

Jane stutzt. „Du meinst wirklich, die drei Mumien hier in den Urnen leben noch? Und steuern das jetzt?"

„Sie leben nicht im klassischen Sinne, Jane. Aber sonst ist es die einzige Erklärung.

„Und was ist das hier für eine halb geöffnete Kiste neben den Urnen? Auch eine Übertruhe aus dem kostbaren Gloak-Metall." Greg bewegt sich zielstrebig auf eine silbrige Kiste neben denen, in der die drei Urnen verwahrt sind bzw. waren. Er öffnet die Kiste ganz. Er berührt eine Apparatur im Inneren, eine Metallkiste, die irgendwie grob zusammengezimmert aussieht und tote Anzeigenfelder und ein paar Drehknöpfe mit Zahlen aufweist. „Ich bemerke Residualelemente von Sprengstoff, Jane. Das ist eine Bombe. Vermutlich sollte sie nach dem Diebstahl zur Vertuschung gezündet werden. Die haben vermutlich ein paar Leute der Sicherheitscrew bestochen, dass die Kisten nicht händisch kontrolliert worden sind."

Greg überlegt. „Oder die Bombe sollte erst gezündet werden, wenn es misslingt, die *Princess* an der Anomalie zerschellen oder verschwinden zu lassen, wie es ja tatsächlich geschehen ist. Vermutlich hat der Hacker die Bombe deaktiviert, als er merkte, dass er selbst hierbleiben musste."

Jane schüttelt energisch den Kopf. „Greg, mir wird das alles zu viel. Ich will hier raus!" Sie rauft sich die Haare und rennt im Lagerraum herum. „Sie kommen, Greg! Wir müssen hier weg. Ich will lieber im kalten Weltraum tiefgefrieren als hier ausgesaugt oder aufgefressen werden oder was immer diese Monster tun!" Sie schüttelt den Kopf so schnell, dass es unnatürlich wirkt. „Ich will nicht wie Mister Tough und Pascal werden, Greg!" Sie rennt mit dem Kopf schlichtweg gegen die Wand und taumelt benommen zurück. Sie hat eine kleine blutende Stelle an der Stirn. Das Hämmern gegen das Portal wird lauter. Greg fragt sich, ob

mittlerweile um die hundert Leichen in dem kleinen Korridor vor dem Sicherheitsfrachtraum stehen. Er sieht auf das Display des kleinen Handstrahlers. Das Display der Waffe, die Eleonore von Jane bekommen hatte, zeigt immer noch Überhitzung an. „Doch etwas mitgenommen nach zweihundert Jahren", murmelt er. „Ich halte es nicht mehr aus", jammert Jane. Sie bewegt ihren Oberkörper rhythmisch vor und zurück und hält sich die Schläfen. „Da sind Stimmen in meinem Kopf, Greg. Sie erzählen mir furchtbare Sachen. Die Mutter, die ihre Kinder mit heißem Wasser..."
„Jane!", mahnt Greg. „Hör nicht auf die Stimmen."
„Wir könnten versuchen, die verdammten Urnen einfach zu verdampfen, aber der kleine, alte Strahler will gerade nicht." Jane sieht ihn mit blutunterlaufenden Augen an. „Wo ist dein eigener Strahler, den du mit auf das Schiff gebracht hast?" Greg seufzt ganz menschlich. „Verschwunden, seit Mister Tough mich eine Weile außer Funktion gesetzt hat." Jane geht wieder in ihren nervösen Bewegungsrhythmus über.
„Okay, ich weiß, was du jetzt sagen willst", murmelt Greg. „Was?", fragt Jane mit blutunterlaufenden Augen, während sie sorgenvoll hin zur Doppeltür des Raumes sieht.
„Dass wir die verdammten Urnen einfach durch die Luftschleuse rausschmeißen sollten."
Sie sieht ihn zweifelnd an. „Geht das denn? Bei non-korporalen Lebewesen?"

„Nun, es hängt davon ab, wie sehr sie noch an ihre Körper gebunden sind. Da sie ja Rohrkrepierer der Evolution sind, die Drei, hoffe ich, dass die Bindung an ihre physischen Körper noch da ist, damit sie mit den Körpern verschwinden."

Jane schlägt sich gegen den Kopf und sieht ihn verzweifelt an. „Dann raus damit, Greg!" Sie schreit es praktisch heraus. Der Android macht eine abwägende Geste. „Aber sie kontrollieren das gesamte Schiff!" Sorgenvoll sieht auch er zur Doppeltür rüber, die jetzt einem koordinierten Hämmern ausgesetzt ist, als würde ein Elefant gegen die Türen treten. „Die werden koordiniert", stellt er leise das Offensichtliche fest und sieht zu den drei Urnen rüber.

„…Dann können sie sicherlich auch größere Entfernungen geistig überwinden, wenn sie ein ganzes Schiff kontrollieren können. Nach allen Erfahrungen, die die einschlägige wissenschaftliche Literatur mit non-korporalen Existenzen hat."

„Raus damit, Greg!"

„Aber wenn sie irgendwo im Raum treiben, finden wir sie am Ende nie wieder und sie verfolgen dich mit ihren Psi-Angriffen noch wochenlang, bis endlich der Warpantrieb wieder funktioniert. Das überlebst du nicht!".

Er scheint zu überlegen. Sogar Jane in ihrem beginnenden Wahnsinn kann nicht umhin festzustellen, dass Greg wieder einmal menschliches Verhalten nachahmt.

„Wenn wir die Bordwaffen hätten", murmelt er.

Jane schlägt sich gegen den Kopf. „Die waren doch nicht online!" Greg sieht sie sorgenvoll an, während Jane mit Entsetzen im Gesicht auf die Doppeltür sieht, die sich jetzt in der Mitte in den Raum hineinbiegt.

„Ich hatte dir heimlich Nanobots ins den Körper gegeben. Sie haben dein Hirn stabilisiert. Aber das scheint nicht mehr zu wirken."

Jane sieht ihn kurz wütend an, fühlt sich von ihm hintergangen, sagt aber nichts.

„Ich frage mal Eleonore...", beginnt er. „Oh!".

„Was *Oh*, du Blechgesicht, du verdammte...", jammert Jane und bricht mitten im Satz ab, sich den Kopf haltend. Sie steht auf und läuft unruhig hin und her.

„Ich muss raus, Greg, ich muss raus!" Sie bewegt sich auf die Luftschleuse zu.

„Eleonore sagt, sie hat zwei Thermogeschütze der *Princess* wieder funktionsfähig. Zwanzig Prozent Energiepuffer, zehn Prozent Feuerleistung. Sie hat es mir gerade als Textnachricht geschickt."
In diesem Augenblick fängt die innere Sicherheitstür an, an mehreren Stellen zu glühen.
„Verdammt, das sind Thermogewehre!", stellt Greg fest.
„Schell!", schreit Greg. „Hilf mir, diese verdammten Urnen in die Luftschleuse zu bringen. Mach die Schleuse auf, aber wehe du willst selbst raushüpfen!"

Irgendein Schalter legt sich im Kopf von Jane um und sie rennt zum inneren Schott der Luftschleuse und drückt auf den Öffnen-Knopf. Bange zwei Sekunden vergehen, als es hinter dem Schott zischt und das Schott selbst brummt, aber dann geht es gehorsam auf. Greg ist mit übermenschlicher Geschwindigkeit da, zwei der Urnen unter die Arme geklemmt, stellt sie ab und ist blitzschnell mit der dritten wieder in der Schleusenkammer. Sie kann seinen schnellen Bewegungen kaum folgen. Wieder muss sie an die Upgrades denken. Auch merkt sie, wie viel besser es sich anfühlt wieder zu handeln. Gegen die Bedrohung anzukämpfen, das fühlt sich gut an. Die merkwürdige Angst und die hintergründigen Stimmen, die sie kontrollieren wollen, das alles ist jetzt kaum noch vorhanden. Greg gibt ihr Kraft, daran besteht kein Zweifel. „Raus aus der Luftschleuse, Jane!"

Sie rennt heraus und Greg drückt den Schließknopf. Quälend langsam schließt sich das innere Schott. Unterdessen hat das Glühen des Laderaumdoppeltors erschreckende Ausmaße angenommen und das koordinierte Donnern gegen die Mitte des Tores zeigt Wirkung. Es beult sich immer mehr in den Frachtraum hinein.

Greg drückt die Knopffolge zum Öffnen des äußeren Schotts. Es vergeht ein banger Moment, in dem die Steuerung darauf wartet, dass die Brücke des Schiffes die Öffnung bestätigt. Doch dann leitet die Schleusensteuerung plangemäß das Absaugen der Atmosphäre ein. Eleonore hat den Wunsch natürlich bestätigt. „Wie lange das alles dauert", jammert Jane.

Die Laderaumdoppeltür, sie sieht aus, als würde sie jeden Augenblick nachgeben. Da ertönt ein Fehlerton der Steuerung der Luftschleuse. „Fehler!", kräht Greg und legt seine Hand auf das Schaltfeld. „Überbrücke Luftabsaugen", gibt er von sich und dann ertönt die Sirene und man sieht die orange Warnlampe über der Türsteuerung leuchten. Von innen aus der Luftschleuse ist ein Scheppern und grauenhaftes Zischen zu hören, als die Luft durch den schmalen Schlitz des sich öffnenden äußeren Schleusentores in den Hyperraum strömt und mit ihm die zerdepperten Reste der Urnen.

„Ups", sagt Greg trocken. „Zerdepperte Töpferware". Dann sieht er überflüssigerweise zur Decke. „Eleonore! Jetzt!"
Ihre Stimme dringt zu Jane durch, über die Deckenlautsprecher. „Ziel im Scan erfasst. Wolke aus Bioresten und Ton. Schalte auf

kreisenden Dauerstrahl, so viel, wie die Energiepuffer hergeben."
In diesem Augenblick berstet das Doppeltor zum Frachtraum auf
und eine Alptraumarmee aus teils brennenden Mumienkörpern
drängt in den Frachtraum. Sie stolpern und fallen übereinander.
Greg sieht, dass zwei der Leichen armlange Thermogewehre
schwenken. Ein Schuss geht in die Decke und Material tropft
glühend herunter.

„Ellie, jetzt!", schreit Greg.

„Manövriere mit Steuerborddüsen", dringt Eleonores ruhige
Stimme von der Decke. „Zielerfassung noch nicht möglich."
Die ersten der Gefallenen versuchen sich zu erheben, doch die
hinteren drängen einfach über sie hinweg. Gesichter, in denen sich
Wut und Hass widerspiegelt.

Alles scheint sich in Zeitlupe abzuspielen. Jane sieht, wie diese
Wesen auf sie zurasen und ein Thermogewehr genau auf sie zielt.
Ganz ruhig denkt sie sich, dass sie jetzt sterben wird.

„Ziel erfasst. Richte Geschütz aus", dringt Eleonores Stimme
trocken von der Decke.

Als Greg in diesem Augenblick zu Jane sieht, erkennt er, dass sie
sich in einer Art Trance befindet. Sie steht gerade da, den Blick ins
Nichts gerichtet, den Mund geöffnet. Er weiß nicht was geschieht,
aber er vermutet, dass die Wesen einen letzten, geistigen Schlag
gegen Jane versuchen. Die Wesen, deren Überreste, durchsetzt mit
ihrer Psi-Energie, jetzt draußen im Weltraum treiben und die jeden
Augenblick vom Thermogeschütz zerstört werden.

## Vor fünf Sekunden

Sie sieht alles. Sie ist identisch mit den Dreien. Nein, es sind vier. Vier Wesen, schlummernd in ihren Urnen, mit ihrer residualen Psi-Energie, die ihr ureigenes Selbst ausmacht. Die Letzten ihrer Art. Das, was von ihnen übriggeblieben ist, als sich die Transformation für sie in einen Alptraum verwandelt hat. Vor langer, langer Zeit. Jahrhunderten oder Jahrtausenden. Die Wesen wissen es nicht. Dann werden sie ausgegraben. Auf ihrem seit Ewigkeiten von ihrer Spezies verlassenen Planeten werden ihre Gräber geöffnet und Archäologen zerren ihre Urnen an das grelle Tageslicht. Wesen, die ihnen selbst, wie sie einst waren, nicht einmal unähnlich sind. Humanoide. Die vier Wesen, sie können sie erfühlen, fühlen schwach ihre Gesichter, wenn sie ganz nah sind. Die Vier, sie baden sich in prickelnden Energiewolken, wenn die Fremden ihre Scanner auf sie richten. Wohlig durchläuft es sie. Diese Energie, sie könnte sie nähren, sie stärker machen. Die Vier, sie spüren einen Heißhunger nach dieser Energie, doch die grausamen Wesen locken sie nur damit. Immer wenn die Vier denken, dass sie ein wenig Stärke gewinnen, schalten die grausamen Wesen das Energiefeld wieder ab. Mehr noch, sie glauben Erregung und manchmal Belustigung in den mentalen Abstrahlungen der fremden Humanoiden lesen zu können. Warum quälen die Fremden, die hier auf ihrem Planeten nichts verloren haben, sie so?

Janes Verstand, der im Hintergrund noch arbeitet, glaubt in den Fremden Wissenschaftler der Föderation zu erkennen, die die Urnen scannen und sich wundern, dass hier residuale Psi-Energie vorhanden ist. So als seien die Wesen zwar tot, hätten aber einen Teil ihrer selbst hinterlassen.

Doch dann ist es wieder ruhig. Die Vier werden gelagert. Es ist dunkel, friedlich. Sie denken schon, sie könnten wieder in ihren ewigen Schlaf übergehen und die Störung durch die Fremden sei nur eine kurze Episode gewesen, da geschieht es. Einer von ihnen wird entfernt. Es ist ein einziger Fremder, der einen der Vier aus der Lagerhalle nimmt. Erregung und Vorfreude, aber auch ein schlechtes Gewissen erfühlen die Vier in dem Fremden. Sie bleiben alle untereinander verbunden, auch als der Vierte hoch in den Himmel gebracht wird und sich immer weiter vom Heimatplaneten der alten Rasse entfernt.

Für Janes Verstand formen sich die Eindrücke zu einem Ganzen. Hat ein Verräter unter den Forschern eine der Urnen gestohlen? Sie vielleicht gegen Bestechungsgeld aus der Ausgrabungsstätte vorzeitig entfernt, während die anderen Drei auf ihren Transport zur Erde gewartet haben?

Die Vier bleiben trotz der kosmischen Entfernung verbunden und Jane sieht durch ihre Gedanken, die sie in diesem Augenblick durchfluten, wie das vierte Wesen wieder in Energie gebadet wird. Weit von der alten Welt entfernt. Es sind verschiedene Energiestrahlen, die das vierte Wesen in seinem Gefäß durchtränken und fast ausreichen, um ihm die benötigte Stärke zu geben. Stärke, um vielleicht das zu tun, was ihnen damals nicht gelungen ist, als die Artgenossen sich in Wesen aus reiner Energie verwandelt haben und in den Himmel aufgefahren sind. Doch immer wieder wird die Energie abgestellt. Die Fremden sind interessiert und nervös, die um den Vierten herumwuseln und die Energie lenken.

Für Jane sind es Wissenschaftler, welche die vierte, vermutlich gestohlene Urne untersuchen. Irgendjemand hat sich Zugriff auf eine der Urnen verschafft. Doch warum? Und wer? Sie weiß nichts, nicht einmal, auf welchem Planeten das stattgefunden hat. Doch dann geschieht es. Nach einer mehrstündigen Ruhepause wird die einsame Urne mit einer großen Menge gebündelter Energie bestrahlt. Endlich! Das Wesen frohlockt, teilt seine Euphorie den anderen drei mit. Vielleicht haben die Fremden endlich verstanden, was gebraucht wird. Es ist dankbar, so dankbar, das eine, einsame Wesen. Dass es sich endlich entfalten kann. Aber auch neugierig und hungrig nach Wissen. Es beginnt sich auszudehnen, den Geist der Fremden zu umschließen, ihre Gedanken zu lesen. Es versteht. Ein Mensch namens Peter Lawrence hat die eine Urne stehlen lassen, um das Wesen zu untersuchen. Peter Lawrence, der Name wird als Tonfolge von dem Vierten verstanden, ist ein Mächtiger unter den Fremden. Gefürchtet sogar. Der Fremde namens Lawrence ist fasziniert vom ewigen Leben. Die Möglichkeit, das eigene Leben mit Technologie zu verlängern, genügt ihm nicht. Er ist auch fasziniert von Evolution. Während er in seinem Leben illegale Waffen verkauft, hat er Interesse an nicht so weltlichen Dingen. Wie kann sich das Leben weiterevolutionieren? Gibt es eine Seele? Gibt es etwas wie Gott? Kann das biologische, kleine Leben sich weiterentwickeln, zu reinen Energiewesen transformieren, wie manche seiner Artgenossen schon ahnen. Und deswegen hat er ihn entführt, den Vierten. Weil er denkt, hier könnte der Schlüssel zum Verständnis der weiteren Evolution von Intelligenzlebewesen liegen.

Zu spät merkt das einsame Wesen, dass es die Fremden mit ihren kleinen Geistern, gebunden an ihre fleischlichen Körper, völlig überfordert. Sie verspüren starke Schmerzen, die Fremden. Sie pressen sich die Hände an den Kopf, als der Geist des Vierten den ihren förmlich erschlägt. Dem Vierten tut es leid. Er wollte den

Wesen nicht weh tun, so fremd sie auch waren. Es will sich gerade zurückziehen, das spüren die Drei in ihrer Lagerhalle auf dem Heimatplaneten. Da geschieht es.

Wieder wird der Vierte in Energie gebadet. Noch stärker ist die Strahlung diesmal. Erst frohlockt es, doch dann durchfährt ein schrecklicher Schmerz den Vierten, den die Drei in ihrer Lagerhalle spüren können. Die Energie ist falsch! Gegensätzlich gepolt, pervertiert. Der Vierte verliert die Kontrolle über sich und degeneriert, stirbt einen schrecklichen, qualvollen Tod, während sich die Fremden um es herum wieder erholen. All das bekommen die Drei in ihrer Lagerhalle mit.

Janes Verstand will dem Ganzen einen Sinn geben. Es muss eine Art Sicherheitsvorkehrung gegeben haben. Anti-Psi-Energie oder etwas in der Art. Sie ist dafür keine Expertin. Aber das vierte Urnenwesen war vernichtet und die anderen drei haben es in ihrer Lagerhalle mitbekommen. Sie waren erregt, versuchten irgendetwas zu tun, waren aber zu schwach. Am Ende fielen ihre schwachen Energiemuster wieder in sich zusammen und sie schliefen wieder. Denn sie konnten dem Vierten nicht mehr helfen. Sie merkten manchmal, wie sie wieder transportiert wurden, aber irgendwann hörten sie auf, sich dafür zu interessieren.

Jane wird wieder von den Erinnerungen der drei Wesen überflutet. Die Geschichte geht noch weiter. Es gibt noch einige Ortswechsel, das können die Drei schwach spüren, bis es zu einem denkwürdigen Ereignis kommt.

Ein einzelnes Individuum der Fremden erscheint und legt irgendwelche surrenden Maschinen auf die Container, in denen die Urnen der restlichen drei ruhen. Doch die Energie ist zu schwach, um einen Unterschied zu machen und die Drei ignorieren es völlig. Doch von einer Sekunde zur anderen, sofern die Drei überhaupt den Zeitablauf wahrnehmen, verändert sich die Situation schlagartig. Eine neue, fremde Energie durchströmt sie. Sie ist anders und verwirrend für die drei Gescheiterten in ihren Urnen, aber sie ist reichlich vorhanden.

Das nie für möglich gehaltene geschieht! Sie schweben hervor aus ihren erdenen Gefängnissen und dehnen sich aus. Diese Energie, sie ist stark, aber verursacht ihnen auch Schmerzen. Ein neuerlicher Angriff durch die Fremden? Die Drei wissen es nicht. Aber sie sind wütend. Wütend über das Schicksal ihres Gefährten und wütend, dass auch ihnen jetzt Schmerzen zugefügt werden. In Rage und vermuteter Selbstverteidigung greifen sie nach den zahllosen, kleinen Geistern der Fremden, die hier in diesem metallenen Sarg anzutreffen sind, reisend durch das Nichts, wie sie feststellen, als sie sich auf die Geister ihrer Häscher ausdehnen. Ihre Raserei überträgt sich auf die Geister der Fremden, die orientierungslos durch die Gegend laufen und teils sterben. Sie sterben, als sie von Brüstungen fallen oder in heißes Feuer geraten, das irgendwo in den Küchen zu finden ist.

War diese neuerliche Energie, welche den Drei das Entkommen aus ihren Gefäßen ermöglicht hat, das Beamen? Der Energiestrahl des Transporters des Piratenschiffes, das die drei Urnen heraustransportieren wollte? Janes Verstand stellt diese Theorie auf.

Jane sieht Bilder vor sich, wie Menschen in einem Restaurant mit heißen Platten auf dem Tisch in diese stürzen, sich ihre Gesichter verbrennen, aber ihre Körper nicht kontrollieren können, um es zu stoppen.

Doch dann ist die Situation wieder eine völlig andere. Die eigenartige Energie, sie versiegt plötzlich. Niemand weiß, woher sie gekommen ist, doch nun ist sie ebenso schnell wieder verschwunden, wie sie gekommen war. Zurück bleibt nur Leere und die Drei stellen entsetzt fest, wie sie wieder drohen, in ihre Urnen zurückzufallen. Doch einer von ihnen, er hat eine Idee. Er teilt sie den anderen im selben Augenblick mit, als er diesen Gedanken hat. Sie können sich festkrallen an den kleinen Geistern der Fremden. Das ist die Lösung! So leben sie gewissermaßen von den kleinen Geistern, benutzen sie als Nährboden. Sie frohlocken. So können sie mit diesen Fremden zusammen weiterexistieren. Vielleicht können sie die Fremden dazu bringen, Energiegeräte für sie zu bauen oder anzuwenden, die sie stärker machen. Sie wollen das Gros der Wesen töten, können sie zur Raserei bringen, damit sie sich gegenseitig töten. Nur einige Techniker wollen sie übriglassen. Denn sehr viele Fremde am Leben zu lassen, ist ihnen zu gefährlich, da es immer wieder einzelne schaffen, sich der gedanklichen Fernsteuerung zumindest zeitweise zu entziehen. Die hunderte von Geistern überfordern die Drei einfach.

Es funktioniert. Die Fremden in dem Schiff fallen plangemäß übereinander her, bringen sich gegenseitig um, ganz wie von den Dreien geplant. Nur sechs Techniker sind durch den Schutz der Drei vor diesem Schicksal bewahrt. Doch nach kurzer Zeit beginnen auch diese sechs zu sterben. Bringen sich in neuerlicher Raserei gegenseitig um. Denn diese letzten Wesen, sie können mit den drei fremden Geistern, die ihre Gedanken durchdringen, nicht leben. Sie verfallen von selbst in noch schlimmere Raserei. Sie merken, dass irgendetwas von außen sie durchdrungen hat, und versuchen, es zu bekämpfen. Doch in ihrem Wahn oder vielleicht in absichtlichem Selbstmord richten sie die Gewalt gegen sich selbst. Sie bringen sich um. Die Drei, sie versuchen es zu stoppen, doch sie können es nicht. Als nur noch ein Letzter der Fremden existiert, da konzentrieren sie ihre Kontrollbemühungen auf dieses einzige fremde Wesen und schaffen es. Ein einzelner Mann, wie sie erkennen, denn sie wissen von der geschlechtlichen Dualität der Wesen, er überlebt. Im Maschinenraum. Sie schaffen es, seinen verwirrten Geist völlig in den Hintergrund zu drängen. Sie durchdringen verzweifelt das Wissen, das dieser Mann, ein Techniker des Schiffes, in sich trägt. Sie klammern sich an seinen kleinen Verstand, der ihnen eine Zeit lang als Nährboden dienen kann. Doch sie wissen, dass das nicht lange gutgehen wird. Zu schwach ist das einzelne Wesen. Aber da ist Wissen in diesem Menschending, das sie kontrollieren, das die Lösung sein könnte. Das Wesen hat Kenntnis, wie man winzige Maschinen kontrolliert, welche die Körper seiner Artgenossen durchdringen und sie fernsteuern können. Nanotechnologie, erkennt Jane.

So wird der Plan ausgeführt. Sie lassen dem Techniker genug Autonomie, dass er seine winzigen Maschinen programmieren und verbreiten kann. Sie sind überall im Schiff und geben den Toten ein neues, bizarres Leben. Ungelenk stolpern die Fremden mit verbrühten Gesichtern, eingeschlagenen Schädeln und allerlei Dingen in sich steckend durch die Flure und Zimmer des Raumschiffes. Begeistert versuchen sich die Drei auf die Geister der Wesen auszudehnen, deren Körper jetzt von Nanobots kontrolliert werden und die damit weit weniger gefährlich als vorher sind. Kontrollierte Nährböden, das sollen die Nanotech-Menschen sein. Sie suchen und suchen nach der köstlichen Geistesenergie, aber es ist alles völlig anders in den Hirnen der Wesen. Da ist nichts mehr! Keine Geistesenergie ist vorhanden, die sie abziehen können.

Sie merken nicht, wie das Schiff, auf dem sie sich befinden, längst in eine Hyperraumtasche geraten ist. Haben nichts von der Verzweiflung des einen Hackers bemerkt, der den Angriff ausgeführt und die Drei in ihren Urnen versehentlich mit der Transporterenergie geweckt hat. Sie haben nicht das geringste Verstehen dafür, was eine Raumtasche überhaupt ist oder wo sich das Schiff gerade aufhält. Sie verstehen nur eines. Den Schock, als die Geister der kontrollieren Wesen leer sind. Sosehr sie auch suchen, da ist nichts von der frischen Energie, die sie so sehr brauchen!

Doch einer der Drei, er hat die körperlose Form der Geister der fremden Wesen angelockt. Denn nach ihrem Tod existiert der Geist der Wesen zumindest einige Zeit ohne den Körper weiter, wie sie feststellen. Er hat diese körperlose Geistesenergie an sich gebunden. Wie nervöse Insekten sirren die Geister der Menschen um die Drei herum, deren noch vorhandene, eigene Geister wie ein Leuchtfeuer für sie wirken. Denn die verwirrten, geistigen Überbleibsel der Menschen sind verzweifelt auf der Suche nach etwas, das ihnen Orientierung gibt. Hier im Hyperraum, so fern von der Erde. Und so lernen die Drei, diese flüchtigen Geister zu kontrollieren. Bis auf ein paar resistente Ausreißer können sie all die Geister wie Hirten führen. Und das Unglaubliche geschieht. Die Geister fühlen sich zu ihren alten, durch die winzigen Maschinchen kontrollierten Körpern hingezogen, kehren teils wieder in sie zurück und versuchen sie zu steuern.

Können sie so existieren, die Drei? Aber wie lange? Sie verstehen, dass sie sich in einer künstlichen, luftgefüllten Hülle befinden in etwas, das außerhalb des Heimatplaneten der Drei existieren muss und ihnen völlig fremd ist. Denn ihre eigene Rasse hat nie eine nennenswerte Technologie hervorgebracht und nie ihren

Heimatplaneten verlassen. Aber im Groben verstehen sie, wo sie sind. So wird der Plan geboren.

Es ist ein neuer Plan, denn wie alles Leben, versuchen die Drei sich anzupassen, um ihr Überleben zu sichern. So planen sie, die von den Nanobots kontrollierten Fremden das Schiff steuern zu lassen. Sie geben den Wesen die Illusion zurück, wieder in einer heilen Umgebung zu leben. Die Drei verlangen, das Schiff zum nächsten bewohnten Planeten zu bringen, wo es noch viel mehr Geistesenergie für sie geben wird. Denn ausgehungert dürsten sie nach der Kraft, die in den Schädeln der kleinen Wesen zu finden ist. Sie benötigen dringend Nachschub, wie ihn wirklich lebendige Wesen liefern können, die auf einem Planeten zu finden sind.

Sie wissen nicht, folgert Jane, dass das Schiff mittlerweile in einer Hyperraumtasche gefangen ist ohne große Chance auf Rückkehr ins Normaluniversum.

Der zweite Teil des Plans der Drei ist, die Wesen die Technik des Schiffes verwenden zu lassen, um sie mit Energie zu bestrahlen, die sie dringend brauchen, damit sie vielleicht doch noch ihren Evolutionsschritt vollenden können. Etwas, an das die Drei allerdings kaum noch zu glauben wagen.

Doch beide Teile des Plans funktionieren nicht. Die Nanobot-kontrollierten Wesen, sie sind wie gefangen in ihrer alten Existenz. Wiederholen wieder und wieder Szenarien, die sie kurz vor ihrem körperlichen Tod erlebt haben. Gefangen in der Vergangenheit und verdammt, diese immer wieder zu durchleben, sind sie und nicht in der Lage, die Pläne ihrer Beherrscher auszuführen. Auch als die Drei die Beherrschten anweisen, sie mit Strahlung zu benetzen, herrscht nur Konfusion. Die Drei selbst verstehen nicht, was benötigt wird und die beherrschten, fremden Geister, sie sind in ihren alten Szenarien gefangen und können nicht zielgerichtet handeln. Die Verzweiflung der Drei wächst. Sind sie auf ewig hier gefangen? Sie zapfen die schwache Energie der in die Körper zurückgekehrten Geister an, aber es ist absehbar, dass diese bald zu Ende gehen wird. Langsam, ganz langsam werden sie die Kraft der Geister verbrauchen und die Geister der Fremden werden absterben. Dann gibt es nur die neuerliche Hibernation, den Schlaf in den eigenen Gebeinen in diesem Sarg im Weltraum. Der Weg zu einer höheren Existenz, er scheint versagt.

Die nächste Katastrophe für die Drei scheint nicht lange auf sich warten zu lassen. Plötzlich verliert das Schiff alle Energie. Die Drei haben verstanden, dass das Schiff Energie benötigt. Der beherrschte Techniker im Maschinenraum, der einzige, den sie zusammen recht gut kontrollieren konnten und der noch biologisch gelebt hat, er sackt plötzlich tot zusammen. Er hat nicht etwa die Technik des Schiffes bedient, um Energie für sie zu besorgen und sie damit zu bestrahlen, wie sie es ihm aufgetragen haben. Nein, er hat sie betrogen! Er hat an seinen eigenen Plänen gearbeitet und die Energie sabotiert und seinen eigenen Tod herbeigeführt. Sogar die Luft entweicht aus dem Schiff. Sie sind sich sicher, dass es seine Rache ist.

Doch sie geben nicht auf. Solange, bis am Ende das Schiff eiskalt wird. Die Bewegungen der von Nanobots kontrollieren Körper, sie kommen zum Ende ihres konfusen Treibens. Die Drei, sie werden zurück zu ihren Gebeinen gezogen, gehen ein in ihre Hibernation, treibend im Dunkel der Ewigkeit.

Bis, ja bis neues Leben an Bord kommt. Bis kleine, neue Flammen der Psi-Energie an Bord sind und die Drei wieder langsam erwachen. Tastend finden sie ihre Verbindung zur physischen Welt aufs Neue, angezogen von der frischen Energie.

Jetzt versteht Jane alles. Die neuen kleinen Flammen, das waren Pascal, Mister Tough und sie selbst. Denn Greg konnten die Drei nicht wahrnehmen. Die geistige Kraft der Drei, mit der sie verbunden ist, sie verstärkt sich. Bereitet einen kraftvollen Schlag gegen sie als Individuum Jane Leslie vor, der ihren Geist unterjochen und den anderen beherrschten Geistern hinzufügen soll. Damit er als Nährboden dient. Wenn auch noch in ihrem eigenen Körper gefangen, soll sie geistig versklavt werden. Sie weiß, sie kann dem nicht entkommen und stählt sich für den alles beendenden Schlag.

Sie sieht den Pianisten, wie er auf sie zukommt. Er trägt einen eleganten Smoking, lächelt sie an. Ein wirklich attraktiver Mann, stellt sie fest. „Ich habe dir doch gesagt, dass du ewig hier bleiben wirst. Komm, ich werde dir alles zeigen. Es gibt noch Freiheiten hier." In der Vision in ihrer Trance nimmt sie langsam seinen Arm, beginnt sich aufzugeben.

**Jetzt**

Während Jane starr dasteht, beobachtet Greg sie sorgenvoll. Eleonore meldet „Ziel anvisiert, Waffe feuert" über die Lautsprecher. Wenn sie jetzt nicht trifft, ist alles vorbei, weiß er. Die Leichenarmee, sie kommt auf Greg und Jane zugetaumelt. In zwei Sekunden ist alles vorbei, wird Greg klar.

„Ziel vernichtet!", meldet Eleonore über die drahtlose Verbindung in seinem Verstand und über Lautsprecher. In diesem Augenblick branden die Leichen an wie eine Welle am Ufer, und ein Pulk aus vermodernden Leibern begräbt Greg und Jane unter sich.

# DAS ENDE

**16:10 Uhr, 04.10.2457 Greenwich-Erdzeit**

**02:02 Uhr, 08.04.159 Bordzeit *TPS Orpheus***

## Greg Annoyed

Mit einem gar nicht androidenhaften Fluch befreit sich Greg aus dem Pulk der vermodernden Leiber. „Wieso die immer noch rumlaufen wollen, weiß ich auch nicht", murmelt er, sucht aber schon nach Jane, die er schließlich aus dem Leiberpulk zieht. Sie sieht ihn an, starrt wortlos auf den teils verschmorten Leiberhaufen. Keine der Leichen bewegt sich mehr.

„Bist du okay, Jane?"

Sie nickt. „Sie sind frei, Greg. Ich habe es gesehen. All die Seelen… oder Geister. Sie waren alle noch an Bord, ich habe es deutlich vor mir gesehen. Sie sind jetzt gegangen. Es ging alles sehr schnell, aber ich glaube, sie sind glücklich. Sowie die Drei ihre Kontrolle haben fahren lassen."

Greg nickt. „Als Ellie die Urnen-Wesen abgeschossen hat, um es platt zu formulieren. Scheint so, als ob das Universum doch anders funktioniert, als ich dachte. So sehr ihr Biologischen mit eurer Unlogik auch eine Pest seid, scheinbar habt ihr da irgendein himmlisches Upgrade-Ding laufen oder was auch immer."

Jane sieht ihn nur an, sagt nichts. Sie setzt sich auf eine Kiste. Direkt neben der Bombe, wie Greg auffällt.

„Fummel nicht an dem Ding da rum. Wir wollen nicht, dass wir alle zusammen ins Himmelreich auffahren. Obwohl sie da wohl keine Androiden nehmen. Falsches Parteibuch."

Doch Jane hat ihm nicht zugehört. „Das war ein Erstkontakt, Greg. Diese Drei. Oder vier ursprünglich, die wollten uns nicht weh tun. Es war... ein Missverständnis."

„Vier?", fragt der Androide. Jane nickt und dann erzählt ihm die ganze Geschichte. Von dem einen, der zuerst aus der Gruppe der Urnen gelöst und von Menschen zu Tode experimentiert worden ist.

„Ihr seid aber in Ordnung, da unten?", fragt zwischendurch Eleonore über die Deckenlautsprecher.

„Sind wir", kräht Greg hoch zur Decke. Obwohl er einfach über seine Funkverbindung sprechen könnte, wie Jane auffällt. „Wir haben aber gerade so einen Mission-erfüllt-Equilibriums-Moment hier, wenn du erlaubst."

„Klar", kommt es von der Decke zurück. „Macht ihr das man. Ich war ja nur das Mädel an der Thermokanone."

„Peter Lawrence sagst du." Greg denkt darüber nach, was ihm Jane erzählt hat. Dass ein Mann dieses Namens hinter dem Angriff auf das Schiff gesteckt und die Katastrophe ausgelöst hat. Er pausiert. „Bis heute ein gesuchter Verbrecher. Meist gesuchter Mann der Terranischen Republik, gleichzeitig aber wohl auch einer ihrer

Strippenzieher." Er lacht sarkastisch. „Wenn der auf dem Raumhafen Terrania landet, vergessen sie immer, seine ID mit der Fahndungsliste abzugleichen. Damals in der Föderation wurde er aber wirklich gesucht. Soll auf einer liberalen Gloak-Kolonie leben. Ein Waffenhändler, der gloakische Disruptoren an alle und jeden verkauft hat. Sogar an Leonen und Beelze, die damit der Föderation zugesetzt haben. Dass er ein Interesse an Weiterevolution von intelligentem Leben hat, ist nicht bekannt gewesen. Und dass er so wahnsinnig ist, ein voll besetztes Kreuzfahrtschiff anzugreifen, ist verblüffend."

„Was ich in den Gedanken der Drei lesen konnte, war, was sie wiederum in den Gedanken von diesem Lawrence lesen konnten. Nun, er war sehr fanatisch, Greg. Fanatisch, diese Urnen weiter zu untersuchen und den Schlüssel zum Eingehen in eine höhere Ebene des Daseins zu finden. Das wollte er."

Greg nickt. Wir werden alles den Behörden auf Arret melden, wenn wir da sind. Das sind so ziemlich die einzigen, die ihn wirklich verhaften würden, wenn sie ihn fänden."
Jane stimmt zu. Dann geht sie nervös in der Lagerhalle umher. „Was sind wir nur für eine Spezies? Wieder haben wir das Problem mit Gewalt gelöst. Der erste, der von den anderen getrennt wurde, er war nur hungrig und neugierig. Und wir…"

„Er wollte nur spielen, ich weiß", sagt Greg sarkastisch und nimmt zwei der Thermogewehre auf. „Aus Erfahrung weiß ich, dass Waffen oft ein probates Mittel sind, um Konflikte zu lösen." Jane schnaubt. „Manchmal klingst du sehr… biologisch." Von Greg ist ein sehr menschliches Schlucken zu hören.

**10:10 Uhr, 06.10.2457 Greenwich-Erdzeit**

**20:02 Uhr, 09.04.159 Bordzeit *TPS Orpheus***

**09:01 Uhr, 16.11.213 Bordzeit *EPS Eternal Princess***

## Jane Leslie

Mit leichtem Unwohlsein betritt sie die Brücke der *Eternal Princess* auf Deck Zwölf. Die vielen Erinnerungen, die hier überall lauern, haben ihr die letzten zwei Tage doch zugesetzt. Sie sieht auf ihre Comwatch. Immer noch zeigt diese sowohl die GMT-Standardzeit der Erde als auch die Bordzeit der alten *Orpheus* an. Sie hat noch nicht den Nerv gehabt, die Uhr auf die Bordzeit der *Princess* umzustellen. Und das, obwohl die Comwatch sie immer wieder auf das aufgefangene Zeitsignal hinweist. Sie will sich immer noch nicht soweit festlegen, dass das alte Kreuzfahrtschiff für die nächsten Jahre ihr Zuhause sein wird. Obwohl sie keine andere Wahl hat.

Ihr Magen grummelt etwas, nachdem sie schließlich eine Pizza im Café Sorrento auf Deck Acht gegessen hat. Einer der wenigen Orte, wo die Replikatoren wieder funktionieren. Sie hatte die Wahl zwischen der Offiziersmesse auf Deck Elf und eben dem Café. Aber die Erinnerung an ihre zurückliegende Begegnung mit der geisterhaften Brückencrew ließ sie aus der leeren Messe fliehen. Warum Gregs Nanobots, die unermüdlich auf dem Schiff für Ordnung sorgen, ausgerechnet den Replikator im Café Sorrento wieder in Betrieb genommen haben, bleibt sein Geheimnis. Auf dem Weg dorthin ist sie an unzähligen Leichen vorbeigekommen, wie das auf dem Totenschiff üblich ist. Allerdings waren alle mit hauteng anliegendem, schwarzem Nanobotgespinst verhüllt, das sie konservieren soll. Solange, bis die arretanischen Behörden entscheiden, was mit ihnen geschehen soll. Aber die schwarz verkleideten Körper waren noch unheimlicher als die ursprünglichen, mumifizierten Leichen mit ihrem Schimmelüberzug, hat sie festgestellt. Im Café hat sie sich blitzschnell Eine Pizza Margherita geholt und wollte sie draußen auf dem Gang essen. Zu viel Sorge hatte sie, aus dem Kabuff hinter dem Tresen würden wieder merkwürdige Geräusche zu hören sein. Doch draußen waren überall die schwarz überzogenen Leichen. Am Ende hat sie sich zu dem Kino begeben, wo immer noch die Reklame von Admiral Brander und seinem Film-Alter-Ego lief. Der Holo-Ausschnitt mit dem die Worte „Die Uniform steht Ihnen besser als mir" sprechenden Admiral gab ihr die nötige Ruhe, um die Pizza zu essen. Aber so ganz bekommen war sie ihr doch nicht. Immer wieder hat sie sich umgedreht, um sich zu vergewissern, dass die Leichen wirklich liegenbleiben.

Doch nun öffnet sich für sie das Brückenschott. Die Brücke ist aufgeräumt, man sieht den Hauptbildschirm, der das Grau des Hyperraums mit einigen wenigen, bunten Extrauniversaltaschen zeigt, die weit entfernt sind. Wieso sie für das menschliche Auge in Pastellfarben leuchten, ist nie wirklich geklärt worden, konstatiert Jane. Einige Anomalien des Hyperraums sind auf dem Hauptbildschirm mit roten Rahmen hervorgehoben. Die versteckten Hyperraumtaschen, wie die, in der das Schiff so lange gefangen war, sind hier markiert. Vor dem Bildschirm befindet sich die runde Holowanne, die aber derzeit nichts anzeigt.
Greg steht an der Tafel backbords mit den zahlreichen Anzeigen für die Schiffsaggregate. Es gibt manches an Grün, viel Gelb und Orange und immer noch einiges an Rot. Aber der Zustand ist schon besser geworden. Vor ihr der leere Kapitänsstuhl mit den beiden runden Halbpulten links und rechts davor. Dann die zwei

Doppelkonsolen für Taktik und Navigation. Alles unbesetzt bis auf die Taktik, an der Eleonore sitzt. Rechts die wissenschaftlichen Stationen.

Eleonore lächelt sie an. Ein bisschen so, als wolle sie auf ihren Erfolg mit dem Thermogeschütz hinweisen, das ihnen allen den Allerwertesten gerettet hat.

Stirnrunzelnd steht Jane vor dem Kapitänsstuhl. Wer wird sich da draufsetzen? Das ist die große Frage.

„Jane", beginnt Greg ernsthaft und unterbricht ihre Gedanken. „Ich denke, es wird noch vier Wochen dauern, dann haben wir zehnfach Licht. Wir können dann, sagen wir, einen Monat mit zehn Licht fliegen und haben so einiges an Distanz zwischen uns und diesen Koordinaten hinter uns gebracht. Zehn Lichtmonate eben. Wir fühlen uns sicher alle besser, wenn wir ein bisschen Abstand zu dem Ort gewinnen, wo die Gebeine der Drei verbrannt worden sind.

„Allerdings", wirft Jane ein.

„Dann können wir dort ein Jahr lang meinen… ich meine unseren… Nanobots Zeit geben, den Warpantrieb weiter zu reparieren. Mehr als hundert Licht kann ich mir aber nicht vorstellen. Zu viele Unwägbarkeiten. Dann brauchen wir noch zwei Jahre bis Arret. Wenn du nicht in Stase willst…"

„Niemals!", ruft Jane entschieden. „Nicht auf diesem Schiff."

„Dann hast du ab jetzt drei Jahre Zeit für … Projekte."

Sie nickt. „Vielleicht meine Memoiren schreiben. Irgendwas von einem wirren Androiden und so weiter."

„Wer soll das sein?", fragt Greg unschuldig.

Eleonore räuspert sich. „Setz dich bitte, Jane. Führe das Kommando", fordert sie.

„Fliegen wir irgendwo hin?"

„Wir bringen das Schiff schon mal auf Kurs und schalten Graviton auf fünfzig Prozent. Dass wir schon mal weg kommen von hier. Richtung Arret."

Jane nickt. „Nun gut." Gemächlich begibt sie sich zu dem drehbaren Kapitänsstuhl und setzt sich. „Bequem", stellt sie fest. „Immer was Besonderes, wenn die Gesäßhaut die Sitzfläche berührt", kommentiert Greg trocken.
Jane räuspert sich. „Schiff auf Kurs Arret ausrichten, Mister... äh... Hennessy. In der Föderation habt ihr doch damals schon Mister zur weiblichen Crew gesagt, oder?"
„Absolut Ma'am", antwortet Eleonore und benutzt die damals zu Föderationszeiten übliche Anrede für weibliche Vorgesetzte, die heute meist durch ein Sir ersetzt worden ist.
Eleonore setzt sich an die Navigationskonsole und betätigt einige Tasten. Das Schiff schwenkt herum, wie Jane die Anzeigen an ihrer Konsole melden. Es dauert verblüffend lange, aber sie vermutet, dass die beiden Androiden das alte Schiff schonen wollen. „Kurs Arret Navybasis Eins liegt an, Ma'am."
Jane macht eine Kunstpause. „Graviton halbe Kraft voraus. Energie, Steuermann!"

Mit einem „Aye, Ma'am" von Eleonore setzt sich das alte Schiff nach ziemlich genau zweihundert Jahren Pause wieder in Richtung des Arret-Systems in Bewegung. Jane verspürt einen Kloß im Hals als ihr klar wird, was für ein besonderer Moment das ist.

## Jane Leslie

Eine Woche ist vergangen. Die *Princess* war in dieser Zeit mit halber Graviton-Geschwindigkeit Richtung Arret unterwegs. Ein Schleichen im Vergleich zur Warpgeschwindigkeit, aber wenigstens konnte sie so etwas Abstand zwischen sich und dem Ort im Hyperraum bringen, an dem die Gebeine dieser drei fremden Wesen verdampft worden sind. Wesen, die so viel Unheil über das Schiff gebracht haben. Jetzt treibt die *Princess* mit abgeschalteten Triebwerken durch den Hyperraum, langsam verzögernd. Auch wenn der Hyperraum an sich keinen messbaren Widerstand hat, so entsteht doch ein solcher durch das Einstein-Erhaltungsfeld, das die *Princess* wie alle Raumschiffe abstrahlt. Es dient dazu, dass die bekannten Naturgesetze innerhalb des Schiffes weitergelten. Das alte Schiff ist immer noch mit fast einhunderttausend Kilometer pro Stunde unterwegs, kaum weniger als anfangs. Trotzdem hat Jane jede Nacht denselben Alptraum.

Das Schiff treibt in diesem Traum hilflos im Raum, nur ein paar alte Positionsleuchten versehen mehr oder minder zuverlässig ihre Arbeit an der Außenhaut, da rast aus der Tiefe des Alls etwas heran. In ihrem Traum ist es eine rauchige Fratze, mit großen Augen und einem vor Wut aufgerissenem Maul. Ein Ding, das auf die treibende *Princess* zufliegt. Jede Nacht derselbe Traum. Vielleicht deswegen zieht es sie heute in den Konzertsaal auf Deck Neun, wo einst der Pianist gespielt hatte. Einer von nur zwei freundlichen Geistern, denen sie auf dem Schiff begegnet ist.

Wobei der Begriff Geister einerseits zu einfach, andererseits genau richtig erscheint.

Sie betritt die Halle. Die Nanotech in Zusammenarbeit mit der Lüftung haben die Luft klarer gemacht, aber an den Vorhängen auf der Bühne ist noch immer Schimmel zu sehen. Einsam steht der Flügel auf dem Podest. Sie geht langsam durch die leeren Sitzreihen. Als sie fast vorne ist, gaukelt ihr ihre Fantasie vor, dass mumifizierte Besatzungsmitglieder in den Sitzreihen sitzen und sie anschauen. Doch als sie sich nervös umsieht, ist da natürlich niemand. Auch die Bühne und der Flügel bleiben unbesetzt. Sie streicht mit der Hand zärtlich über den Lack des Flügels, den die Nanotech offensichtlich schon wieder klar bekommen hat. „Commander Sater", spricht sie seinen Namen mit seinem alten Flottendienstgrad aus. „Danke für alles."
Doch niemand antwortet ihr. Gott sei Dank, denkt sie.

**11:00 Uhr, 18.11.2460 Greenwich-Erdzeit**

**09:51 Uhr, 28.12.216 Bordzeit *EPS Eternal Princess***

**Ca. 8 Lichtjahre vom Planeten Arret entfernt im Hyperraum**

# Über drei Jahre später

### Jane Leslie

Jane sitzt auf der Brücke im Kapitänssessel. Nach ein paar Minuten steht sie wieder auf. Sie ist nun seit etwas über drei Jahren auf der *Eternal Princess*, Teil ihrer unfreiwilligen Besatzung. Doch noch immer macht sie die Tafel links nervös, die den Zustand der wichtigsten Aggregate des Schiffes anzeigt. Auch wenn wesentlich mehr auf Grün steht als noch vor einer Woche. Sie steht auf und geht auf der Brücke umher. Sieht auf dem großen Hauptbildschirm das konturlose Grau des Hyperraums mit der Ausnahme irgendwelcher horizontalen Linien weit entfernt. Sogenannte Extrauniversaltaschen; Einstülpungen anderer Universen, auch wenn sie in der Regel keine Durchgänge in diese darstellen. Sie seufzt, sieht auf die Anzeigen. Das Schiff ist seit über zwei Jahren mit seinem regenerierten Warpantrieb unterwegs. Die Nanobots Gregs haben ganze Arbeit geleistet. Das Innere des Schiffes hat sich auch verändert. Die überall anzutreffenden Leichen sind komplett verschwunden und liegen in ihren konservierenden Nanotech-Kokons auf Deck Sechs. Dort sind die defekten Stasekisten mit ihren schrecklich verunstalteten Leichen fast komplett entfernt. Nur einige wenige Kisten sind in einer separaten Kammer als Anschauungsmaterial aufbewahrt. Damit sich später die Behörden am Zielplaneten Arret ein Bild davon machen können, was mit den Insassen der Kammern geschehen ist. Manches von der Inneneinrichtung des Schiffes ist verschwunden, ebenso wertlose

Ladung. Gregs Nanobots sind überall im Schiff anzutreffen. Manchmal sieht man sogar ein Ladengeschäft oder früheres Restaurant, das völlig mit silbrigem Nanotech-Material überzogen ist. Die Einrichtung wird im Laufe der Zeit immer weniger, bis schließlich nur noch eine leere Kammer zurückbleibt. Vieles ist jedoch erhalten geblieben, da der Grundcharakter des Schiffes bestehen bleiben soll.

Aber Gregs fortschreitende Reparaturarbeiten an internen Sensoren und Beleuchtungskörpern, um nur zwei Beispiele zu nennen, benötigen natürlich Material. Atomare Manipulatoren, die großen Brüder der kleinen Replikatoren, laufen auf dem Schiff wieder und Greg hat sogar ein paar größere, neue Replikatoren in leeren Sälen aufgestellt, um das benötigte Material zu fertigen. Offenbar können die Nanobots die empfindlichen Matrizen der Replikatoren nachbilden, um dann den Fertigungsprozess in Gang zu bringen.

Seufzend sieht sie sich um. Sie ist seit Mitternacht auf der Brücke und Greg, der sie eigentlich um 8:00 Uhr Bordzeit ablösen sollte, lässt wieder auf sich warten. Aber dass er beschäftigt ist, ist völlig klar. Oft genug steht er blicklos irgendwo herum, starr wie eine Statue, weil er intern mit allen möglichen Aggregaten verschaltet ist. Auch wenn die großen Zentralrechner der *Princess* wieder laufen, ist Greg das Herz des Schiffes geworden, daran besteht kein Zweifel.

Sie setzt sich vorne auf den Platz des Kommunikationsoffiziers, der sowieso nie besetzt ist. Nur, um mal etwas Abwechselung zu haben. Sie ruft auf einem der funktionierenden Druckbildschirme ein Unterhaltungsmenu auf und lässt auf einem in den Raum projizierten Formenergiebildschirm das Buch erscheinen, das sie gerade liest. Da öffnet sich das Doppelschott der Brücke und zum üblichen Geräusch des auseinandergleitenden Portals betritt der schlanke Android die Brücke. Sein Gesicht wirkt schon wieder geistesabwesend, stellt Jane fest. Trotzdem bemüht er sich um ein Lächeln, als er näherkommt.

"Na, was liest du?"

"Was hochgeistiges", lacht Jane. *"Der Pfad der Luminos* von Bellini."

„Ah, das Buch mit der Theorie, alle biologischen Menschen wären schon mit ihren ewigen Astralkörpern verbunden, den Ewigen Energiekörpern, wie von mysteriösen Riesenkäfern offenbart. Energiekörpern, die sogar das Ende und die Neugeburt eines Universums allwissend überstehen können." Greg grinst verschmitzt.

„Na ja, ganz so nun doch wieder nicht", antwortet sie gequält. Philosophische oder religiöse Anschauungen zu diskutieren ist immer so eine Sache, insbesondere mit einem Androiden. „Ich lese es auch nur, weil ich viel Zeit habe", gibt sie von sich und deutet auf den Hyperraum.

„Die Bibel, das blaue Buch der Mormonen und den Koran habe ich schon durch", gibt sie von sich. „Krieg und Frieden habe ich aufgegeben."

„Ich lese immer alles", gibt Greg trocken von sich.

„Klar", grummelt Jane. „In einer Sekunde pro Buch."

„So lange?", fragt Greg und grinst.

„Aber ich finde es schön, dass du Zeit für mich hast." Wieder grinst der schlanke Android, der mittlerweile einen neutralen, hellblauen Overall trägt. „Keine Sorge, meine Konversation mit dir macht nur einen mathematisch vernachlässigbaren Bruchteil meiner Gesamtkapazität aus. Ich überwache die Nanobots weiter."

Jane seufzt. „Du bist immer noch mit deinem Geist im Schiffsrechner hochgeladen, oder? Jetzt sogar der Primärrechner, der ja seit letzter Woche wieder läuft?"

Greg nickt. „Genau."

„Und wieso", fragt sie, „bist du dann noch so normal? Ich meine, man sagt doch, dass sich Androiden völlig verändern, wenn sie ihren Geist so sehr erweitern. Aber du bist noch derselbe, oder?"

Jetzt lässt der Androide einen menschlich klingenden Seufzer hören.

„Bin ich nicht, Jane. Aber ich habe mir eine Simulation erstellt, die den alten Greg nachahmt. Klappt gut, oder?" Er lächelt sie schief an.

„Moment", wendet sie ein. „Du hast doch gesagt, du seist ein nicht-sentienter Android gewesen, der einen sentienten nur nachahmt, oder?"

„Richtig."

„Und was bist du jetzt? Ein riesiges, sentientes KI-System, das einen nicht-sentienten Androiden simuliert, der wiederum einen Sentienten als Simulation laufen hat?"

Greg kichert wie in alten Tagen und führt sogar ein kleines Tänzchen dabei auf.

„Genau! Du hast es erfasst."

Sie schüttelt den Kopf.

„Greg, ich weiß nicht, ob das im Rahmen deiner Möglichkeiten liegt, aber du solltest dir vielleicht eine KI-Persona erzeugen, die ein Psychiater ist."

Eine halbe Stunde später sind Jane und Greg immer noch zusammen auf der Brücke. Greg hat seine Schicht im Kapitänsstuhl angetreten und hat einen Blick, der offenbar in die unendliche Ferne geht, scheinbar hinaus in den Hyperraum auf dem

Hauptbildschirm. Aber sie weiß, dass er eher Nanobots vor seinem inneren Auge sieht als den Hyperraum.

„Jetzt sind es genau noch drei Tage, bis wir in Funkreichweite von arretanischen Navyschiffen sind", gibt er plötzlich von sich. „Faszinierend, oder? Die Reise der Ewigen Prinzessin kommt zum Ende."

Jane nickt und merkt, dass sie tatsächlich so etwas wie Sentimentalität bei dem Gedanken verspürt, das uralte Schiff zu verlassen. In der letzten Zeit hat sie sich recht wohl gefühlt. Der Komfort ist wieder hergestellt durch funktionierende Lebenserhaltung inklusive warmer Duschen und funktionierender Replikatoren. Auch ihre Alpträume haben ein Ende gefunden, seit ihr ein paar Wochen nach Anschalten der Treibwerke der Pianist Frank E. Sater erschienen ist. Derjenige, der sie so oft beschützt hat als guter Geist unter den vielen gequälten und üblen Erscheinungen an Bord. In dieser Nacht war er ihr wie immer im eleganten Smoking erschienen und hatte ihr gesagt, sie müsse sich nicht mehr fürchten. „Niemand von uns ist noch an Bord." In ihrem Traum hatte sie ihn noch fragen wollen, ob sein Erscheinen dazu kein Widerspruch sei, da war sie aufgewacht. Aber seither schläft sie traumlos. Oder wenn, dann träumt sie vom Reichtum, der sie sicherlich auf Arret erwartet, wenn sie die Story zusammen mit Greg und Eleonore an die Presse verkaufen kann. Und ihre Eltern unterstützen kann. Vom Wert des Schiffes und den zahlreichen Kunstgegenständen und anderen wertvollen Dingen an Bord ganz zu schweigen.

Sie ist mitten in ihren Gedanken, da öffnet sich wieder das Doppelschott.

„Ellie, was soll die Kostümierung?", hört sie Greg und dreht sich um. Es ist in der Tat Eleonore, welche die Brücke betritt. Ein ironisch wirkendes Lächeln liegt auf ihrem Gesicht, das immer noch das alte, mit der bleichen, mitgenommen Haut ist. Und dann sieht sie es. Eleonore steckt in einem dunkelblauen Overall. An ihren Ärmeln glänzen zwei dicke, umlaufende Linien mit einer dünneren in der Mitte. Ihre Brust zeigt links das Symbol der alten Earth Federation Space Navy der untergegangen Föderation der Erde. An ihrem Kragen sind die Rangabzeichen zu sehen. Die eines Lieutenant-Commanders, erkennt Jane. Auf ihren Schulterlappen leuchten die entsprechenden Streifen und auch auf ihrer rechten Brust fehlt nicht das Namensschild, auf dem man Weiß auf Schwarz HENNESSY lesen kann. Ihr Gesicht mit seiner fast abgestorbenen Haut und die milchigen Augen kontrastieren dazu merkwürdig.

Jane zieht eine Augenbraue hoch.

Es tut mir leid, Leute, aber ich kann euch das nicht machen lassen. Ihr könnt nicht weiterfliegen in Richtung Arret und das Schiff den Behörden übergeben."

Jane steht auf. „Was ist los?", fragt sie entgeistert. In ihrem Hinterkopf arbeitet es, was das bedeuten könnte.

„Ellie?", fragt Greg nur.

„Also, kennt ihr die Präambel der Dienstvorschrift der Raumflotte der Föderation der Erde?", fragt sie in die Runde.

„Einer Raumflotte, die nicht mehr existiert, genauso wenig wie die Föderation drum herum", wirft Greg ernsthaft ein. Doch Eleonore fährt ungerührt fort.

„Die Präambel besagt, dass die Föderation der Erde so lange existiert, wie nur noch ein einziger, aktiver Flottenangehöriger am Leben ist."

„Das ist eine Präambel, die keinerlei rechtliche Bedeutung hat, wie damals einschlägige Juristen festgestellt haben. Da gibt es den Kommentar von..."

„Du bist aber kein Flottenangehöriger. Du warst doch Zivilistin, oder?", wirft Jane ein. Die langsam ahnt, worauf das alles hinauslaufen soll.

„Ich war Zivilistin. Aber eine, die zu dem Schluss gekommen ist, dass das, was mir Greg über die neue Terranische Republik und andere Nachfolgestaaten mitgeteilt hat, nur eine Folgerung zulässt."

„Jetzt kommt's", brummt Greg.

„Dass die Föderation das einzig Logische für die Menschheit ist."

„Aha...?", gibt Greg von sich, halb als Frage betont.

"Also bin ich runter auf Deck Neun", fängt Eleonore an.

„Und hast eine Pizza im Café Sorrento gegessen. Du könntest dir allerdings Nährstoffe für deine strapazierte Kunsthaut auch effizienter zuführen", geht Greg dazwischen.

„Und habe die Holowerbung mit dem alten Admiral Thomas Brander angesehen." Es herrscht Stille auf der Brücke, die nur durch das gelegentliche Fehlerpiepen an der Technikkonsole unterbrochen wird.

„Ich habe ihn gefragt, ob er etwas dagegen hat, wenn ich der Earth Federation Space Navy beitrete. Vielleich gleich Offizier werde und mir eine Uniform aus dem Printer anziehe."

Greg schüttelt nur den Kopf. Doch Jane springt auf.

„Ich weiß, was er über die Uniform gesagt hat!", ruft sie vor Schalk strahlend aus.

Dann sprechen es beide Frauen, die biologische und die kybernetische, synchron aus.

„Die Uniform steht Ihnen besser als mir!"

# EPILOG

**10:10 Uhr, 22.11.2460 Greenwich-Erdzeit**

**9:01 Uhr, 01.01.217 Bordzeit *EPS Eternal Princess***

**Patrouillenschiff ANS Rostam, nahe Planet Arret**

## Vier Tage später

### Captain Stavros Georgiu

Captain Georgiu sitzt in seiner graublauen Uniform auf seinem Kommandantensessel auf der Brücke der *ANS Rostam*, einem Zerstörer, der gerade aus dem Hyperraum ausgetreten ist, um im Normalraum eine Fernortung auf seinem Patrouillenflug vorzunehmen. „Empfangen Daten der Funkboje", meldet der Funkoffizier routiniert und Georgiu, der stämmige Mann mit den dunklen, gewellten Haaren, die sich an den Schläfen leicht grau färben, nimmt einen tiefen Zug aus seinem Kaffeebecher. Ein Becher, der mit dem Logo der *Arretanian Space Navy* versehen ist, darunter der Schriftzug *ANS Rostam*. Das moderne, fünfhundert Meter lange Raumschiff hat ein Design, das vielleicht an japanische Kampffische der Erde erinnert. Mit seinen bei einem Tiefenraumschiff überflüssigen, flossenartigen Verlängerungen und einem leicht gerippten Design. Rippen, die sich auch noch mit einem leichten Grauton vom sonstigen Weiß des schlanken Kriegsschiffs abheben.

„Captain, da ist ein... außergewöhnlicher Funkspruch im Datenpaket." Der Funkoffizier zögert. „Von einem unbekannten Raumschiff. Der...", setzt der Offizier gerade wieder an, da unterbricht ihn schon der Kapitän.

„Auf den Schirm, Fähnrich!"

Georgiu genießt gerade den Geschmack des frisch gebrühten Kaffees, da starrt ihn *etwas* vom großen Hauptbildschirm an, während seine rechte Hand gerade nähere Informationen zu diesem Funkspruch auf seinem Kommandantenpult abrufen will. Dieses Etwas lässt ihn schlucken.

Eine Frau ist es, die, um es einfach zu sagen, untot aussieht. Eine schneeweiße Gesichtshaut, offenbar an manchen Stellen aufgebrochen und mit unschönem orangem Gewebe darunter. Graue Haare hat die Frau. Ihre Augen, die milchig und tot aussehen, starren ihn riesengroß vom Hauptbildschirm an. Ihre Uniform ist dunkelblau, mit den goldenen Rangabzeichen eines Lieutenant-Commanders. An ihrer linken Brust prangt das goldene Abzeichen der *Earth Federation Space Navy*, die seit über 180 Jahren nicht mehr existiert.

„Hier spricht Lieutenant-Commander Eleonore Hennessy, kommandierender Offizier der *EFS Warrior Princess*, Schiff der Föderation der Erde", beginnt die untot aussehende Frau. Da es keine besonders gute Idee ist, während des Kaffeeschlürfens erschreckt zu schlucken, prustet der Captain seinen heißen Kaffee wieder heraus, der dem vor ihm sitzenden Navigator trotz der Entfernung gefährlich nah kommt.

„Ich hatte darauf hingewiesen…", beginnt der Funkoffizier, wird aber durch einen wütenden und nicht redefähigen Captain zum Schweigen gebracht, der nach Luft schnappend von seinem Sitz aufgestanden ist.

„…wir schicken Ihnen eines der Shuttles der alten *Eternal Princess*, aus der unser Schiff hervorgegangen ist. An Bord sind drei sentiente Androiden, Überlebende der Katastrophe von vor zweihundert Jahren und technischer Hilfe bedürftig, um aus der Art von internen Zeitschleife herauszukommen, in der sie gefangen sind. Von ihnen geht keine Gefahr aus. Bitte stellen Sie sicher, dass die Wertgegenstände von der *Eternal Princess* an Bord des Shuttles den drei Sentients zur Verfügung stehen, damit sie sich damit ein neues Leben aufbauen können", hört er fassungslos der Frau zu.

„Was?", fragt er hilflos und wischt sich auf der Uniform herum. „Es ist nur eine Aufzeichnung", erklärt ihm der Kommunikationsoffizier. Doch auf dem Bildschirm geht es weiter.

„Ich bin eine Überlebende der ursprünglichen *EPS Eternal Princess* und habe als aktive Flottenoffizierin meinen Dienst wieder aufgenommen und erkläre die Föderation der Erde hiermit gemäß der Präambel der Dienstvorschrift der *Earth Federation Space Navy* als wieder existent. Die *Eternal Princess* habe ich gemäß Artikel Einundvierzig der Dienstvorschrift beschlagnahmt und in den Flottendienst gestellt. Sie trägt die Kennung SOW-001 und ich ersuche alle Kommandanten von sogenannten Nachfolgestaaten der Föderation, ihren Status zu akzeptieren." Die Frau pausiert. „Im Shuttle finden Sie auch Informationen über die Katastrophe, der vor zweihundert Jahren die *Eternal Princess* zum Opfer gefallen ist. Hennessy *over and out.*"

Georgiu schüttelt den Kopf und setzt sich wieder. „Ich bin schon so lange hier draußen und dachte, ich hätte alles schon gesehen", murmelt er, bevor er nach einer Serviette verlangt. „Föderation, Föderation", wiederholt er immer wieder und schüttelt den Kopf.

„Kurs auf das Shuttle, Sir? Es strahlt tatsächlich eine Föderationskennung ab."

„Ja", seufzt der Captain. „Navigator, Kurs setzen und Energie. Und einen Fernscan nach dieser *Warrior Princess.* Wenn das ein Witz von irgendjemandem war, dann…"

ENDE

Ich hoffe, Ihnen hat der Roman „Totenschiff Eternal Princess" gefallen.

**Außerdem:** Über die Föderation der Erde gibt es von Karl Layton seine „Föderation der Erde"-Saga, die aus den Bänden

1: Das Schiff der Vergessenen
2: Der Verräter des Herrgotts
3: Die Tore der Luminos
4: Der verwundete Gott

besteht. Neben dem Prequel **„Das letzte Schiff der Föderation"**.

Außerdem gibt es noch die Storybände **„Moondreamer"** und **„Bluelark"**.

**Alle Romane sind im großen Internetbuchhandel wie BoD, Thalia, Amazon u.a. erhältlich**

**UND DER GRATIS-SOUNDTRACK zum Buch. Damit können Sie die Titel des Pianisten Frank E. Sater tatsächlich hören:**

http://rodrigo-t.de
http://www.rodrigo-t.de

**Oder einfach rodrigo-t in die Adresszeile des Browsers eingeben!**

Der Soundtrack ist in wunderbarer Qualität von einer KI erstellt. Ich bin nun mal Autor und kein Komponist. Dieser Roman ist aber völlig <u>ohne</u> Künstliche Intelligenz geschrieben worden. Ich habe ohnehin ständig genug neue Geschichten im Kopf, da brauche ich zum Schreiben wirklich keine KI.

Ihr

Karl Layton

KARL LAYTON

# DAS LETZTE SCHIFF
## DER FÖDERATION
Science Fiction

Und natürlich der Erste Roman der Saga, „Das Schiff der Vergessenen – Die Earth Federation Saga Band 1". Ein Roman über die *EFS Jeanne D'Arc*, die gerufen wird, um ein im All treibendes Raumschiff zu untersuchen. Der Roman ist im Juni 2024 in einer Neuauflage erschienen.

# PERSONENVERZEICHNIS

**Annoyed, Greg,** ein offenbar nicht-seiner-selbst-bewusster Android und Navigator/Steuermann und Wissenschaftsoffizier der TPS ORPHEUS

**LePascal**, aka **„Pascal"**, der „Junge für alles" der Crew der TPS ORPHEUS.

**Leslie, Jane,** die Chefingenieurin der TPS ORPHEUS.

**Lineman, Jaqueline und Lineman, Lisa („Die Lina-Schwestern"),** zwei Influencerinnen aus Terrania-City, Erde

**Miller, Hank** aka **„Mister Nice"**, Crewmitglied der TPS ORPHEUS

**Sater, Frank E.**, ein Pianist

**Schneider, Leroy,** Kapitän und Eigner der TPS ORPHEUS

**Rogers, Thomas** aka **„Tough" Rogers**, Crewmitglied der TPS ORPHEUS

# ZEITLEISTE

**ca. 12000 v.Chr.**

Das Imperium der Alien-Rasse *Ancients* geht aus unbekanntem Grund unter. Ihre Dienerrasse, die *Gloaks* (auch *Nova-Gloaks* genannt) existieren weiter.

**Ab 2065**

Auf der Erde heimliche Einführung von *Ancient*-Technologie durch die schweizerisch-amerikanische Technologiefirma *TTT*. Die Firma dominiert die Raumfahrt zusehends.

**2077**

Erster Überlichtflug außerhalb des Sonnensystems durch die Menschheit.

**2084**

Auffinden einer Raumflotte der ausgestorbenen *Ancient*-Zivilisation durch Thomas Brander, dem CEO des Unternehmens *TTT*.

**2085**

Gründung der *Föderation der Menschheit* durch Thomas Brander aus zunächst nur zwei Mitgliedsstaaten auf der Erde.

## 2100

Besiedlung des Planeten *Arret*, eines ehemaligen *Ancient*-Planeten, durch die Menschheit. *Arret* wird ein Mitgliedsstaat der Föderation der Erde.

## 2142

Einführung der *Naniten*- bzw. *Nano*technologie durch *TTT*, basierend auf den Naniten (Nanobots) der *Ancients*

## 2235

Der *Nanitenkrieg* (auch *Nanobot-Krieg* genannt) von Juli bis August 2235 nach Erdzeit, findet kurz, aber verlustreich statt. Ein Viertel der Menschheit überlebt den Krieg nicht, auch wenn die meisten Menschen durch die sog. *Human Backups* zurückgebracht werden.

## 2255

Die *Anomalie-Katastrophe* greift nach großen Teilen der Galaxis aus dem Hyperraum kommend. Auch auf der Erde tritt diese Anomalie auf. Sie lässt offenbar Ängste von Menschen durch eine Art Projektion Realität werden. Der genaue Ablauf ist bis heute umstritten, aber wieder findet etwa ein Viertel der Menschheit ihr Ende.
Tod von Admiral Thomas Brander, dem Gründer der Föderation, beim Abschirmen der Föderationswelt *Socona* von der Anomalie.

## 2258

Start der ETERNAL PRINCESS aus dem Orbit der Erde - auf ihrem letzten Flug.

**2275**

Die *Föderation der Erde* kommt durch Sicherheitsgesetze unter ihrem letzten Präsidenten James Taylor zum faktischen Ende. Die Erde konzentriert sich im Wesentlichen auf sich selbst.

**2277**

Die *Terra Defence Force* (TDF) wird gegründet. Eine stark reduzierte *Earth Federation Space Navy* wird rein auf Patrouillenflüge am Rande der Mitgliedsstaaten der formal noch existierenden Föderation beschränkt.

**2279**

Die Föderation, kaum noch als loses Gebilde existierend, benennt sich in *Human Confederation / Konföderation der Menschheit* um. Formale Ausrufung der *Terranischen Republik* unter Ausschluss der „Kolonien". Die *Planetare Republik Arret* erklärt sich zum souveränen Staat.

**2280**

Die Planetaren Republiken *Cona* und *Socona* erklären sich zu souveränen Staaten.

**2281**

Terra übernimmt die Regierungsgewalt auf Luna. Der Mars erklärt seine Souveränität.

**2283**

Invasion der Erde auf dem Mars. Formaler Anschluss der Planetaren Republik Mars an die Terranische Republik.

**2284**

Nach Scharmützeln zwischen den Raummarinen von *Arret* und Terra erklärt Arret seinen Austritt aus der Konföderation. Die

Föderationswelten *Cona* und *Bluelark* folgen. *Bluelark* erklärt sich zur souveränen planetaren Republik.

Auch die Welt *Bluepond* geht diesen Weg.

**2285**

Zweihundert Jahre nach ihrer Gründung wird die in *Human Confederation* umbenannte Föderation formal aufgelöst.

**2457**

Romanhandlung

Wenn Ihnen die Geschichte gefallen hat, würde ich mich über eine Bewertung freuen.